この地に生まれて

――わが故郷、わが祖国――

韓国「現代」創業者
鄭周永（チョン・ジュヨン）

訳 金容権

講談社エディトリアル

新版に寄せて

本書『この地に生まれて――わが故郷、わが祖国――』の韓国版が出版されたのは、一九九七年のことだった。父の生涯についてのもっとも基本的な底本となるこの自叙伝が、この度日本語に翻訳されることになり、喜ばしい気持ちで筆を執る次第だ。

父は解放後（日本の戦後のこと。一九四五年八月十五日以後）の韓国を打ち建てた人々の一人である。父は、現在も韓国民が毎日のように使っている「京釜(キョンブ)高速道路」のようなインフラや、昭陽江(ソヤンガン)ダムなどの重要施設を建設した。また、世界でも類を見ないような大規模な企業を起こし、多くの学校や病院、そして韓国最大の社会福祉財団などを設立した。さらに、一九八八年のソウルオリンピックも誘致した。果敢な事業を通じて、それまで凍てついていた南北関係に氷解をもたらした。

一方で、私にとって父は愛情を注いでくれ、今日の私があるのも父のお陰である。父が祖父について語っていたとおり、父もまた、私の肉体と精神をつくってくれ、生まれながらの健康を与えてくれ、勤勉と倹約、不屈の信念、そして人間としての道理を実践的に教えてくれ、今日の私を形づくってくれた最大の師である。

父の自叙伝を再読していると、今もなお父が側にいるように感じる。私にいろんな機会を与えようとして、父が力尽くしたことどもを振り返ると、果たして私は父の期待に応えたのだろうかという思いが募る。

本書には忘れ難い思い出が詰まっている。なかでも、とくに忘れ難いのは父が築き上げた多くの業績よりも、毎日のように懸命に生きた姿そのものである。父は何故、事業を起こしたのだろうか。

この問いに対して、しばしば家族を食べさせるためだとか、国の経済に尽くすためだという答えが返ってくる。もちろんそのとおりだ。しかし私たちは、事業を起こして続けることがどれほど辛いかを忘れがちである。それで、父はこんなことを言ったことがある。

「会社を起こして運営する過程で、本人の嘗めた苦しさと人知れず流した涙と苦労を、私は知っている」

初めてみすぼらしい自動車修理工場を設立した時も、その後世界最大規模の造船所を建設した時も、事業を挫折させるかも知れない不慮の事故がいつも起きたが、これを解決し、再発を防ごうとして気苦労が絶えなかった。一九七三年、蔚山の造船所建設がたけなわだった時期、その日は暴風雨で現場の様子を見回ろうとして、漆黒のような深夜の三時頃、父は自らジープを運転したのはいいが、勢い余ってそのまま海へと突っ込んだのだった。沈みゆくジープに海水が押し寄せ、水圧で開かないドアを足で思いっきり蹴ってやっと脱出し、九死に一生を得たが、そんな事故があった後、父はこんなことを言ったものだ。

「その時、もし死んでいたら、世間では山のような借金のせいで、私がどこかへ蒸発したと噂しただろう」

父はどこか、不可能を可能にした人生を歩んだようだ。火事に呑み込まれた、初めて起業した自動車修理工場の再起を期した時から、昭陽江ダムと京釜高速道路の建設、現代自動車と現代重工業の設立、瑞山（ソサン）干拓事業（忠清南道）、ソウルオリンピック誘致、牛を率いての訪北事業まで、世間が不可能だと言うことを父は成し遂げた。周囲の人々が、父の構想している事業を不可能だと反対すると、決まって父は「じゃー君、やってみたことでもあるのかね」と応じたものだ。

父は、韓国がまだ日本の植民地だった時代に生まれた。解放を迎えたのはちょうど三十歳の時だった。解放後、韓国は冷戦の第一線で同族相食（は）む戦争の悲劇を体験し、廃墟となった。地政学的な位置に劣らず、韓国を苦しめたのは経済と政治の後進性であった。韓国には希望がないように見えた。しかし、父は「世界のいかなる民族よりも誠実かつ善良で、賢明で優秀だ」と言って、韓国民を信じた。本書は、解放と六・二五（韓国動乱、朝鮮戦争）の混乱を嘗めた大韓民国という新生国家で、父が企業と国家を建て直そうとして繰りひろげた記録でもある。

今日韓国は、人口五千万以上の国で、個人所得三万ドル以上を突破した歴史上七番目の国となった。購買力評価基準（PPP）からすると、韓国の一人当たりの国民所得は日本とほぼ同じ水準である。父をはじめとする同時代の方々が、自由主義民主主義と市場経済の原則を守りながら、韓国を今日へと導き得たのは実に偉大なことだ。

父の最終学歴は小学校卒である。曾祖父が営んでいた書堂（ソダン）（寺子屋）での漢文教育三年と小学校三年に過ぎない。しかし父は生涯、読書によって学ぶことに励んだ。「私は小学校しか出ていないが、いつも良書を選んで読むことを怠らなかった。第一の師匠が両親だったとしたら、第二の師匠は読書だった。一日一日が重なって一生となるが、人々はしばしば一生を重要視しても、一日一日の大切さを忘れがちである」と、語ったものだ。

父は、肯定的な思考と確たる労働倫理の持ち主であった。いくら困難な状況でも、肯定的な考えを忘れなかった。このことは、祖父の農作業を手伝っていた頃を回想しているところによく表されている。

「ほんとうに幸いだったのは、私はどんな状況でも悪い方向よりも良い方向へ考えを巡らせたし、その良い面を幸福へと向ける素質を生まれつき持っていたようだ。私は十歳の頃から父に従って数年間、一日中炎天下で田畑を耕し、腰を伸ばす暇などなかったが、自分の境遇に不平を抱くこともせず、怠けることもなかった。どうかして、父が少し休もうと言って木陰に入った時、涼しい風に当たると極楽のように感じたものだった。疲労した後の熟睡から覚めた心地良さに勝るものはなかったし、また何でも美味しく食べられることが幸いであった」

父は真の愛国者であった。事業を維持するために毎日のように命懸けで働きながらも、決して国のことを忘れなかった。

「わが現代は商売人の集まりではなく、国家発展の進取的な主導的役割と経済建設の中枢的役割を使命とする、有能な人材集団である」と。

韓国政府が父に、不可能と思えた一九八八年のオリンピック誘致を引き受けて欲しいと請うた時も、ためらうことなく受け入れた。韓国の競争相手は日本であった。当時の韓国は、オリンピックを開催するどころではなかった。オリンピック誘致を推し進めようとしていた朴正熙大統領が暗殺によって斃れ、韓国社会は大混乱に陥っていた。誘致活動の初期、韓国が獲得できる票は「自国票まで入れても、せいぜい四、五票に過ぎないだろう」という悲観的な見方が大勢であった。にもかかわらず、父はあらゆる困難を克服し、誘致に成功した。

IOC（国際オリンピック委員会）の開かれた西独のバーデンバーデンで誘致活動をしている時、各国の人々が、韓国は何故オリンピックを誘致しなければならないのかと問うと、父は「日本は既に一九六四年にオリンピックを開いている。日本だけがアジア唯一の国ではない」と応えた。父の不屈の意志、創意力、そして人間味こそがIOC委員たちを動かし、ソウルへ票を投じさせたのだった。当時私は、父の側でこれらのことを目の当たりにしていた。

「八八ソウルオリンピック」は、韓国が国際社会において一角の国として浮上していることを世界に知らしめる契機となった。一九八〇年モスクワオリンピックを西側がボイコットし、八四年ロスオリンピックを東側がボイコットすることで、二度も続けて片肺でオリンピックが開催された後、ソウルオリンピックはやっと東西がともに参加する大会となった。ソウルオリンピック以前まで東側世界では、韓国は未だ動乱後の廃墟の中で喘いでおり、ソウル市中には乞食が群れをなしていると思っていたようだ。

ソウルオリンピックはさらに、自由市場経済こそがより正当であることを世界に見せつけた。ソウルオリンピックの翌年には、中国では天安門事件が起こり、一九九〇年からはソ連と東欧諸国が崩壊しはじめたのも決して偶然ではなかった。

オリンピック誘致に成功した後、父は大韓体育会長に就任した。このことは、私が国際スポーツ界に踏み入れる契機となり、後に大韓蹴球会長を引き受け、二〇〇二年韓日ワールドカップ共催誘致に成功したのも、こうしたことがあったので可能だった。私の人生の多くのことがそうであったように、これもやはり父が私にくれた機会だった。

父にとって韓国は、かけがえのない地であった。父は金剛山に隣接している、現在は北朝鮮の版図にある故郷の峨山（アサン）（父の号になっている）を懐かしんだ。生前、最も好んだところが江原道江陵（カンヌン）に建てたホテルだったのは、他ならぬ北にある故郷に最も近い地であったからだ。南北和解に寄与できる状況が訪れると、父は持ち前のビジョンと熱意でもって、これに挑んだ。父は、農夫だった祖父を称えるために設けた、瑞山農場で飼育した牛千一頭を率いて非武装地帯を越えた。

これは父にとって「帰郷」であった。父はかつて、故郷で三回目の家出をした時、祖父の唯一の財産だった、牛一頭を売って得た虎の子のお金を持ち出したことがあった。千一頭のうち一頭はその時の「元金」であったし、残りの千頭と百台の新型トラックは「利子」を象徴した。

貧困に喘ぐ北の同胞を助けるために、父は開城（ケソン）工団（開城はかつて京畿道に属していた。現在は北朝鮮の版図にあり、開城直轄市で黄海北道に属している）を建設し、金剛山観光を始めた。この二つの事業は、今日に至るまで南北にとって唯一実質的な利益をもたらしたものだ。

　現在、南北関係は危機にぶち当たっている。韓国経済と政治もまた、大きな試練に直面している。ある人々は「漢江（ハンガン）の奇跡」が「漢江の蜃気楼」に変わってしまったと言っているが、私はこんな話を聞くと、父がいたらどうしただろうかと考えてみる。

　父は、いくら大きな試練が迫っても平常心を保った。父の好んだ詩が「青山は私を見て」だった。

青山※は私を見て物言わず生きろと言い
蒼空は私を見て潔く生きろと言う
愛も脱ぎ捨て憎しみも脱ぎ捨てて
水のように風のように生きて行けと言う

青山は私を見て物言わず生きろと言い
蒼空は私を見て潔く生きろと言う
怒りも脱ぎ捨て欲も脱ぎ捨てて
水のように風のように生きて行けと言う

※青山は「人間到處有青山」に由来し、先祖の眠る墳墓

父は人生を懸命に生きた。本書の中でこのようなことも言っている。

「私はこの地に生まれて、一人の企業人として誠実な労働者として、この国の飛躍的発展に一役買ったことに無限の誇りを持っている」

父の世の中の理致を見る慧（けい）眼と肯定的なプラス思考、そしていかなる困難にも打ち克とうとする意志、これらすべてが懐かしい。何よりも、父の愛をたくさんもらった息子として、父が焦（こ）がれるほど懐かしい。

本書を父の霊前に謹んで捧げたい。

峨山社会福祉財団理事長　鄭夢準（チョンモンジュン）

著者　日本版序文

私の自叙伝であり、かつ人生観を述べた本が日本で出版されることはとても光栄である。

私がこの世に生を享（う）けたのは、「韓国併合」（一九一〇年）の五年後の一九一五年なので、三十歳まで私は、日本の植民地時代を生きたことになる。日本の植民地支配を経験した世代がそうであるように、私もやはり日本に対して良い感情を抱くことはできなかった。

しかし今は、それからたくさんの時間が流れている。韓国では「時間こそ良薬」（時が経つとともに、すべてが癒されるという意味）というが、その傷口を癒やそうと、韓国と日本はともに時間をかけて積み重ねてきた。

私は韓国の復興・建設のために献身して働く過程で、日本と多くの接触をもった。その間に、日本に対して理解の幅を広げることができ、また日本から多くのことを学んだものである。

私の歩んできた人生が韓日の溝を埋め、理解と協力の基盤をさらに広げるきっかけとなるなら、これ以上の喜びはない。とくに経済人の一人として、現在、経済の不振にあえいでいる両国が、経済協力を通じて新しい発展を実現することを、心から願ってやまない。

日本は「ガンバリを尊ぶ社会」

昔から日本人は、「天下一」をきわめようとする職人精神（いわゆる匠(たくみ)の精神）を尊重してきたように思う。

「天下一」の職人を尊敬し、大切にする伝統こそ、日本が経済大国に発展した一つの大きな要因だと思う。かつての徳川幕府の時代において、庶民の人生の目標や生き甲斐は、自分の仕事に精進して達人の境地にのぼりつめることであったようだ。このような職人精神は、いわゆる「モノづくり」はもちろんのこと、学問や武道、生け花、茶道に至るまで、日本社会のあらゆる分野に滲(し)み込んでいるように思う。

壬辰倭乱(イムジンウエラン)（文禄の役。一五九二年）のときに捕虜として連行された沈壽官(ちんじゅかん)の家門が、薩摩の地で一五代四〇〇年近くも陶工の家業を連綿と継承してきたことは不思議にさえ思える。これが可能だったのは、技術や技芸を錬磨して、達人の境地にまでのぼりつめることを人生の生き甲斐とし、一方でそれを尊重した日本社会の伝統文化のせいでもあるだろう。

日本人がよく使う言葉に「ガンバル」があるが、これは困難に耐えながら努力しつづけるという意味だと思う。スポーツ選手だけでなく、受験生も、労働者も、企業家もガンバル、いわば「ガンバリを尊ぶ社会」であるようだ。このガンバリ精神は、所属集団の目標を担(にな)って、自分の力を最大限に発揮しようとする、悲壮感まで漂うほどの奮発心でもあるようだ。日本が明治維新以来今日まで、欧米型の近代工業社会の実現のために邁進(まいしん)してきた大きな原動力の一つは、すなわちこのガンバリ精神ではなかったかと思う。

日本では目先が利き、要領のいい者が尊敬の対象にならないのは、ずる賢いことにはガンバリ精神が欠如していると思われているせいだろう。自分の仕事に黙々と、不平不満なくひたすらガンバリながら汗を流している人こそ、理想的な人物像として受けとめられているのは、まさしく私の生き方とも通じる。

私は人生を前向きに生きる人が好きであり、私もそんな人間になるよう努力してきた。つねに自己啓発によって自分を向上させるよう努力し、不屈の開拓者精神と積極的な意欲、強靭な推進力をもって生きてきたと思う。

いま振り返ってみると、これらすべては、日本のガンバリ精神と通じている点が多かったようだ。私の生き方とはすなわち、貪欲なまでに学ぼうとする姿勢であり、ただ懸命に自己の限界に挑戦しようとする向上心であったように思う。

製造業は永遠。日本と「現代」との一致点

韓国が一九六〇年代後半から八〇年代にかけて「漢江(ハンガン)の奇跡」を成し遂げることができたのは、劣悪な条件の下でも、自分に任(まか)された仕事を黙々とこなしてきた韓国の労働者のお蔭である。私はこのような労働者を心から尊敬している。私は労働者として社会生活をはじめ、現在も自分自身のことをただのリッチな労働者であると考えている。

私の一生は、技術者や労働者とともに過ごした歳月であったと言えよう。時間さえ許せば、彼らと隔（へだ）たりなく杯（さかずき）を交わし、相撲をとったり、話に加わったりしたものだ。私は彼らの単純さや愚直さが好きで、その純粋さを信頼しながら、彼らとともに明日を信じ、前向きに生きてきた。

「現代（ヒョンデ）」（いわゆるヒュンダイ、Hyundai）は設立以来、韓国経済の牽引車たらんとして奮闘して今日を築き、ついに韓国最高の企業グループ（財閥）に成長した。私はいかなる勲章よりも、「韓国の経済発展に貢献した企業人」ということを誇りとし、そうした世間の評価や世論調査の結果を聞くとき、「私の人生は無駄ではなかった」という嬉しさと生き甲斐、そして安堵を覚える。

私は「現代」を通じて、企業ができるすべての仕事をしつくしてきたと考えている。建設をはじめとして、自動車、造船、半導体に至るまで、すべての基幹産業分野で「現代」が中核的役割をなしえなかったら、韓国経済は現在より数十年遅れていたかも知れない。

私は農業社会で生まれたが、「現代」を率いて韓国が二十世紀の産業社会の仲間入りすることに貢献し、その「現代」は二十一世紀の情報化社会の先導の役をも担っている。情報化社会への転換という時代的な流れにもかかわらず、製造業（いわゆるモノづくり）の役割はあいかわらず重要である。多くの先進国が製造業を切り捨て、脱工業化へと脱皮をはかっているなかで、日本は独りあいかわらず製造業、すなわち「モノづくり」を大切にしているが、まさしくここに日本経済の真の強さがあると信じる。

人生の大部分を製造業の現場で過ごしてきた私は、日本の選択が正しいと考えており、「現代」は今後、情報化を推進しながらも競争力を強化し、あわせて「製造業は永遠である」という命題を自ら実践していかねばならないと確信している。

二十一世紀はアジアの時代

戦後、韓国の企業は、韓国の経済発展とともに成長しながら、日本の企業文化の影響を多く受けてきた。企業経営の観点からすると、両国の間には類似点が多い。類似点が多いので、経済協力もやりやすく、緊密になりやすい。したがって、両国の間で経済協力が始まると、「開始が半分」という韓国の諺(ことわざ)にあるように、まさにスタート・ラインにつけば半ば成功したも同然であり、両国の経済は急速に新たな活力を得ることになるだろう。とくに韓日の経済協力は、世界経済の急激な変化の流れのなかで、両国の経済が生きのびる必須条件でもある。

世界経済の環境は急変している。世界化・国際化が進んでおり、世界に一つの経済共同体を構築するための、WTO(世界貿易機関)体制も発足した。しかし一方で、NAFTA(北米自由貿易協定)の発足、EU(ヨーロッパ連合)の登場などによって、地域主義が同時に進んでいる。このように急変する世界のなかで、アジアだけが地域的結束を固めることなく、さ迷っているように思えて仕方がない。

APEC(アジア太平洋経済協力)のような機構が十分な役割を果たしていない状況で、「二十一世紀がアジアの時代」になるためには日本の役割が重要であろう。しかし、東アジア、ひいてはアジア全体の経済的活力を維持・発展させる重荷を日本だけに負わせることは不可能であり、たとえ可能であってもそうしてはならない。韓国はアジアの中で、先進国と途上国の間の架け橋の役割を果たせる唯一の国である。地理的、経済的に密接な関係にある韓国と日本が互いに助け合い、「アジア圏」設立の中心に立つべきであると思う。ここに中国まで加われば、さらに活力が増すだろう。

二十一世紀の「アジアの時代」の未来を担うべく、韓日の経済協力は、巨視的な東アジアの協力という構図のもとに、貿易均衡の達成、産業構造の合理化および高度化、そして水平分業化の構築、この三つになるだろう。この課題をスムーズに解決していくために、私は次のような提言を韓日の指導者、そして明日を担う若者たちに提言したい。

一つ。自国の利己主義に執着せず、共生こそが互いに役立つという大局的な認識をもつこと。例えば、韓日間の貿易の格差についても、両国がもつ認識のズレをなくすべきである。これを韓国の産業構造上の問題だと片づけてしまうことは簡単だが、特定国家に対する一方的な貿易黒字拡大は貿易赤字国を窮地に陥れ、警戒心を呼び起こし、両国の経済協力拡大はもちろん、黒字国の経済成長にも障害物として作用する可能性がある。

二つ。産業協力は政府間の経済協力とは異なり、その主体があくまでも企業であるべきだという認識をもってもらいたい。政府は原則を定めて、民間の活動を活性化させる雰囲気を醸成することに努めるにとどめる。実質的な経済活動を担当するのは民間企業であるからだ。

最後に、過去のように不毛で消耗の多い、机上の空論式の協力方法を改めるばかりではなく、小さくても具体的かつ実践可能な方法を一つずつ真摯(しんし)に論議し、解決していくことを望みたい。

韓日文化交流がなぜ大事か

韓日経済協力が活発になるためには、何よりも両国が互いについて理解を深めていくべきであり、本書がそのような面においてお互いに役立つことを心から期待している。しかし、相変わらず互いを「近くて遠い国家」と考えるのは、互いを理解しようとする努力が不足しているからである。互いを理解する近道は、相手の文化に接してみることである。そんな意味から韓日の文化交流はきわめて重要である。これまで、韓国文化が日本に紹介される機会は少しはあったが、日本文化は韓国社会にタブー視されてきた。日本の植民地支配から独立した国家として、日本文化から離れて韓国文化を構築しようと努力せねばならなかった韓国の立場を、日本も理解してほしい。

とはいえ、韓国では解放後、一貫して政策的に日本文化を禁止していたので、韓国民が日本について正しく感じたり、正確に理解する機会を十分にもつことができなかった点は問題である。その結果、日本の良い文化より悪い文化が裏から流入して、青少年の間に急速に拡大し、未来を担う若者たちが日本を間違って理解していないか、気がかりである。最近になって、韓国で日本文化が段階的に開放されていることは良いことだと思う。

ところで、文化交流には一定の原則が必要である。まず、自国民の理解と合意のもとで段階的に行われるべきだ。国民が拒否したり、国民の目の高さに合わない文化交流は、得るものより失うものが大きいからだ。

文化交流を通じて新しい価値を創りだそうとする努力も必要である。二十一世紀は文化の時代でもある。文化は精神的な社会間接資本であり、二十一世紀を導いていく知的能力の開発も、文化水準が高くなければ不可能である。「二十一世紀は文化と経済が一つになる文化経済の時代」となるに違いない。文化交流が活性化すれば、日本と韓国が力を合わせて、多様な文化商品を作りだせるだろう。文化交流は、ひいては経済協力になるということだ。

さらに東アジアが一つになって、文化商品の開発に協力することもできる。アメリカやヨーロッパをはるかに凌ぐ大きな市場と動員可能な人材をもっているので、東アジアの潜在力は無限である。韓日文化交流から出発して、東アジア文化の世界化を通じて、世界文化の発展に貢献するという使命感をもつことが、いま何よりも求められていると思う。

アジア的価値観を発掘しよう

このような文化交流を土台とした韓日経済協力の活発化のためには、互いの共通分母を見つけだし、これを奨励する必要がある。このような点に照らしてみると、アジア的価値観の長所を回復させねばならないというのが、私の考えである。

現在、韓日両国は経済危機から脱出するために、政治・社会・経済・金融など諸分野において構造改革に全力をつくしている。このような構造改革過程において、欧米中心の「グローバル・スタンダード」の重要性が強調され、「アジア的価値観」に対する不信感がある。

事実、「儒教」のようなアジア的価値観は、一九七〇年代以降急速な経済発展を成し遂げた韓国、台湾、タイ、シンガポールのようなアジア国家の経済発展に大いに役立った。これらの国家がもっている儒教的背景は高い教育熱を生みだし、勤勉かつ誠実な労働力をもたらした。

道徳重視と集団に対する協調心は、協業と分業の能率を高めるのに貢献し、忠孝の考え方は産業化過程で発生する分配不均衡の不満さえも吸収・順応させる経済文化を創りだした。また、未来に対する不確実性が高まっていた時代に、家父長的伝統による政府主導の経済発展政策は、経済的効率を発揮するのに、限定的ではあるにしても、ある程度貢献したことは確かだ。

したがって、韓日が欧米に競り勝つには、なんらかの独自性が必要である。私はその一つがやはりアジア的価値観であると考えている。アジア的価値観の良い点を発掘し、現実に合わせて生かすことにより、アジア経済に新しい活力を吹き込まねばならないと思う。

現在、私たちの前に展開されている二十一世紀は、情報化・知の社会であり、物質よりも精神的価値や個人の創造能力が重視される時代である。しかし、個人間の競争はさらに熾烈になり、人間の温かい信頼感が揺さぶられ、人情は次第に減少していくだろう。

こうした状況のなかで、儒教的文化からもたらされる家族間の睦まじい共同体の形成、同僚間の信頼関係重視、高い道徳性などは、欧米の物質文化中心の欠点を補完するアジア的美徳になるに違いない。このような徳目は、経済の市場原理が激化するときに現れる階層間の対立や摩擦を解消し、互いに助け合う役割を果たすことになるだろう。

ワールドカップと韓日関係の未来

交通や通信の発達によって、世界がだんだん狭くなっているが、国際社会をつなぐ分野は大きく三つあると思う。一つは、国防・安全保障分野であり、二つ目は、経済・貿易分野であり、三つ目は、文化交流分野である。文化交流の中心を担うのが国際的なスポーツ競技である。そして、国際的スポーツ競技のなかでも一番多くの加盟国をもっている種目がサッカーである。

こうした面から、「アジアの時代」と呼ばれる二十一世紀の幕開けに当たって、韓日が共同開催する二〇〇二年のワールドカップは、政治的・社会的に意味が大きく、韓日関係の発展のために、いろいろな面で良い影響を与えることになるだろう。とくにワールドカップが韓日文化と経済協力の転機になると見込まれており、期待されるところが大きい。

ワールドカップは、単一種目としては世界で最も大きなスポーツ行事である。韓日両国民にとって、これまで積み重ねられてきたさまざまな壁を打ち破って、真の和合を築いていく良い機会となるだろう。これまで日本と韓国は、共同の目標に向かって「共にやっていこう」と心を燃やしたことはなかったが、ワールドカップ共同開催はその契機となるはずだ。また、過去にとらわれがちな既成世代に比べ、若者の間では意志疎通がいっそうはかられるだろう。ワールドカップが若者の祭典である点においても、韓日和合のための良い広場となるに違いない。

韓国としても、八八年オリンピックが旧ソ連など東欧圏との交流を始めるきっかけになったように、ワールドカップが日本との文化交流の新しいページを開く契機となるだろう。ワールドカップは、サッカー競技にとどまらず、多様な文化公演の交流も含まれるので、パートナーである日本文化の流入はもとより避けられない。

ワールドカップは経済的にもビッグイベントである。共同開催を通じて韓日の経済協力がさらに実質的に推進されることを期待している。

とはいえ、両国は誠実に努力もせずに、多くを期待してはならない。ワールドカップ共同開催が両国の間に存在するすべての問題をいっきに解決できると見るのは早計である。ワールドカップを通じて韓日経済協力が可能になるためには、両国が守るべきいくつかの原則があると思う。まず、これから本格化する韓日協力の初期段階では、相手に対する配慮が何より重要である。

かつてある者は、サッカーとは「戦争とバレーとチェスを合わせたものだ」と言ったことがある。サッカー熱の高いヨーロッパでは、国家代表チームやクラブチームの競技を観戦するため、年中数百万の若者が国境を越えて移動している。彼らは自国のチームを応援すると同時に、国家の壁を打ち破り、互いの歴史や文化を学んでいる。サッカーがヨーロッパの文化的統合に大きな貢献をしたように、来たる二〇〇二年ワールドカップが東アジアの地域的構図を変化させる良い機会になることを、心から期待してやまない。

私は両国民間の互いの亀裂(きれつ)を解消して信頼関係を固めるためには、何よりも両国の民間レベルで多元的かつ積極的な交流が行われるべきだと信じている。本書は私の人生経験を振り返ってみたものに過ぎないが、本書の発刊を契機に、両国の文化・学術・青少年交流のような人的交流が拡大されて活性化することを心から願っている。

韓国と日本が地理的に近い国というだけでなく、真の善隣友好国になるために、残りの人生を努力したいと思う。「近くて遠い国」ではなく、「近くて親しい国」になる未来を希望してやまない。

二〇〇〇年一月

まえがき

一九九八年五月二十日、瑞山(ソサン)農場（忠清南道(チュンチョンナムド)）で最後の田植えを終えたが、春先に植えた稲はいつの間にかすくすくと伸び、眩(まぶ)しいほどの緑の海が波打っていた。

この農場を訪れる方の誰もが、まず果てしない広さに驚く。

私にとって瑞山農場は、ただ広大であるだけではない。かつて爪をすり減らしながら、石だらけの荒地を耕し、少しずつ農地を増やしていった父に見せてあげたかった所なのだ。天上の父も、息子の遅ればせながらの贈り物だと思ってくれていることだろう。私は、生涯貧しい農夫だった父が、広い農場を空から見下ろしながら満足していると信じている。ここに来ると、いつも父と一緒にいるような気持になり、農場や牛舎を見回ったり、あれこれ指示したりする。

一九九七年は「現代(ヒョンデ)建設」の創立五〇周年に当たる。四五年八月十五日の解放以後、朝鮮戦争（一九五〇～五三年）、四・一九革命（李承晩(イスンマン)政権の崩壊。一九六〇年四月十九日）、軍事クーデター（一九六一年五月十六日）以後の軍人政治の時代、そして文民政権の確立と、この五〇年は実に目まぐるしかった。

これまで、私についての書物が少なからず出回った。小説の形式をとったものもあれば、あちこちから資料を集めて仕立てられたものもある。それらには多少の違いはあるが、大筋では同じだから、改めて新しい本を出す必要があるのかと考えてみた。しかしこの時点で、私が生きてきた日々や考え方について、もう一度整理してみるのも悪くはないと思い至り、出版することにした。

周知のように、小学校卒業が私の学歴のすべてであり、私は文章家でもなく、他人の模範となるようなとくに立派な人格者でもない。また一生仕事に追いまくられてきたので、他人に感銘を与えるような生き方を体得することもなかった。にもかかわらずこの本を出すのは、韓国の将来を背負う若い世代に、確固たる信念で最善を尽しさえすれば、成功の機会は誰にでも平等にあることを伝えたかったからである。

一九九九年　秋

この地に生まれて

――わが故郷、わが祖国――

目次

chapter
3
私は建設人

chapter

4

「現代自動車」と「現代造船」

chapter

5 ジュバイルのドラマ、そして一九八〇年

chapter 8

祖国と民族のために

chapter 9

私の哲学、「現代」の精神

装幀・本文ＤＴＰ　梅沢　博（アリクイズム）

chapter

1

故郷と両親のこと

懐かしいわが故郷、通川

江陵(カンヌン)（江原道(カンウォンド)）から海岸に沿って北上していくと、束草(ソクチョ)、花津浦(ファジンポ)、高城(コソン)、通川邑(トンチョンウプ)（邑は郡内の大きな町）と続き、さらに関東(クァンドン)八景（関東は江原道の別称。江原道の八つの風光明媚な名勝）の中でも一番の景勝地である、海金剛の叢石亭(チョンソクチョン)、松田(ソンジョン)海水浴場に出る。松田は文字どおり大人の背丈ほどの小振りの松で覆われ、海に沿って白砂青松が果てしなく続いている地だ。春には周囲を赤く染めるツツジ、華麗なハマナスなどの花々で埋まる。生まれ故郷はここからさらに北へ徒歩で一時間ほどの、カキの木の多い峨山里(アサンリ)である。

わが家はもともと咸鏡北道(ハムギョンブクト)明川(ミョンチョン)で一二代、吉州(キルチュ)に移って四代、そして曾祖父は祖父三兄弟を連れて峨山里(アサンリ)（故郷の峨山を後に私の号とした。里は末端の行政区域で洞も同格）に定着したそうだ。長男の祖父はここ通川（邑）で、父をはじめ七人の子供をもうけた。祖父は村の寺子屋で子供たちに漢文を教えていたが、なにしろ五〇戸あるかないかの小さな貧しい村だったので、家計にはあまり役立たなかったようだ。子供たちに文字（漢字、漢文）を教えている祖父に代わって、家計と六人の弟や妹の面倒を見る責任は長男の父にかかっていた。

貧しいうえに弟妹が多い父のところへ、嫁の来手などなかった。長男の私が生まれた一九一五年、父は三十二歳で、母は二十二歳だった。父は農繁期はもちろん、農閑期の冬も、手を休めることはなかった。他人が酒を飲んだり賭け事をしていても、父はそんなことに見向きもせず、黙々と働いた。荒れ地を開墾したり丘を削って畑を広げたり、水を引いて田を増やす父の毎日は、寝る時間以外は働

著者（右）と弟の順永（中央）。1930年代初め

きづめだった。

血と汗の結晶の田畑を、父は弟たちが嫁をとるとき、少しずつ分けてやった。弟たちに対する責任感は人一倍強かった。長男は弟たちに、両親に代わって責任を持つべきであり、責任を果たすためにいかにすべきかを、私は父の背中を見て胸に刻みこんだ。

父は本当に言葉数の少ない人だった。父と一緒に終日畑を開墾したり野良仕事をしているときも、父は必要なこと以外、ほとんど喋（しゃべ）らなかった。父が私に一番長く話したのは、たしか故郷を飛び出した私を見つけだし、家に連れ戻そうとして説得したときではなかったろうか。

初めて家出したとき、私は高原（コウオン）の鉄道工事現場で働いていたが、父はそこへ尋ねてきて、こう言った。

「お前はわが家の跡継ぎだ。長男は弟や妹の柱なのだ。柱が抜かれてはその家は倒れるしかない。どんなことがあっても、お前は故郷に戻って家を守り、弟の面倒をみるべきだ。お前ではなく、弟の誰かが家出をしても、わしはこのようには探し回らんぞ」

その後、牛を売った七〇円を盗んで三度目の家出をし、ソウル（当時は京城）の徳寿宮（トクスグン）（かつての王宮の一つで、現在のソウル市庁舎前にある）近くにあった京城実践簿記学院に通っていたとき、父に見つかってしまった。

「この世で自分の子供が良くなるのを望まない親は、どこにもいない。お前が出世して、親兄弟全員をソウルに呼び寄せてくれるなら、父としてとくに反対する理由はない。だが、お前は普通学校（小学校）しか出ていない田舎者と自覚すべきだ。ソウルでは専門学校を出ても失業している者が多いと聞いている。学歴のないお前がいくら頑張っても無理ではないか。簿記学校なんか出ても、日本人の下で小間使いになるのが関の山だろう。そんなことで、わが家を潰（つぶ）すわけにはいかんのだ。わしももう年だから、お前が家族の面倒をみなければならない。そうしないと、わが家は物乞いになるしかないんだ」

徳寿宮の玄関、大漢門（テハンムン）の前で、しゃがみ込んで泣きながら懇願（こんがん）していた父の姿を思い出すと、いまも胸が絞めつけられる。

後年、ソウルで同居するようになったとき、仕事に追われて深夜に帰って朝早く出かける私を、父は何も言わずにじっと見守ってくれた。父はただ私の帰りを待つことで、無言の愛情を送ってくれた。

貧しいうえに十歳も年上の男に、いかなる縁で母が嫁いできたのかはよくわからない。とにかく村では、母は福をもたらした嫁だと噂されていた。母も「一等農夫」の父に劣らない「一等農夫の妻」だった。

農業を手伝うほか、牛や豚、ニワトリなどの世話をしながらも、母はいつも機織りに励んだ。機織りで家族の衣類をまかない、さらに蚕を育てて絹地もみずから織っていた。母の腕前は村でも評判だった。ふつうなら五日かかるところ、母は二日間で、しかも上手に仕上げた。

蚕には桑の葉がたくさん要る。桑の畑があるわけではなく、深い山に入って、山桑の葉をとって蚕に与えていた。朝がた弟と一緒に母の後ろについて山に入って、暗くなるまで採りつづけ、山のような桑の葉を背中に担いで山を下ったものだ。

昔は、畑には人糞が一番の肥料だった。だから、大人も子供も他人の家にいても、もよおしそうになるとそのときは、急いで自宅に戻って用を足したものだ。祖父の寺子屋の子供たちも例外ではなく、用を足したいときは授業中でも自宅へと一目散に駆け込んだ。母はある日、学びに来ている子供たちに煎り豆を見せながら、

「これからこの寺子屋で用を足すと、この豆を一握りあげるからね」

と、提案したものだ。子供たちはもちろん、祖父も父兄も一も二もなくこれに賛成した。

黙々と仕事をこなす父親と違って、母は積極的で機転が利いた。夏の夜、戸外で蚊除けのためにヨモギを焚きながら、茹でたトウモロコシを家族で食べているとき、母は無口な父をそれとなく笑わせ

たが、私たちにはそんな父の笑顔を見るのが何よりの幸せであった。

わが子のためにいつも祈っていた母

母はとりわけ長男の私を気にかけ、愛情深かった。果物もジャガイモも、いつも一番大きくて美味しそうなものを私にくれた。小柄な弟の仁永（イニョン）は後年、「兄さんだけにいつもたくさん与えて、私は少なかったから、あんまり大きくならなかった」と、ときどき冗談ともつかない愚痴を言ったものだ。

妹の熙永（ヒヨン）の話では、母は夜中に一杯の清水（聖水）を前にして祈るほか、どこでも私のことからまず願をかけたという。その念仏のような祈りの内容は、

「私は息子の鄭周永（チョンジュヨン）を生みました。どうか神様、息子が金持ちになりますように……」

と、ただそれだけだったという。私の記憶では、こんなことをよくつぶやいていたようだ。

美味しいご飯を食べて、ぐっすり眠って
わが長子の鄭周永が
東西南北を行き来して
眼の大きい、足の大きい男となり
千里万里、九万里、末永く見守って下さり
座って三千里、立って九万里

他人の眼に葉となり、他人の眼に花となり、大地のように尊ばれ
六根清浄し、長寿を授かり
歩むごとに実り、語るつど薫（かお）り
千人に万人に、仰（あお）がれるようお願い申し上げます

弟をあやしながら、畑仕事をしながら、機織りをしながら、いつも念仏のような文句に韻を踏んで、ぶつぶつ歌っていたのも、懐かしい母親の思い出の一つである。

父と母はこのように懸命に働いたが、それでもわが家はいつも貧しかった。私たち兄弟はよそゆきの一張羅を、親戚に新年の挨拶回りをするとき、代わる代わる着て出向いたほどだ。

その当時、農村の生活は年がら年中腰が折れるほど働き続け、幸い豊作となっても、どうにか食べられる程度だった。田畑は猫の額ほどで、そのうえ農業技術は原始的であり、農器具もろくなものはなかった。雨がちょっと多く降るだけで田や畑が流されて洪水になった。また日照りが続いたり、雹（ひょう）がちょっと降ったり、また霜が早く下りすぎても、必ず凶作になった。まったくお天気まかせだったが、運悪く二年間続けて凶作になったりすることもあった。

故郷の通川は、冬には人の背丈くらい雪が積もる。凶作の年など、食糧が底をつく長い冬の間はどこの家でも朝食だけはなんとか粟飯を食べ、昼食は何も食べず、夕食は豆粥でしのがねばならなかった。冬を越してようやく春が来た頃は、わずかな蓄えの食糧もなくなり、草の根や木の皮で命をつな

がねばならなかった。

飢えより悲惨なものはない。わが故郷でも多くの人々は飢えに耐えられず、懐かしい故郷を後にして満州や北間島（中国東北部の吉林省の汪清県・延吉県などの四県）に移っていったものだ。

祖父の寺子屋で漢学を学び、故郷を脱出

私が生まれたのは一九一五年十一月二十五日である。日本は私立小学校にまで「君が代」を歌うよう強制していたが、一方では韓国のいたる所で光復秘密決死隊（光復は独立の意味。独立運動のゲリラ部隊）が作られていた時期だった。またこのころ、日本はさかんにインフラの整備を進めていた。鉄道では咸鏡線（咸鏡南道の元山—上三峰間）の着工、京元線（ソウル—元山間）の開通、港湾では釜山港、鎮南浦港、元山港が完成していた。生活雑貨として、日本製のゴムの履物が登場したのも、この頃であったと思う。

私は小学校入学の三年前から、祖父が訓長（教師）を務めていた書堂（寺子屋）で漢学（漢文）を習いはじめた。懸命に頑張って、祖父の前で誰よりも立派に漢文を暗記できたのは、勉強が面白かったからではなく、ただ祖父に容赦なく叩かれるのが怖かったからであった。

そのときに習った漢文の本当の意味は、後年成長してからようやくわかった。十歳で小学校に入学したが、小学校の勉強はあまりにやさしかったので、一年生から三年生に飛び級した。しかし習字と唱歌が下手で、卒業するまで成績はずっと二番だった。短気のせいか、習字も落ち着きがなくてなか

故郷の松田公立普通学校（小学校）卒業記念。○印が著者。1931 年 3 月

なか上手になれず、また生まれつきの音痴で歌もまったく駄目だった。ずっと一番を通した級友は卒業後、看守試験に受かって刑務所に就職した。

　小学校入学と同時に、父によって「一等農夫の訓練」が始まった。休みや日曜日には朝早くから夜遅くまで父について農作業を手伝わされ、平日は学校が引けるとできるだけ早く家に帰って、暗くなるまで父に従った。そのため、私にはほとんど自由な時間がなかった。秋夕（チュソク）（旧正月と並ぶ最大の節句。陰暦の八月十五日）の前日さえも、ソバの収穫の手伝いをさせられるほどだった。しかし後年わかったことだが、学校に通いながら父親を手伝うのは、本格的な農業に比べればずっと楽だった。

　小学校を卒業すると、父は私を本格的に農夫として育てはじめた。子供のころから思い描いていた、上級学校に進学して学校の先生になる夢は、家庭の事情であきらめるしかなかった。

辛い農作業の合間に、私はしばしば考えたものだ。

「一生、ゆっくり腰を伸ばす暇もなく、死ぬほど働いてもお腹一杯食べられない農夫で終わってしまうのか——」

そう思うと胸が苦しく、将来が真っ暗に思えた。農業は辛い労働のわりに、得るものがあまりにも少ないのが不満で仕方なかった。故郷を離れて、農業以外の仕事をしてみたかった。どんな仕事でも、農業に注ぐエネルギーさえあれば、もっとよい収入が得られそうに思えた。

それでとにかく、私は都会に出たかった。

そんな私を一念発起させたのは、村長宅にだけ配達されていた「東亜(トンア)日報」だった。読み書きできる大人たちが全員読み終えた後、私は夜遅くそれを読ませてもらった。外の世界とほとんど断絶された農村で、新聞を読んでいるときこそが私の唯一の息抜きだった。

私は当時、新聞の連載小説が作り話ではなく、毎日実際に起きているものだと信じていた。『魔都(マドエ)の香火(ヒャンブル)』（方仁根(パンイングン)作）も『土(フク)』（李光洙(イグァンス)作）もすべて事実だと信じていた。とくに『土』の主人公の許(ホ)弁護士の生き方に感動した。私も都会に出て日雇いをしてでも金を稼ぎ、苦学して弁護士試験に合格し、許のような立派な人間になってみたいという夢をたびたび描いてみたものだ。その後、実際に都会に出たとき、働きながら弁護士を目指して『法制通信』誌や『六法全書』などを買って勉強し、試験を受けたものの、あっさり落ちてしまった。

度重なる家出で、親不孝者と噂される

清津(チョンジン)の開港工事と製鉄工場の建設現場の労働者募集を「東亜日報」の記事で知って、友人と一緒にこっそり故郷を離れた。これが私の最初の家出だった。

この最初の家出はもちろん、二度目、三度目のときも父に見つかって、故郷に連れ戻された。だが、私をどうしても故郷に繋いでおきたいという父の執念もさることながら、絶対に故郷を脱出しようという私の決意も並大抵のものではなかった。

度重なる家出で、村では私を両親を困らせる親不孝者だと噂し、母は私の服を引き裂きながら大声で泣いたりした。三度目の家出に失敗してしばらくは、父母のことを考えて懸命に農業に励んだ。農地を広げ、牛も飼って「父のように弟や妹たちを無事結婚させよう」と心を決めた。だが、再び凶作に見舞われ、私はまたもや「決心」を翻(ひるがえ)さざるをえなかった。

凶作になるときまって、家々では夫婦ゲンカが絶えなかった。誰もが、日々の暮らしが厳しくなると神経過敏になるものだ。わが家も同じだった。今もはっきり覚えているが、両親のケンカはいつも食べることが原因だった。食べものが残り少なくなると、母は父に知らせるしかない。それをどうしてか、必ず朝食のときに言うのだった。日々の飢えをどうやって凌いで生きていくかが悩みの種だった父の答えは、いつも決まっていた。

「米を買い込んだのはつい先頃なのに、もう残ってないのか!?」

いま考えてみると、極貧の家を切り盛りしている母は、父がそう言うと、「そうですね」くらいに

妹の熙永と。1940 年頃

受け流せばいいのに、「私一人で全部食べてしまいました」と皮肉っぽく言い返したものだ。

こうなると、父も黙っていられない。

「米がなくなったことを、なぜ朝食の場で言うんだ！」

「食事のとき言わないと、いつ言うの！　誰だって言いたくないわよ！」

気性の激しかった母も、少しも負けていない。互いに感情が激しくて、ついには食卓がひっくり返されてしまうこともあった。

「このままではいけない」

故郷に落ちつこうとした私の考えは、また元に戻ってしまった。何があっても、ソウルに出て、農業以外の仕事で成功してみせると心に決めた。

満十七歳の春、私は四度目の家出をした。このときはソウルへ直行した。切符代は出世払いということで、一緒に村を出奔（しゅっぽん）した友人の呉仁輔（オインボ）君に出してもらった。呉君は、家同士の約束で無理やり結婚させられ、新妻にほとんど愛情を感じられず、家出する隙（すき）を窺（うかが）っていたのだ。

これが、私の最後の家出となった。

chapter

2

「現代」の胎動

仁川からの出発、米屋になるまで

ソウルに到着した私は、呉仁輔君からさらに旅費五〇銭を借りて、あてもなく二人で仁川に向かった。どこに行っても日雇い労働しかなく、二人ともその姿にばつが悪い思いがした。また、一文なしの私が彼にくっついているのは申し訳なく感じていた。

仁川埠頭での一ヵ月間、私は埠頭の荷下ろしから引っ越し手伝いまで、金になる仕事は手当たりしだいやった。しかし死ぬ思いで働いても、せいぜい飢えを凌げるくらいの金しかもらえなかった。そのうえ雨が続くと、そんな仕事にもなかなかありつけない。仁川ではなんの希望も見いだせなかった。それならソウルの方がよいと気持ちを切り替え、歩いてソウルに向かった。

途中にあるソサという村（現在の京畿道富川付近）のある農家で働き手を募集していた。ソウルで待っている人間がいるわけでもなく、住み込みでお金をもらえるということで、渡りに船とばかりに応募すると採用された。しばらくたつと、よく働く人が来たと、村では私のことを噂していたようだ。村のあちこちから呼ばれて働き、初めてまとまった金を手にすることができた。

その後、ソウルに着いて何日間か仕事を探し回り、やっと安岩洞（洞は里と同格の末端の行政区）の普成専門学校（高麗大学の前身）の校舎新築工事の現場を見つけた。ここで石や木材を運ぶ労働を二ヵ月くらい続けた後、元暁路の龍山駅近くにある豊田水飴工場（現在の東洋製菓）で雑用係として働いた。

たまたま水飴工場の前を通りかかって、正門の柱に貼り出された「見習い募集」というビラを見つ

福興商会のアジュモニ（奥さん）と。1934 年

けて、すぐに面接を受けて職に就いたのだ。日当五〇銭で、パイプをつなげたりする修理の仕事や雑役をこなした。

そうして一年近く過ぎた。現場の日雇いよりは肉体的には楽だったが、金はあまり残らず、そのうえ技術もちゃんと教えてもらえなかったので、将来性が見えなかった。

そこで暇を見つけては、街をぶらぶら歩きながら、もっとよい職場がないかと探し回った。そしてやっと、「福興(ポクプン)商会」（米穀商）の配達員の職を見つけた。当時の私としては、大変な幸運だった。そこは安定した職場であり、昼食と夕食を食べさせてもらえたうえ、月給は米一俵だった。

「ノミやウジがわく飯場に寝泊まりし、食事代を引いてしまえばいくらも手元に残らない日雇い労務者に比べれば、米屋の待遇はよい。一ヵ月で米一俵なら、一年で一二俵になる。故郷を出てきてよかった。父も私のことを理解して認めてくれるだろう」

これで将来の見通しがついたと感じ、喜びがこみ上げてきた。

家出してから、初めてよい仕事に恵まれたという嬉しさの一方、父に対し申し訳ないという思いもした。しかし、父が私の居場所を知れば、すぐに連れ戻しに来ると思ったので、家にはなんの便りもしなかった。初めて手紙を出したのは、家出して三年後、月給の米が二〇俵貯まった頃だった。すぐに送られてきた返事には「お前は出世したようだな。こんな嬉しいことはない」と書かれてあった。

どんなことにも手抜きをしない私の性分は、ここでもいかんなく発揮された。福興商会に就職した翌日から、私は誰よりも早く起きて店の前をきれいに掃き清め、水を撒（ま）いて一日の仕事を始めた。

怠け者のうえ乱暴な息子に頭をかかえていた米屋の主人は、熱心に米の測り方を覚えながら、配達したり、お客さんに明るく接している私を、とても気に入ってくれた。店主は金はあるが学がないので、帳簿づけもできず、ただ雑記帳に出入の量だけを簡単にメモしていた。息子が夕方に来て、これを元帳に転記し、在庫をいい加減に把握していた。すると六ヵ月ほど過ぎた頃、店主は帳簿の整理を私に任せるようになった。

私は米と雑穀がゴチャゴチャに混ざっていた倉庫をきれいに仕分けて整理した。米は一〇俵ずつ一ヵ所に集め、雑穀は種類別にし、米は何俵、大豆はいくら、小豆はいくらというように、一目（ひとめ）で在庫が把握できるようにした。また、帳簿を元帳と顧客別帳簿に分けて揃えた。簿記学校で二ヵ月間習った勉強が生かされたのだ。店主は喜んで、新しい自転車を買ってくれた。

この自転車については、ぜひ述べておきたいことがある。

採用から三日目、店主に米一俵と小豆一升を四キロほど離れた顧客の家まで、自転車で配達するように言われた。あいにく雨が降っていた。「自転車に乗るのはそんなにうまくありません」とも言えず、荷物を自転車に積んだが、バランスがとれない。最初から無理だったのだ。ちょっと進んだところで自転車もろとも倒れてしまった。自転車のハンドルは完全に曲がってしまい、米と小豆は泥にまみれてしまった。

ところが、店主の奥さんも心優しい方だった。泥まみれになった荷物を見て、奥さんは怒るどころか、大声で笑いながら「雨のなか、ご苦労さま」と労（ねぎら）ってくれたのだ。その夜、先輩配達員の李（イ）さんに頼み込んで、自転車での配達技術と要領を教えてもらい、三日間ほとんど徹夜で練習した。

「米俵は立てて載せるとバランスをとるのが難しい。絶対に縛りつけてはいけない。米俵を縛りつけて倒れれば、米の重さで自転車を壊してしまうからだ」

自転車での単純な米配達も、練習して覚えなければならないコツがあった。その後は一度に米二俵（一二〇キロほど）を載せても大丈夫なほど、上手になった。

米一俵からはじまった月給は二俵になり、最後には三俵まで上がった。私はどんな仕事でも最高の結果を得るために、いつも自転車での米配達の練習のときのように最善の努力をしながら頑張った。「このくらい」とか「この程度」という妥協は、私にはありえなかった。「これ以上やることがない、最後の最後まで尽くす最善」、これが私の人生を貫いてきた信条である。

二年後、私は店主から福興商会を引き受ける意志がないかと言われた。まったく想像もしなかった話だった。息子のことで悩んでいた店主は、これ以上店を続ける意欲をなくしてしまっていたらしかった。いままでの顧客リストをそのまま引き継ぎ、月極めで精算する条件で米をいくらでも卸してくれるという精米所の約束を取りつけ、新堂洞（シンタンドン）に店舗を借りた。一九三八年一月、ソウル一の米屋にするという決意を込めて「京一（キョンイル）商会」という看板を掲げた。二十二歳の冬だった。故郷を離れて五年目のことだった。

田舎の従兄弟を呼び寄せて一緒に米を配達しながら、私は新しい大口顧客を確保するために懸命に働いた。梨花（イファ）女子高校と京城（キョンソン）女子商業の寄宿舎も顧客になってもらい、米商売は日増しに繁盛していった。

ソウルにおける「現代」の誕生地

商売に自信がでてきて、このままいくと成功して、ソウルどころか韓国一の米穀商になりそうな気がした。しかし日中戦争後の戦時体制で、一九三九年十二月から米が配給制になり、全国の米屋が一斉に店仕舞いせざるを得なくなった。店を整理し、貯めておいた金の一部を持って初めて故郷に帰り、父親のために田んぼ二〇〇〇坪を買い、結婚もした。

「アドサービス」を開業するも火災で借金

翌年早々に、再びソウルに戻って仕事を探し回った。

手元の七、八〇〇〇円を資本に、何かできる仕事がないかと考えていたところ、李乙学（イウルハク）氏と金明賢（キムミョンヒョン）氏に出会った。李氏は京城工業社に勤務するエンジニアで、金氏は工場の雑役係だった。李氏はちょうど売り物に出ている阿峴（アヒョン）洞にある「アドサービス」という自動車修理工場を薦（すす）めてくれた。技術者は自分が責任をもって集めると言う。手持ちの資金に加えて、高利貸の呉潤根（オユングン）氏から借金をして、「アドサービス」の仕事を始めた。

一九四〇年三月一日に契約してから二十日間、寝るのも惜しんで働いた。李氏は当時ソウルでは名の知れた技術者だったので、多くの固定した顧客がいた。私は自動車についてはまったく素人なので、工場に車が持ち込まれると、「いらっしゃいませ、ようこそ。心配は要りません。必ず直しておきますから」と、元気よく大声を出し、お客さんを安心させるだけの役割だった。でも、たいそうな稼ぎになり、この事業を選んでよかったと思った。ところが、三月二十日頃、契約の残金を全部支払ってから五日後に火事に見舞われたのだ。

その日の夜、板金の仕事を習うため、私も遅くまで一緒にいた。仕事が終わって二人の技術者は帰り、私は当直室で寝ることになった。朝起きて、顔を洗うお湯を沸かすためにかまどにシンナーを少し入れた。その瞬間、シンナー筒に引火してしまい、火の点いたシンナー筒を反射的に投げ捨ててしまった。一瞬のうちに床が燃え上がった。古い木造の建物だったうえに、長い間油などが浸み込んでいる工場だったので、あっという間に全焼してしまった。

当時とても高価だった電話機でガラスを割って逃げ出し、私はなんとか焼死は免れた。しかし、工場も修理のためにお客さんから預かった自動車も、すべて灰になってしまった。

前夜に板金作業をしていた私たち三人は、龍山警察署で厳しい取り調べを受けた。処罰が怖かったので、最初はなぜ火が出たのか知らないと言い張ったが、留置所に入れられて眠りについて一〇分もたたないうちに呼び出されて、殴られた。留置所に戻されても、またすぐ連れ戻されて、再び殴られたので、とうとう耐えきれず、正直に話した。睡魔に襲われた人間を眠らせない拷問ほど恐ろしいものはない、と思った。

「調査の結果、故意性はなかったと判断する。工場の建物は焼けたが、人命の被害はなかったので釈放する」

と言われ、無罪放免の身となったが、トラック五台と当時の実力者、尹徳栄（ユンドギョン）氏の自家用車まで燃やしてしまったので、借金で首が回らなくなり、もう浮かび上がれそうもなかった。

再起はしたものの

だが、私はこのままでは終わりたくなかった。生きる道はこれしかないと結論を下し、再び呉潤根氏を訪ね、土下座してお願いすることにした。工場を始めるときに信用だけで三〇〇〇円を資金として快くポンと貸してくれたことがあったからだった。

「不本意ながらこの度火災に見舞われ、すべてをなくしてしまい、そのうえ借金だらけになってしまいました。このまま挫折してしまえば、お借りしている三〇〇〇円も返す術（すべ）がありません。どうかもう一度だけ、私を助けてください」

絶体絶命の思いでお願いした。じっと私を見つめていた彼は、ようやく言った。

「私は今日まで、一度も担保をとって人に金を貸したことがない。信用だけで貸している。そうして、貸した金を踏み倒されたこともない。それが私の誇りだ。よし、わかった。私の一生に、人間を見損なって借金を踏み倒されたという汚点を残したくない」

こうして、再び貸してもらった借金三五〇〇円で、今度は新設洞（シンソルトン）の空き地を借りて、従業員を雇い、無許可で自動車修理工場（現代自動車工業社）を始めた。当時、法的には修理工場の免許は自動車製造工場にしか与えられなかったので、許可を得るのはほぼ不可能だった。山のような借金を背負い、無許可の修理工場を営む毎日は、薄氷を踏む想いだった。

東大門（トンデムン）警察署から毎日のように警官がやってきて、ただちに工場を閉鎖しなければ逮捕すると脅かしてきた。私は毎日朝早く、東大門警察署の近藤保安係長の自宅を訪問して、ひたすらお願いした。

当初は全然相手にもされなかったが、一ヵ月間頑張って通いつめた結果、ついに係長は折れてくれた。

「こっちの負けだ。お前を拘束しなければならないのだが、毎朝やってくる人間を拘束するわけにもいくまい。お前は別に悪いことをしているのではないが、法律に違反しているのは事実だ。だから、違法行為をするにしても、われわれの面子を考えて、もっと利口にやってくれ」

彼はそう言って、まず目抜き道路から工場が見えないように板で囲い、隠れて仕事をするよう忠告してくれた。

私の「全力を尽くす」姿勢がまたもや好結果をもたらしたのだ。当時、自動車修理工場は、現在の乙支路六街の京城サービスなど三、四軒ほどしかなかったが、ささいな故障も修理が必要だと大げさに言い、しかも修理期間を延ばして、暴利をむさぼっていた。

私は反対に、他で一〇日かかるという修理期間を三日くらいに短縮して、その分だけ修理費をよけい請求する方法を採った。自動車を足として使っている人間ならば、早く修理される方が嬉しいのだ。やがて、新設洞の私の無許可工場に、故障した自動車が押し寄せた。

私は昼間はお客さんのところを回って、修理の注文を受けたり、集金をした。夜は他の技術者と寝食をともにして、同じように油まみれになって夜遅くまで働いた。

そのように修理の作業を直接手伝ったお蔭で、わりと早いうちに自動車の付属品の機能をほとんど理解できた。この知識は、その後も長い間、あちこちで役に立つことになった。

おもしろいようにお金が貯まり、呉潤根氏からの借金は、元金はもちろん利子まできれいに返済することができた。

ところが、時局はさらに厳しくなっていった。朝鮮総督府はクギやワイヤー、鉄板のような軍需品として使える物資を配給制にして、統制しはじめた。一九四一年四月には生活必需物資統制令まで公布した。そして同年十二月、ついに日本は太平洋戦争を起こした。無理な戦争を仕掛けたため、全国から真鍮（しんちゅう）の器、スプーンまで没収され、兵器の材料にされた。

そして一九四三年初め、総督府はアドサービスと鍾路（チョンノ）の日進工作所を強制的に合併させた。合併といっても、事実上は吸収だった。合併された会社に意欲や情熱が湧くはずもなく、李乙学、金明賢氏が先に辞め、私も手を引いた。二十七歳の初春のことである。

笏洞鉱山での「転禍為福」

渾身の力をふり絞って頑張ったアドサービス自動車工場を強制的に閉鎖されたうえ、弟の仁永（イニョン）と順永（スニョン）が徴用（いわゆる「強制連行」）されそうになったので、修理工場時代に知り合った宥和鉱泉業社長のもとに駆け込んだ。社長の息子は朝鮮製錬と関係があり、その傘下にある鉱山で、ぜひ弟たちの働き口を探してほしいと頼んだのだ。軍需鉱山で働けば、徴用は免除されたからだ。

そして私自身は、黄海道の遂安（スアン）郡笏洞（ホルトン）金鉱から平安（ピョンアン）南道の鎮南浦（チンナムポ）製練所まで運ぶ鉱石を、途中の平壌（ピョンヤン）の船橋里（ソンギョ）まで運搬する下請け契約を結んだ。

保証金三万円を預け、またエンジン音ですぐ自動車の故障がわかるほどの自動車修理の名人金永柱(キムヨンジュ)を整備責任者に据え、鉱山の中古トラック一〇台と新車トラック二〇台を使って働きはじめた。山岳地帯のうえ一三〇キロを越える運搬距離は路面も険しく、自動車の故障も頻繁に起き、一日一往復も難しかった。

さらにつらかったのは、笏洞金鉱所長と同期生である日本人管理責任者の意地悪だった。彼は「積みすぎだ、積み不足だ、金塊のような貴重な鉱石をなぜこぼす」など、難癖のような小言を一日に何回も繰り返した。後で知ったが、私たちを追い出して自分の同期生を入れようとしていたのだ。

二年以上我慢したが、とうとう一九四五年五月には、私の代わりに入りたがっていた人に下請け契約権を渡してしまった。契約保証金三万円と契約権利金二万円の合計五万円を手に、虫歯を抜いたようなさっぱりした気持ちで、家族を連れて笏洞鉱山からおさらばし、一時故郷に帰った。

ところが、これが神の助けであった。

私たちが鉱山を出て三ヵ月後、日本は敗れた。笏洞鉱山はその日のうちに廃鉱となり、働いていた日本人全員がソ連軍の捕虜となってしまったのである。

もし、私がそのまま留まって仕事を続けていたら、五万円の財産はそのまま水の泡と消えていたばかりか、さらに運悪く日本人とともにシベリアに連行されていたかも知れない。私たちは日本名の加藤となっていたから、その可能性は十分にあった。

「創氏改名」(日本は一九三九年十一月、皇民化政策の一環として朝鮮人の姓を強制的に日本式に変えさせた）に最後まで反対して耐え抜くほど愛国・憂国の士ではなく、時代の流れに身をまかせて生きてきたことについては、それほど恥とは思っていない。私たちをイジメていた日本人だが、中には偶然とはいえ私たちを救い出してくれたありがたい日本人もいたのだ。人間の歴史はそうした奇妙な縁で結ばれているような気がする。

敦岩洞の解放（一九四五年八月十五日）の頃の思い出

笏洞鉱山から手を引いた一九四五年五月から翌年四月までの一年間は、私の人生で唯一、無職だった時期である。私たち家族は、自動車修理工場をしていたときに買っておいたソウルの敦岩洞（トナムドン）にある小さな瓦葺き家で暮らした。両親は四一年に故郷から敦岩洞に越してきて同居していた。敦岩洞では、まず仁永が、六ヵ月後には順永が相次いで結婚した。学校の問題で故郷に残っていた世永（セヨン）と信永（シニョン）を、私が笏洞鉱山の仕事を辞める二ヵ月前に連れてきた。

両親と兄弟、そして甥、姪たちまで二〇名の大家族が二〇坪くらいの狭い家でどのように暮らしたか、いま思い出すと驚くばかりだ。食事の貧しさも中途半端ではなかったが、稼いで貯めた金があったのでお腹をすかせることはなかった。

適当な仕事は、なかなか見つからなかった。朝食をすませると、毎日のように義弟と順永をつれて早々と家を出たが、それでも仕事が決らなかった。

失業中の敦岩洞の一年間は、おそらく生涯で唯一、家長の役割を果たした時期でもあった。父は夕バコを嗜んでいたが、当時はライターはもちろんマッチさえあまりなく、タバコの火を点けるのが大変だった。火を簡単に点ける方法はないものかと思い、銅線に黒鉛を接触させて点火させる自動車の点火原理を応用してみることを考えついた。何度かやってみたら、キセルにうまく火が点いた。そのときの父の嬉しそうな顔を、今もハッキリと覚えている。

兄弟の中で、私が一番母に似ている。母は女性としては手足が大きかった。なかなか足の大きさに合う履物がなくて苦労し、いつも男性のゴム履物で過ごしていた。当時、女性用のゴム履物は二五センチまでは出回っていたが、それ以上のものはなかった。私は洋靴店にオーダーメイドし、白い革靴をプレゼントした。

しかし、短気な性格で早足なので、母親には革靴は楽ではなかったらしい。他人の目を盗んでは、革靴を脱いでポソン（白い木綿の伝統的な朝鮮足袋）のままで地面を歩いたりした。とはいえ、息子からのプレゼントだったので、たいそう大切にし、革靴の片方は脇の下に挟み、もう一方は手に持って歩いていた。

ご飯などを炊くときの燃料も問題だった。故郷だったら山に入れば薪はすぐ手に入ったが、ソウルでは大問題だった。笏洞鉱山で知り合った人の炭焼き場に行ってトラック一杯買ってきたとき、母をはじめ五人の女性が大喜びした姿がいまも目に浮かぶ。

長男の嫁である家内の苦労はもちろんだが、弟の嫁たちの苦労も言葉で言い表せないほどだった。当時仁永は、日本に留学して留守だった。順永は父譲りで無口だった。夫不在の大家族のなかで気を遣っている仁永の妻が不憫(ふびん)で、私は機会あるたび家内に、彼女には特別な配慮をするよう言い聞かせた。

しかし、心優しいが人づき合いの下手な家内は、あまり役に立たなかったようだ。仁永の妻は日本の挺身隊に連れていかれるのを避けて、十八歳で嫁に来ていた。幼い彼女が、手の乾く暇もないほど忙しい台所仕事や洗濯に追われている姿は気の毒であった。だが両親の前で自分の妻子を大事にする様子を見せるのは、私たちの世代ではタブーだった。

ある日、順永の妻が大声で泣いている声が聞こえた。家内にその理由を聞くと、川で洗濯して帰ってきてからずっと泣いているという。真冬だったので、雪の積もった川で大量の洗濯物をし、あまりの辛さに大声で泣いたようだった。それから私は、鍾路(チョンノ)の団成社(タンソンサ)〈映画館〉で封切り映画が上映されると、妹の煕永(ヒヨン)と二人の義妹を連れてたびたび映画に出かけた。帰りには外食などもした。乳飲み子を抱え、長男の嫁として両親の世話に追われている家内は、外出には加われず、いつも自宅で留守番役だった。義妹たちは家内に申し訳ないといって、外食だけは秘密にしていたらしい。

父の死

一九四四年、父は還暦を迎えたが健康がすぐれず、お祝いの宴は翌年に延ばすことにした（韓国の慣わしでは健康がすぐれないときなどは、縁起をかついで延期することがある）。翌年、解放を迎えると、故郷でお祝いするために、敦岩洞の自宅は順永の妻と妹の煕永に任せて、みんなで故郷の通川(トンチョン)に戻った。

三日間、昼夜を分かたず宴の席を設けるなど盛大にお祝いした後、ソウルに帰ろうとしたら、道路がいきなり封鎖され、統制が厳しくなった。もたもたしているうちに大変な目に遭うかもしれなかったので、途中から山道を歩くことにした。ソ連軍に捕まって、家族が離れ離れになる心配もあり、隠れながら歩きつづけて三八度線に近い積城(チョクソン)に着いたが、漢灘江(ハンタンガン)にぶつかった。水かさがかなりあった。浅いところでも私の背の半分を超えていた。通川から熱を出していた三男の夢根(モングン)を肩に乗せて川に入った。続いて家族みんなが服を脱いで川を渡った。

数日後、仁永の妻が腸チフスにかかり、ダウンしてしまった。伝染病だった。父自らが嫁の世話をし、誰一人、近づけなかった。無口だが、なさけ深かった父は何があっても自分で引き受けるつもりだったのだ。

嫁の髪まで整えるほど、父の懸命な看病のかいあって、病は快方に向かったが、代わりに父が倒れてしまった。腸チフスが伝染したのではなく、もともとあまり丈夫ではないのに無理がたたったせいだった。

一九四六年、米軍政庁が日本人財産の一部を払い下げたとき、中区草洞(チュングチョドン)一〇六番地付近の二〇〇坪の土地を買い取った。同年四月、そこに「現代(ヒョンデ)自動車工業社」の看板を掲げ、自動車修理工場を始めた。妹の熙永と結婚して義弟となった金永柱(キムヨンジュ)と弟の順永、笏洞鉱山で一緒に働いた崔基浩(チェギホ)、故郷の友人呉仁輔(オインボ)に、職人を合わせて従業員は全部で一〇名だった。

現代自動車工業社の従業員らと金剛山九龍淵に遊ぶ。1945 年初夏

この現代自動車工業社が「現代」という称号の始まりだった。その二ヵ月後の六月二十八日、父はこの世を去った。

私は心の柱を失い、戸惑いを隠すことができなかった。「このように早く亡くなるとわかっていたら、夜は早く帰宅し、美味しい食事、果物を出し、良い衣服を着てもらい、もっともっと親孝行しておけばよかったのに」と悔やんだ。生んで育てていただいた両親に、ある日突然別れを告げられたとき、残された子供に残るのは後悔と、親不孝をしたという自責の念だけだ。

夜中に帰宅したとき、部屋から「遅かったね、お帰り、寝ないでお前を待っていたよ」という労い言葉の代わりに、「ゴホン」と私に聞かせてくれた咳ばらいも、これからは聞けないと思うと、虚しく淋しかった。

その後の日々、私はときどき「父が生きていて私を見守ってくれたら、どんなに嬉しいだろうか」と思ったものだ。しかし、悲しく辛いことが起きると、「亡くなっているから、辛い思いもさせず、かえって幸いだった」と思いなおした。

「現代自動車工業社」と「現代土建社」

「現代自動車工業社」は開業当初、米軍や官庁の仕事がほとんどだった。米軍車両のエンジンを交換したり、廃車寸前の日本車を改造するなどの仕事をこなした。解放後（一九四五年八月十五日以後）しばらくすると交通量が増え、修理工場は繁盛した。しかしあるとき、ある建設業者が一回の仕事で自動車修理の二〇倍以上の大金を受けとるのを目の当たりにし、同じ仕事なら稼ぎがよいほうをと思い、私は建設業への参入を決意した。

これが無謀だとはけっして考えなかった。建設業はまったくの素人でもなかったからだ。土木工事の現場で働いたことがあったし、当時の建設業はほとんどが修理や営繕にすぎなかった。「見積りを出して、修理して、お金をもらうということでは、自動車の仕事と大きな違いはない」と思っていた。

私はどんな仕事でも、始めるときは、「必ずできる」という九〇パーセントの確信に、「可能にする」という一〇パーセントの自信でもって、心を埋めつくしてしまう。不可能かもしれないという懐疑や不安は一パーセントたりとも抱かない。義弟と友人は乗り気ではなかったが、私はすぐに草洞（チョドン）の「現代自動車工業社」の建物に「現代土建社」の看板を付け加えた。一九四七年五月二十五日、それが「現

現代自動車工業社創業１周年記念。最後列左から４人目が著者。1947 年

代建設」の出発だった。

当時の韓国の建設業界は、大手一五社以外に中小の零細業者が三〇〇〇社近くもあったが、大規模な事業はほとんど大手が独占し、それらを小分けにして中小業者に下請けさせていた。わが社は工業学校の教師出身の技術者を一人採用して、職人一〇名あまりで発足した。しかし、熾烈な受注競争の中で、初年度の実績はかんばしくなかった。

一九四八年五月、韓国は南だけの単独で総選挙を実施した。七月には新憲法が公布され、八月には李承晩（イスンマン）大統領が独立を宣言した。この年に私は、「現代土建社」の事務所を光化門（クァンファムン）にあった平和（ピョンファ）新聞社ビルに移した。「現代土建社」は抱川（ポチョン）、仁川（インチョン）（以上、京畿道）、大田（テジョン）（忠清南道）などの米軍宿舎や部隊施設の新築、改修工事などでやっと面目を保っていた。

一九五〇年一月、私は「現代土建社」と「現代自動車工業社」を合併して、「現代建設株式会社」を設立した。政府が国家再建のための建設行政を整備する方針を打ち出し、これに従って会社規模も拡大し、体制を整備する必要性を感じていたからだ。公称資本金三〇〇〇万ウォン、払込資本金七五〇万ウォンで、所在地はソウル中区筆洞一街四一番地だった。

建設業は受注を取るのは容易ではないが、収益性が高い業種だった。二つの会社を一つに合併し、私は「よし、これからしっかりとやってみよう」と、意欲を燃やしていた。

朝鮮戦争で避難民に

ところが、その六ヵ月後に朝鮮戦争が勃発したのだ。北朝鮮軍が南進したというニュースはラジオで聞いて知っていたが、まさかそんなに早くあっさりとソウルが占領されてしまうとは、夢にも思わなかった。

敦岩洞に暮らしていた妹の家族が同じ城北区貞陵の北方から聞こえてくる砲声に驚き、奨忠洞のわが家に移ってきて、義弟が「兄さん、米を買い込んで置きましょう」と真顔で言うのだ。

私は「韓国軍は昼寝をしている訳ではない、軽々しく首都ソウルを手渡すことはないだろう。無駄口を叩くんじゃない」と一蹴した。

私は頑固なまでに、韓国の政府と軍隊を信じていた。

六月二十六日の朝、仁永も自宅に駆けつけてきた。北朝鮮人民軍の戦車がすでにソウル郊外のミアリ峠を越えて攻めてきたという知らせだった。二十七日夜、「東亜日報」の外信部記者だった仁永は、ソウルにある外国機関が撤収の準備をしているというニュースを新聞社に知らせ、号外三〇〇部を手動印刷機で刷って発行したあと、ソウルの中心街武橋洞（ムギョドン）の居酒屋で、その時まで残っていた新聞社関係者何人かと別れの酒を酌み交わして帰ってきた。

ようやく事の重大性に気づいた私は、中風（ちゅうぶう）で寝込んでいた母だけでも連れだして避難しようと思ったが、母は避難を強く拒んだ。

翌日、私は弟と一緒にジープに乗って出かけたが、戦車はすでにソウル中心街の乙支路まで入ってきていた。万一の場合に備えて自宅に戻り、仁永が帰国したとき持ち込んだ本を庭に積んで燃やした。

事業をやっているといっても規模が小さく、また地主でもないので、家族を心配するほどでもなかったため、仁永と二人で避難することになった。仁永が当時任されていたのは、韓国駐在の外国大使のプロフィールの連載だったため、どうしても避難させねばならなかった。

食糧を買い込んでおこうといった義弟の言葉を気にとめなかったことを後悔したが、すでに手遅れだった。自宅にある食糧を後で調べてみたら、大麦が半俵に、米は二升しかなかった。

弟と崔基浩、私の三人で歩いて西氷庫（ソビンゴ）（龍山区）の船着き場まで行った。漢江大橋（ハンガンテギョ）はすでに破壊され、一晩中降り続いた雨で漢江は増水し、黄土色に染まって勢いよく流れていた。船着き場は銃を肩に担いだ韓国兵や避難民でごったがえしていた。川を渡る手段は、一度に二、三人しか乗れない小さなボートしかなかった。

互いに先を争って渡ろうとする人々を眺めながら、どのようにして川を渡ろうかと考えていると、ボートの持ち主らしき人物が突然ボートを川岸に引き揚げて、オールだけ持ってどこかに行ってしまった。絶えまない人々の叫び声に疲れたのだろうか。あるいは、二、三人しか乗れないボートでは人々を向こう岸まで運ぶのに身の危険を感じたのかもしれなかった。

私たちはボートの持ち主がちょっと離れた隙をついて、三人で一気にボートを川に押し込んで乗った。オールがないので、交替で両手を水中に突っ込んで懸命に漕いだものの流されてしまい、斜め向こうの川岸になんとかたどり着いた。

歩いて水原（京畿道）まで行き、そこから忠清南道の天安まで汽車に乗った。そこで私たちは、韓国軍が人民軍を全員追い返したというデマを信じ込んで、またソウルの鷺梁津まで戻った。しかし気勢をあげている人民軍に圧倒されて、再び天安まで下った。さらに歩きつづけて大田まで下り、そこで一週間とどまっていたところへ、国連軍が入ってきた。しかし、戦況は好転せず、押されっぱなしだった。私たちは最後の汽車をつかまえて、結局、慶尚北道の大邱まで下った。

国のために一肌脱ぐ

大邱で弟の仁永は「大韓日報」の編集の仕事を手伝った。手もちぶさたの私は軍人たちの士気を高めようとして、最前線の部隊への新聞配達を志願した。戦時中なので乗物がなく、毎日歩いて山中部隊にまで新聞を配って回った。

そんなある日、新聞集配所に行ったら、新聞が一部も見あたらない。私が配達する予定の新聞を集配責任者が豆腐屋に全部売ってしまったというのだ。新聞といっても、もうすぐ米軍が来るから勇気と希望をもって戦おうという士気高揚の記事ばかりだったが、そんな新聞であっても、最前線部隊は毎日待っている。それを豆腐屋に売ってしまったというのだから、呆れてものも言えず、その日で新聞配達を辞めてしまった。

秋風嶺（チュプンリョン）（慶尚北道にある峠）の防衛線も崩れてしまい、人民軍が洛東江（ナクトンガン）まで攻めてくるという噂を聞いて、牛を連れて洛東江を泳いで渡る避難民に混ざって、私たちも後退した。

すぐさま釜山（プサン）に入った。釜山で仁永と私は、旧知の陸軍大尉の勧めで、七トンの小さな動力船に乗って海岸の街や島々を演説しながら回った。「傀儡（かいらい）軍（北朝鮮人民軍）はもうすぐ出ていく。米軍がすぐに入ってくるから動揺しないように。反逆行動に加わらないように」という内容だった。国家と国民のためだったので、仁永と私は巨済島（コジェド）にまで出かけて声を張り上げて訴えていたが、ある日、その大尉一行の非人間的な面を見て、それを辞めてしまった。

木浦（モクポ）港（全羅南道）に船を接岸したとき、件の大尉はイワシの煮干し作りをしていた漁師に、それをそのままこの船に積み上げろと理不尽な命令をした。純朴な漁師が全部ではなく半分だけにしてくださいと訴えると、大尉はそれを聞き入れるどころかむちゃくちゃに漁師を殴って煮干しを奪ってしまった。仁永と私はそれを目の当たりにして、そんな大尉に呆れ返り、その場ですぐに彼らと別れた。

それから目的もなく街をぶらついていたが、「政治家に会えば、新しい情報を手に入れることができるだろう」と思い、民主党の事務所に立ち寄った。七月初旬の暑い日だった。戦場で無数の若者が毎日命を捨てて戦っているというのに、その事務所では、政治家と称する者たちは上着を脱ぎ捨ててビールを飲みながら、戦争は他人事のように暇つぶしに碁を打っていた。

その光景をみた瞬間、私の血は逆上しそうになった。

「私のようなごく普通の国民でも、国家への少しばかりの愛国心から最前線部隊に新聞配達したり、船酔いで吐きながら島を巡って、喉を傷めるほど演説をしているというのに、政治家が国家の命運の秋（とき）に、いささかの心配も責任感もなく、昼間からビールを飲みながら囲碁に興じているとは……」

と思うと、幻滅を感じた。風聞では釜山もすぐに北朝鮮軍に占領され、また、政治家などの実力者はみんな日本に逃げだす船を用意しているという話が飛び交っていた。呆れてものも言えないほどだった。

ソウルから着てきた作業着のままで、無一文だった私たちは、誰が見てもさながら浮浪者だった。ある日など、一日二食しか摂れなかったので、はめていた腕時計を質に入れようとした。だが、ただ同然の値だったので、入れずにそのまま持ちかえって、腹立たしい思いで歩いていたら、偶然にも米軍司令部の通訳募集広告が目にとまった。仁永がすぐさま西面（ソミョン）（釜山の中心街。面は日本の町、丁に相当）にある米軍司令部に駆けつけて、通訳募集の審査将校に「東亜日報」の記者の身分証明書を見せると、就職が決まった。

新聞記者という職業に配慮したのか、審査将校は弟に、通訳を必要とする部署の中から、行きたい部署を選ぶよう言った。兄の私が土建業の経験があるので、弟は仕事を回してくれそうな工兵隊を選んだ。運よく仁永は、すぐに工兵隊のマカリスター中尉の通訳に配属された。

山のような米軍工事が「現代」に

当時、釜山では建設の仕事が山ほどあった。第一線に送られる米軍の宿舎が不足していた。臨時首都で、しかも背水の陣を敷いた戦略的橋頭堡である釜山には、軍事物資の兵站基地と軍事支援司令部も置かねばならなかった。マカリスター中尉は通訳の弟に、自分は何も知らないので、良い建設業者を探してくるように頼んだ。そして私が駆けつけたのだ。マカリスターは会うやいなや、「あなたはどんな仕事ができるのか」と訊いた。

「なんでもできます」

と、もちろん私は自信満々に答えた。そうして請け負った仕事は、一度に押し寄せる米軍兵士一〇万人の仮設宿舎の一部を造ることだった。

休校中の学校を消毒してペンキを塗りなおし、床に長さ一二〇メートル、幅約六〇メートルの厚板を敷き、その上にテントを張って宿舎に造り直した。その間、ろくに寝る時間もなく、多忙をきわめた。弟は昼間は通訳で活躍し、仕事が終わると、わが事務所の職員として精力的に働いた。一ヵ月間、夜通し頑張った結果、まとまった金を手に入れた。するとソウルの家族が目の前に浮かんできてしかたがなかった。

「まさか特別なことは起きていないだろう。どんな手段を使ってでも生きているだろう」

と自分に言い聞かせたが、病気の母を思い出すと、韓国軍と国連軍はいったい何をしているのかと腹立たしくなり、焦りが募るばかりだった。

米軍から請け負った工事は、戦線を移りながらやるしかなかった。ついに国連軍がソウルを奪還すると、私たちは先遣隊として米軍軍用車に乗ってソウルに入った。自宅に帰ってみると、北朝鮮軍にすべてを奪われていたうえ、誰もいなかった。草洞の工場では、順永と義弟が何もない空っぽの工場を守っていた。敵の支配の下で、言葉では言えないほどの苦労だったという。

奨忠洞（チャンチュンドン）のわが家には、私の家族をはじめ、次男仁永の家族、三男順永の家族、義弟金永柱一家、そして崔基浩（チェギホ）一家など、五家族が同居していた。大人と子供を合わせて何人だったかわからないほどだった。背広一着で米一升を買って食べたり、ミシンを大麦に代えたり、義弟と順永が二人でリヤカーを作って、それを売って食糧を買うなど、売れるものはすべて食糧に代え、なんとか飢えをしのいだという話だった。

食糧が乏しいので、カボチャ入りの大麦粥を作って食べたら、子供たちが下痢を起こしたので、結局耐えきれず、五家族はそれぞれ縁故を訪ねて離れ離れに暮らすことになった。わが家族は京畿道広州（クァンジュ）の李基弘（イギホン）氏宅で世話になり、仁永の家族はそこから近い利川（イチョン）の妻の実家に、順永の家族はソウル市内の鍾路五街の妻の実家に、義弟一家は再び敦岩洞の自宅に戻った。

義弟の記憶では、髭ぼうぼうで顔の汚れた私と仁永がいきなり軍用トラックを乗りつけ、車から降りるやいなや、持っていたカバンを開いて「これを見てくれ、お金だ、お金を稼いできた！」と言ったそうだ。

家族のもとに戻ってきて、私はソウル大学の旧文理大学、旧法科大学の校舎を改造して、米軍の前

6・25（朝鮮戦争）当時、家族と。釜山市東区凡一洞にて。最後列右から2人目が著者、その前が妻と息子で、前列左から3人目が母。1953年

方基地司令部にするなど、引き続き米軍からの仕事を請け負った。そのうちに、中国軍の参戦によってソウルは再び占領された。全家族はもちろん、従業員まで一緒に一気に釜山まで下った。

釜山の凡一洞（ポムイルトン）に家を買って、庭に宿舎を建て、末端の技術者まで一緒に暮らした。会社は大橋路（テギョロ）に無造作に「現代建設」という看板を掲げて、職員は鍋やストーブを借りてきて庭で煮炊きしたりしながら、次々と送られてくる仕事を懸命にこなした。

二ヵ月ぶりにソウルが奪還され、仕事も増えてきた。その頃、韓国の建設業界のなかで「現代建設」は米軍が発注する工事をほとんど独占していた。訪韓したアイゼンハワー大統領の宿舎改装、麦畑をそのまま墓地として使用していた国連軍墓地の造り替えなどで好

評を得てからは、米軍関係の工事は入札さえすれば「現代建設」に回ってきた。

高霊橋復旧工事の罠

一九五三年一月二七日、母が釜山で世を去った。同年七月には休戦協定が結ばれ、米軍の撤収が始まった。八月、韓国政府はソウルに首都を復した。「現代建設」も九月にソウルに戻り、本社事務所を「現代自動車工業社」の建物に移したが、翌年八月、小公洞（ソゴンドン）事務所に再び引っ越した。

　この年の四月、私たちは悪夢のような高霊橋（コリョンギョ）復旧工事を始めた。事業開始以来、この工事ほど苛酷な試練はなかった。私はどちらかというと、夢をあまり見ない質（たち）だ。ところがいまも、ときおり懐に一銭もなくて、お金のためにじたばたしている夢を見ることがある。おそらく、この高霊橋工事で味わった苦痛が心のどこかに刻まれたせいであろう。

　高霊橋は慶尚北道の大邱と慶尚南道の居昌（コチャン）を結ぶ橋で、物資輸送のためばかりではなく、智異山（チリサン）中に潜む共産軍（パルチザン）討伐のためにも復旧が急がれていた。総工事費五四七八万ファン（一九五三年二月十五日から六二年六月九日までの韓国の通貨単位。現行のウォンはこれ以降）、工期二十六ヵ月という契約で、当時の政府発注工事としては最大規模であり、それだけ私たちへの期待も大きかった。

　しかし工事は最初から尋常ではなかった。破壊された上部の構造物が、基礎だけ残っている橋脚に倒れかかっていて、復旧するよりもあっさり一から新築するほうが簡単に思えたほどだった。そのうえ、冬には積もった砂で川が浅くなり、夏には増水して冬の何倍にもなるなど、水深の変動が大きかった。

大工事を経験していなかったので、重機の問題についても認識不足だった。当時の韓国には建設機材そのものがほとんどなかった。二〇トンのクレーン一台、ミキサー一台、コンプレッサー一台が、投入できる設備のすべてだった。ほとんど人力に依存せざるをえない状況で、工事はなかなか進まず、やっと打ち込んだ橋脚が洪水で流されてしまうなど、いろんなトラブルが追い打ちをかけた。

だが、最も深刻だったのは日増しに暴騰する物価だった。たとえば着工時に策定したガソリンの単価は、工事が完成する頃は六倍以上になっていた。また工事が始まったとき四〇ファンだった米一俵の値段は、工事が終わる頃には四〇〇〇ファンに上昇していた（この頃の一ファンは日本の一円にほぼ相当していたが、物価は日増しに暴騰していた）。当然すべての資材や人件費が短期間に暴騰した。しかし、五四七八万ファンと決まっていた受注単価が物価にスライドして上がるものでもなかった。

人件費を払えず、現場の労働者たちはストライキを起こし、事務所にも自宅にも毎日のように借金取りが押しかけ、地獄のような日々だった。私は気が狂ったように金策に飛び回った。

すでに莫大な損害を被ってしまったが、商売をする人間は信用が第一なので、なんとしても工期だけは守らなければならないという考えで頭が一杯だった。

そんな中で現場の労働者が事故死する事件が起きると、現場にいる義弟は死の恐怖とともに寝起きしなければならなくなった。義弟は、賃金の支払いが遅れているうえ、仲間が死んで神経が苛立った労働者たちに、袋叩きにされて殺されそうになったことも一度や二度ではなかった。ある日、崔基浩

復旧された高霊橋。1955 年 5 月

と仁永はとうとう工事を中断しようと言いだした。

私は言った。

「看板を下ろすということか。ここで工事を中断させるのは、そういうことだ。信用を失ってしまえばもう終わりだ。韓国一の建設業者になるという夢をあきらめろと言うのか。どんなことがあっても、工事はやり遂げる！」

弟の順永は三仙洞（サムソン）の二〇坪の瓦葺き（かわらぶき）一軒家を売り払った。金永柱も持ち家を売り払い、また崔基浩も持ち家を売り払った。私は先祖の位牌があったので、自宅を売ることはできなく、草洞の自動車修理工場の跡地を売り払った。このようにして集めた九九七〇万ファンを持って、私たちは高霊橋工事に再び取り組んだ。自宅まで売り払って借りられる借金はすべて工面し、月一八パーセントの高利を支払いながら、とにかく一九五五年五月、結局は契約工期より二ヵ月遅れで、高霊橋工事を完成させた。

だが、赤字額は六五〇〇〇万ファンにのぼった。

これが高霊橋工事の決算である。工事が終わって、重機を撤収させる余力もなくなるほど力尽きた。借金取りは蜂のように襲いかかってきた。

私は現在でも高霊橋工事の試練について、単純に運が悪かったせいだとは思わない。工事を受注することに執着し、緻密に計算したり予測したりする心構えを怠ったことに最大の問題があった。長期工事は年次分割契約によって、インフレによる損失を防げる。当時はすでにインフレ傾向だったにもかかわらず、甘い見通しで一括契約したのは軽率きわまりない。川底の土質も調べないまま、工事にとりかかったこと、また、当時の韓国の建設機材では高霊橋程度の工事ですら無理ということも知らなかったことなど、私の経験不足も失敗の理由である。

結局、すべての失敗の原因は私にあった。

しかし、私はそのまま倒産するつもりなどまったくなかった。高い授業料を支払って勉強になったと思い直せば、状況は絶望的ではなかった。かえって落ち着きを取り戻した。

家を借りるお金もなくなった義弟と順永は、草洞の橋の側に、文字どおり板張りの仮住まいを造って暮らしていた。ある日の朝、訪ねてみたら、その暮らしぶりは想像を絶するものだった。申し訳ない気持ちで胸が痛くなり、ようやく「金を儲けたら大きい家を買ってあげる」と言って励ますのがやっとだった。義弟が泣き、弟も泣き、そして私も思わずもらい泣きしてしまった。

漢江人道橋（歩道橋）工事で業界のトップグループへ

高霊橋の復旧工事による莫大な負債は、長い間私たちの足枷となった。しかし、失ったものがあれば、得るものもある。莫大な赤字を甘受しながら最後まで工事の責任を持った「現代建設」を政府の内務部（内務省。当時は建設部を管掌していた）が高く評価してくれたのだ。その後、私たちが政府の公共事業を受注するのに、それほどの困難はなかった。

米国の援助資金で戦後（戦後とは、朝鮮戦争後のこと）復旧事業が活発に進められていた時期だったので、仕事も多かった。一九五五年度に嘉昌ダム拡張工事、内務部の重機工場新築工事、釜山港第四埠頭新築工事、五六年には玉山橋、嘉昌ダム拡張第三、四次工事、江口橋第二、三次工事などを請け負い、会社は徐々に立ち直りはじめた。

私はまず機材不足の解決を一番の目標とした。『詩経』にも「不敢暴虎、不敢馮河」という条がある。つまり、「素手では虎を捕えられないし、歩いては河を渡れない」という意味だ。建設業でも機材（重機）が一番大事で、それがなければ手のつけられない工事が多かった。当時、建設用大型機材はすべて政府の所有であり、個人では輸入もできなかった。個人ができるのは米軍の払い下げ機材を購入して使うことだけだった。幸い、私たちは米軍の払い下げ事務所に登録された唯一の建設業者だった。他の建設業者は「仲買人」を通じて買うしかなかった。私たちのもとには一週間単位で機材の払い下げ目録が郵送されてきた。

私は資材課長の李基弘と一緒に機材を直接選び出した。米軍から払い下げられるものはちょっと手

現代建設によって再建された、漢江人道橋（歩道橋）開通式。1957 年 5 月

を加えるだけで、新品同様になるものが多かった。自動車整備工場でいろいろな仕事を体得したお陰で、機械の機能をはじめ、鉄の材質にまで詳しくなっていたので、他社より有利だった。

「現代建設」が頭角を現し、注目されはじめたのは、漢江人道橋の復旧工事を受注したときからだと思う。その前から「現代建設」はどんな工事でも受注競争に首を突っ込んで粘ったので、建設業界ではそれなりに注目されてはいた。しかし「現代建設」が漢江人道橋の工事を落札したときにはみんな驚いた。

この漢江人道橋工事は、一九五七年九月に着工して五八年五月に竣工したので、工事期間としては比較的短期の工事だったが、総契約金額は二億三〇〇〇万ウォンにものぼった。これは高霊橋工事以降、単一工事としては戦後最大の規模だったから、業界を驚かせたのも無理はなかった。

この工事によって四〇パーセントの利益を生んだが、私は「健康でさえあれば、一時の試練はあっても、完全な失敗はない」という自分の信念を確信した。このときから大同（テドン）工業、朝興（チョフン）土建、三扶（サムブ）土建、極東（ククトン）建設、大林（テリム）建設につづき「現代建設」も大手グループの仲間入りし、「建設六人組」の一つと呼ばれるようになった。

当時は建設業者の間では談合が頻繁に行われていた。建設業の入札競争では一番以外は無意味だ。だから、いつも熾烈な競争、頭脳戦争が演じられた。競争相手の社長に軟禁されたこともあり、いきなり獄所を経験する羽目になったこともあった。

休戦とともに低調になっていた米軍工事は、一九五七年七月からの米軍の核武装化など、駐韓米軍増強政策による半永久的軍事施設の建設で再び活気を取り戻した。戦時中の緊急復旧工事と異なり、米軍発注工事は仕様書に厳格な装備条項（工事に使用すべき機材の指定）が明記されていた。

私は一九五七年五月、草洞サービス工場に重機修理事務所を開いた。管理責任を金永柱に任せ、購入した機材と付属品を修理、組み立て、改造したり、手元にない機械を造って使ったりした。とにかくライバルに先んじた機械化と装備が「現代建設」の成長に大いに役に立った。

米軍の発注工事は、ただ最低入札金額を書いて提出するだけの韓国政府の最低落札制度とは異なっていた。全体の金額はもちろん、一つ一つの内訳についての見積書も詳しく作成して記入するように

米軍基地工事の契約。1959 年 6 月

なっていた。当時、米軍工事の見積は、李錬戍（イヨンスル）と李春林（イチュンリム）が担当し、後に権基泰（クォンギテ）が一括して担当することになった。米軍工事の初期には、彼らから求められた仕様書や設計図面を理解する能力もなく、米国人監督の通訳官を介した指示に従って工事を進めていた。仕様書を破いて合宿所の焚き付けに使ったりし、ひどい場合は下痢のときのトイレットペーパーとして使うなど、笑えないエピソードも多い。

そんな悲喜劇の中で、烏山（オサン）飛行場（京畿道）の滑走路舗装工事、韓国建国以来の最大の工事といわれた米極東軍工兵団の発注工事（一九五九年六月）、仁川第一ドック復旧工事に着工した。英語をちゃんと喋れる人材さえほとんどいない状況で、言葉の障害に苦労し、仕様書どおりの機材も確保できず苦汁を嘗めたが、私はこの二つの工事を「現代」社員の実務教育の場として最大限に活用するため、可能な限り多くの社員がこの現場を経験するよう指示した。

韓国には「不恥不問」という言葉がある。「相手が自分より年下で地位が低い人であっても、自分の知らないことを聞いて学ぶのは恥ではない」という意味だ。この二つの工事を通じて、私たちは真摯（しんし）な姿勢で、学べるものはすべて学ぶという意欲で、米国人技術者から多くのことを吸収した。

その後、すべての設計を米国式仕様によって作成し、品質管理をより厳格にするなどの改善を行った。これらはすべて米軍工事を通じて学んだものだ。

時間と行動とセメント問題

私は人生の成功、あるいはまた失敗の鍵を握っているのは、時間と行動であると考えている。たとえばセメントは建設工事のコメである。工事のたびにセメントの供給が円滑にいかず、工事半ばの決定的時期に損害を被るときほど悔しいことはなかった。梅雨に入る前や冬の寒さが厳しくなる前に終えておかねばならない工程を、セメント不足でできないことがしばしばあった。そうするうちに、梅雨時にセメントが供給されたり、真冬に当時の制度であった官給制で配給されることがたびたびあった。工事の成否がセメントの供給に左右されていたのだ。

「セメントの原料はすべて韓国内にある。江原道（カンウォンド）や忠清道（チュンチョンド）の山はほとんど石灰石の塊なので、すぐに良質の石灰石を手に入れることができる。そこに鉄分が入った原料を混ぜればセメントができるので、べつに難しいものではない」

どんなことでも、決心するとものごとを単純に考えがちな私は、一九五七年、セメント製造工場の設立計画に着手した。五八年、忠清北道丹陽郡（タンヤングン）梅浦面（メポミョン）魚上川里（オサンチョンリ）所在の埋蔵量八二〇〇万トンの石灰石鉱山を買収し、会社にセメント事業計画部を設置、セメント工場設立のための企画・調査、対政府交渉など各種業務を統括するようにした。同年、私たちは年産二〇万トン規模のセメント工場建設計画を立てて、商工部（商工省）にＤＬＦ（開発借款基金）資金の使用申請を提出した。

商工部では「既存の工場だけでも需要を十分に満たせる」と言って、保留するよう「行政指導」してきた。ところが、国内セメント市場の独占体制を引き続き維持しようとする既存セメント企業の横槍が、本当の理由だった。

一度目の試みが悔しい挫折に終わったまま、歳月が流れた。一九六〇年、四・一九革命で自由党政権（李承晩政権）が崩壊し、民主党政権が樹立された。私たちはセメント工場設立計画案を再び提出した。しばらくして、政府から「需要はそんなに多くない」という回答がきた。「その根拠はどこにあるか」と私たちは反論した。こちらが「セメントが不足する」という根拠を提示できなかったように、政府にも「余っている」という根拠を示す資料がなかった。

当時、資料としては、ＡＩＤ（米国国際開発局）がスミス・ヒンチメンという会社に調査を依頼したものしかなかった。その報告書では「韓国は一九六三年度にも七五万トンの需要しかなかった。現在の施設を増強すれば十分である」と書かれていた。私は直接調査するしかないと判断した。

調査結果は「一九六二年、六三年になると一二〇万トンが必要となる」というものだった。ついに政府は経済開発計画事業の一環として、わが社のセメント工場設立を正式に採択した。安堵したのも束の間、仕事を始める前に五・一六軍事革命が起きてしまった。私は呆然とし、やる気をなくしてしまった。

「丹陽セメント工場」完成まで、厳しい現場督励を続行

ところが、革命政府は当初から国土建設事業に力点をおいていた。建設ブームがわきあがり、セメント不足はさらに深刻になり、一九六一年度に一二・九パーセントだったセメント輸入依存度は年々増える一方となった。セメント量産体制確立が緊急課題となったのだ。政府は六一年現在の国内総生産能力七二万トンを、六四年に一七二万トンに拡大する計画で、第一次五ヵ年計画期間のうち、双龍（サンヨン）洋灰（ヤンフェ）に四〇万トン、韓一（ハニル）セメントに四〇万トン、現代建設に二〇万トンをそれぞれ許可し、建設を認めた。

丹陽石灰石の埋蔵量などについてのＡＩＤの調査、米国務省の借款承認を経て、ついに一九六二年七月十三日、丹陽セメント工場建設のための借款四二五万ドルに対して、韓国政府、「現代建設」、ＡＩＤ三者間で協定が結ばれた。

当時、「現代建設」の丹陽セメント工場建設は、社員たちから「『現代建設』の三・一運動」（一九一九年の三・一独立運動を形容的に用いた、劇的な革新運動）と呼ばれるほどの画期的事業であった。竣工までの二十四ヵ月間、私は日曜日にも必ず現場に出向いた。私は仕事を放っておいて怠けることに

先天的な嫌悪感をもっており、会社でも現場でも、また誰でも手抜きをしているのを見つけると、雷を落とした。

その頃、どんなに怒って歩いたことか。丹陽セメント工場建設の現場では、私のあだ名は「ホランイ」（虎。ホランイは、韓国語では最も恐ろしいものの譬え）だった。金曜日の午後になると、社員たちはもう「ホランイは来るのか、来ないのか」と話していたという。

みんな懸命に働いていたが、それでも私が現場にいる時といない時では違っていたようだ。現場責任者の歩き方まで緊張感が漂っていたから、経営者が現場に直接足を運ぶことは大切なことだと思う。

私は「現場の男」でとおっていた。会社の規模が大きくなる前は人材も現場も少なかったので、仕事を請け負った時は、現場すべての準備段階から進行過程まで直接私が陣頭で指揮した。「砂はどこから掘ってきて、どこに降ろすか。どう動けば一番効率的に作業できるか」など、いちいち指示した。もちろん経験も重要だ。しかし、ある程度の仕事は頭で考えれば、経験だけに頼っている人間よりも、はるかによい結果を出すことができる。

毎週日曜日は現場まで足を運び、現場関係者を督励するだけではなく、ときどき電話で現場をチェックした。とにかく私が現場から離れると、ただちに「空襲警報解除！」と叫び声があがったというから、現場の人々にとって私は爆弾を乗せた敵機みたいなものだったようだ。

時間は一瞬たりとも停止することがない。休まず進む。一秒が集まって一分になり、一分が集まって一時間に、一時間が集まって一日が過ぎていく。一日が積って一年に、十年に、百年に、千年にな

丹陽セメント工場竣工式。著者夫婦が朴正熙大統領を中にして。1964 年 6 月

る。誰でもその間、適当に怠けて楽しみたいのかも知れない。

　しかし、私はその「適当に、適当に」という適当主義で、各自に許された時間を大切にせず無駄に浪費するのは、愚かしいと思う。人間は誰でも与えられた生涯の間に、歴史に残る立派な政治家にもなれ、学者にも、革命家にも、文学者や音楽家、画家、そして実業家にもなれる。そう考える私は、すべてのことにおいて「あの世の閻魔様（地獄の番人）」のような役割を果たしていた。誰からなんと言われようとも、徹底した確認と訓練、そして督励が、今日の「現代」を築き上げたと、私は確信している。

　私の厳しい現場での督励は「現代」の社員の個々人と私自身、さらに韓国社会と国家の発展のための役に立つムチだと考えてきた。

今もその思いは変わらない。現在、わが社の重役や傘下企業の管理職はすべて、建設現場で私にさんざん鍛えられた百戦錬磨の戦士たちである。

建設現場で私の訓練を受けながら仕事を習った者は、いかなるポストにつけても安心できる。私は彼らを、どんな仕事でも誰よりも徹底して完璧に遂行できる能力と責任感をもつ「本物の仕事人間」に育て上げたからだ。

ともあれ丹陽セメント工場の建設工事は、予定工期を六ヵ月短縮して、一九六四年六月二十日に竣工、七月四日に稼動を開始し、生産体制に入った。これによってセメント供給不足は解消され、韓国の建設現場全体が活気を取り戻した。また「現代」がプラント建設でも比重を高める契機にもなった。

一九七〇年一月、本社が運営していた「丹陽セメント」を「現代セメント株式会社」として独立させた。その「ホランイ」(虎)印のセメントはコスト節減に寄与しつつ、急速に最優秀企業として成長している。

十六歳年下の弟、信永の思い出

私は六男二女の長男だ。妹の一人は北朝鮮で結婚し、若くしてこの世を去った。

一九六二年四月十四日、ドイツのハンブルクで、博士論文を執筆していた十六歳年下の五番目の弟信永(シニョン)がこの世を去ったという連絡をもらった。博士課程の友人と一緒に行ったスキー旅行から帰ってきて、腸閉塞を起こして手術を受けたが、術後の状態が悪くなって亡くなった。三十二歳の健康な

弟、信永のソウル大学大学院の卒業記念。1957 年

弟だった。

信永は、当時六年制だった普成（ポソン）中学校に入学し、文芸クラブに入って学校記念誌作りに参加したり、哲学を語ったりする秀才だった。多情多感で明るくユーモアに溢れたうえにセンスもあり、友人のことでも自分のことのように懸命になるなど、何ごとにつけて情熱的だった。彼の周りにはいつも大勢の友人がいた。感受性が強く、すぐに感動するので、友人からは「感激派」というあだ名をつけられたと聞いたことがある。

避難先の釜山で入学したソウル大学法科二年のとき、司法試験の受験準備で無理がたたって肺炎にかかり、夏のあいだ長期療養のため漁村で暮らしたことで、進路を大学院進学に変えて学者を目指した。大学院在学中に「東亜日報」に入ったのは、「東亜日報」記者だった仁永の影響もあったが、本人も新聞記者という職業に魅力を感じていたからだった。

政治部に配属されて国会担当記者として働きながら、若いエリート記者の親睦団体「寛勲（クァンフン）クラブ」の会員になった。弟の留学を強く勧めたのは他でもない私だった。貧しくて小学校しか卒業できなかった私は、可能な限り、弟たちには留学、さらにはそれ以上の勉強をすることを勧めた。信永は「東亜日報」記者を一年三ヵ月勤めたあと、経済学の勉強のためにドイツに留学し、そこで縁あって結婚し、子供も生まれた。

留学の傍ら「東亜日報」や「韓国（ハングク）日報」の特派員（当時、韓国の新聞社が特派員経費切り詰めの策として便宜的にやっていた制度）として働きながら、多くの記事を書き送った。毎日厳しい仕事で疲れた私にとって、彼の書いた記事を読むのは精神的に大きな慰めになり、誇りを感じたものだ。

彼は博士論文を書き上げる最後の段階に入っていて、それに集中するために特派員の仕事を辞め、また妻と子供も前年に韓国の私の所に帰していた。両親を亡くしたときには、それなりの年齢だったから、いつかはこの世を去ると覚悟していたが、弟の死は言葉に表せないほどのショックだった。健康で活気に溢れ、なにより三十二歳という年齢の突然の死は信じられなかった。

私は、誰にでも親切だった彼の性格や、なによりも義理を大事にする純粋さが本当に好きだった。ジャーナリストになっても、学者になっても、将来韓国社会と国家のために一翼を担うはずだと私は期待し、そう願っていた。新聞で、ドイツ特派員の肩書きで写真が載った記事を見るたび、どんなに嬉しかったことか……。その弟の悲報は足元をすくわれるような衝撃だった。ドイツ語の勉強で疲れ、気が落ち込んだときも、私からの手紙を読んで元気になって頑張っていると言って返事をくれた弟だった。

「信永研究基金」設立とその大きな役割

まだ三十歳にもなっていない弟の妻と、父無し子（ててなしご）として育たねばならない二人の子供はどうなるのか、気がかりだった。私は胸が引き裂かれる思いで泣いた。こんなことは、両親が亡くなったとき以外、初めてのことだった。死亡が知らされてから十日間ほど、会社に出る気力もなくなり欠勤したが、これが今まででただ一度の長期休暇となった。飛行機の貨物室に載せられて帰った弟の骸（むくろ）は「寛勲クラブ」会員が運び、客死した者は自宅に迎え入れてはならないという韓国の仕来たりを押し切って、私は前年に新築した自宅に迎え、キリスト教式で葬儀を執り行った。

弟の妻はもともと信心深いクリスチャンで、ドイツの教会で結婚式をあげた弟も教会の礼拝に通っていた。弟の妻に知らせることもなく、私は弟の石碑に十字架を刻み込むよう頼んでいたので、彼女は驚いたようだった。

葬儀の後、初めて彼女が教会の礼拝に参加したとき、私はだまって家内と一緒に彼女についていった。突然夫を亡くし、幼い子供二人とともに残された彼女を、どうしても一人で教会に行かせることができなかったからだ。その縁で七ヵ月間ほど、私は妻と一緒にキリスト教会の礼拝に参加した。

一九七七年、弟が会員だった「寛勲クラブ」に、弟が果たせなかった夢を続けてほしいという意味で、私は基金への寄付を提案した。幸いにそれが受け入れられ、その後、ジャーナリストの研究や著作活動、そして海外研修などを支援した。また、営利に関わりない貴重な書籍を出版するなど、この「信永研究基金」は今日まで立派な役割を果たしている。私はまた七〇年代半ばから、弟の恩師である西独・ボン大学のポイクト教授を韓国に招請し、弟が果たせなかった博士論文「貯蓄と経済発展の相関関係――途上国家のモデルを中心に」の完成を模索した。その努力が実を結ぶまで何年もかかった。弟の論文はポイクト教授の手によって、やっと残りの部分を完成させて学位審査まで漕ぎつけ、八二年ボン大学からドイツ語で発行された。その後、「信永研究基金」で翻訳・出版された。ポイクト教授は「信永研究基金」の論文翻訳出版記念会に招請され、このように述べた。

「在学中の鄭信永氏は、韓国経済について他の学者が理解しがたい難しい理論を展開し、指導教授である私の立場から見ても、論文を完成させるのは困難のようだったが、二十年がすぎた現在の韓国の経済発展状況に照らして、彼の理論は妥当だったことが立証されている」

弟信永は世を去ってから、二十年後に博士になった。弟が残していった二人の子供はもう成人して結婚し、子供までもうけて独立している。二十代で夫を亡くし、再婚せずにいる弟の妻に、不憫な思いをさせたことと感謝の気持ちで一杯である。

chapter

3

私は建設人

近代化の主役は建設業

建設業が一国の産業を主導した例は少ない。だが、一九六〇年代の韓国の近代化を主導した産業は、誰がなんと言おうとも建設業である。

韓国政府が第一次経済開発五ヵ年計画で力点をおいた部門は、インフラ投資と基幹産業の設備投資だった。この政策による建設関連の仕事を、われわれは懸命にこなした。それだけでなく、すべての建設工事を韓国人自身で行なう（自国化）ために、絶えず技術向上に努力し、短期間に先進技術を身につけた。この時期、「現代」は湖南(ホナム)肥料工場と火力発電所、春川ダム建設工事などに参加することで、「現代」の発展の基礎となる貴重な体験をした。

湖南肥料工場を建設した当時、韓国の工業施設はみすぼらしかった。機械設備の製造技術はもちろん、施工技術も白紙に等しかったと言っても過言ではなかった。当時、湖南肥料工場に参加していた西ドイツのルールギー熱工業株式会社は、韓国の技術水準を見下してか、ガスタンク溶接一つにしても一日一八メートル以上は禁じていた。このとき、「現代」は西ドイツ技術陣から正統の施工技術を学んだ。

解放後、北朝鮮からの送電が中止されたため、韓国で最も急を要していたのは電力の確保だった。韓国政府は米国のベックテル社に唐人里(タンインリ)火力発電所の建設を一括契約で任せたが、彼らもやはり韓国の技術陣を信用できず、溶接工さえ米国から連れてきて、韓国の会社には下請けさえもさせてくれなかった。

そんな中でわが社は、江原道の三陟（サムチョク）火力発電所二号機増設工事に参加したのをはじめ、相次いで五つの火力発電所建設に参加し、積極的に技術の蓄積に努めた。

「現代建設」の発電所の施工能力は西ドイツのシーメンス社とマン社の指導を受けて技術が蓄積された。そして、全工程を単独で施工した江原道の寧越（ヨンウォル）火力発電所工事の後から評価されるようになった。

その結果、一九六五年に建設された全羅北道の群山（クンサン）火力発電所は、それまでの下請けから脱して、米国のメジャー建設会社のＭＷＫとジョイントで建設した。さらに、平沢（ピョンテク）火力発電所（京畿道）は完成引き渡しまで任された。このように粘り強く成長させた発電所施工能力をもとに、後日の原子力発電所建設にも、「現代」が他社に先んじて飛び込むことができた。

江原道の春川（チュンチョン）ダムは高さ四〇メートル、長さ四五三メートル規模で、「現代」が初めて施工した水力発電所だ。土木、建築、電気の各技術と機械設備が総動員された。当時、私たちに、すべての建設工事を自国化しようという意志と使命感がなかったら、新生韓国の建設市場はそのまま外国大手建設業者の草刈り場になってしまっていただろう。

その過程で蓄積された技術を、わが社は重工業分野に拡大することもできた。建設業は国内で蓄積した技術で海外に進出し、そこで得られた技術を国内に持ち帰り、国内関連企業に伝えるなど、国内外市場を連携する重要な役割を担ったのである。

海外に進出せよ、それが活路だ

李承晩政権の崩壊後に樹立した許政（ホジョン）過渡政権が真っ先に取り組んだのは、公共工事の発注中断だった。建設業者は一気に底なし沼に突き落とされた。さらに企業を不正蓄財で追いつめ、第一回調査で四六社に対して、脱税容疑で追徴金と罰金を科した。

大同（テドン）工業はじめ中央（チュンアン）産業、三扶（サムブ）土建、極東（ククトン）建設、興化（フンハ）工作所、大林（テリム）建設、現代（ヒョンデ）建設など建設業界の上位企業はすべて標的にされた。不正蓄財特別処理法が国会を通過し、ただちに施行令が公布された。その六日後に五・一六革命が発生し、同法は白紙撤回となった。だが安心したのも束の間、軍事政府は企業を腐敗撲滅の標的にした。

一九六一年六月、不正蓄財特別処理法が再び公布され、五八社に調査団が派遣された。同年十二月、大同工業、中央産業、大林建設は国庫還元通告を受けた。現代建設は三扶土建、興化工作所とともに、例外的に追及から除外された。自由党政権との密着度が他の企業より希薄だったこと、会社の規模も一番小さかったことなどが幸いしたし、また、丹陽セメント工場設立のための借款使用申請をたびたび突っ返されたのが、非政治的という証明になった。災い転じて福となったのだ。

こんなことを経験しながら、私は自分の企業が「政権と結託」して成長したと罵倒されたり見下げられるのに耐えられなかった。私は自力で企業を成長させたかった。そしてそのように育ててきた。

しかし、世間はそう認めてくれなかった。政府は企業を利用し、政権の人気取りに利用した。マスコミは冷静な判断なく十把（じっぱ）一絡（ひとから）げに企業を批判すると、純真な国民は企業がやられるのを見て拍手を送るだけだった。

「私たちは本当に命がけで働いてきたのに……」

私はとてももどかしく寂しい思いをした。

このような非難を受ける二、三年前から、私は海外へ進出しなければ近い将来、建設業は大きな壁にぶつかるだろうと予想していた。その理由の一つは、政府主導の国内需要には限界があることだった。第一次経済開発計画期間中、建設業界は年間請負額の八〇パーセント以上を政府からの発注工事に依存していた。しかし、当時の政府の財政能力では建設需要の持続的増大を期待するのは難しいというのが支配的な見方だった。そのうえ、免許制度の強化（新規参入業者数の抑制）にもかかわらず、建設会社は増加する一方だったので、需給の不均衡はさらに深刻化していた。

さらに、軍納入工事市場が縮小していた。一九六〇年代に入ってから、米国の自国中心主義のバイ・アメリカ政策で、戦力がベトナム戦争に集中されると、米軍は韓国企業の参加を制約しはじめたのである。さらに六五年以降には、米国のベトナム戦争への全面介入とともに、韓国軍納入工事そのものが激減しはじめた。政変によって受難にさらされながら、私は「海外に活路を求めよう」と心に誓い、海外建設市場進出をより積極的に考えはじめた。海外進出で外貨獲得に貢献すると共に、失業者救済にも一役買うことで、不快な非難を遠ざけたいとも考えていた。

一九六三年七月、ベトナムで五〇〇万ドル規模のサイゴン上水道施設工事の国際入札に参加し、海外進出に一歩踏み出した。

経験不足と見積もり能力の未熟さによって、この最初の試みは不発に終わったが、私はあきらめなかった。「現代」の外国工事部を中心に、海外建設市場の動向に関する情報活動に拍車をかける一方、タイ、マレーシアなどをはじめとする世界各国に責任者を派遣し、市場調査と受注活動を積極的に展開した。

初めての海外工事はタイの高速道路建設

一九六五年五月、バンコク支店を設置し、弟の世永(セヨン)を初代支店長として受注活動を開始した。同年九月の入札で、ついに先進一六ヵ国二九社の企業と戦って勝利した。海外進出の初仕事はタイのパタニ・ナラティワット高速道路工事だった。

その年の末、タイ派遣技術陣と労働者が飛行機で出発の際には、KBSテレビが実況中継するほどだった。それくらい国民と国家の関心と期待を集めたのだ。

なによりも韓国の民間建設技術の海外輸出の可能性を確認するという意味で、「現代」のタイ進出は大きな意味をもった。二車線九八キロ、工期三〇ヵ月、工事費五二二万ドル。この工事金額は当時の「現代建設」の単年度総工事金額をしのぎ、一九六五年度の国内外工事全体契約額の六〇パーセントを超える規模だった。また、同年度の国内建設業界の建設輸出実績一五二二万ドルの三三・四パーセントを占め、当時の単一工事としては最高の契約金額だった。

規模も大きかったので、私がこの工事に全面的支援と関心を注いだのは当然のことだった。最高の技術陣を動員するのはもちろん、私と副社長である仁永は随時、現場へ督励に向かった。しかし、こ

タイ、パタニ・ナラティワット高速道路の工事の終盤時

タイ、パタニ・ナラティワット高速道路の工事現場にて。1966年

の最初の海外建設は全般的に技術や経験の不足、前近代的な工事管理体制、大雨や土質の事前調査の失敗など試行錯誤の繰り返しで、苦労の連続だった。高霊橋工事以来初めて、工事を中断するべきだという提案が出てきた。

「現代」のことだけを考えれば、中断することも可能だった。しかし、「現代」は韓国の建設会社であり、韓国には「現代」の他にも建設会社が数多く存在する。海外建設市場進出のスタートをきった「現代」が工事を中断すれば、韓国の建設会社の今後の海外進出の道を閉ざしてしまう。そこで、私は言った。

「私に売国奴になれと言うのか。契約はあくまでも契約だ。財政上どんな困難があっても、工事は完了しなければならない。タイ政府に申し分のない高速道路を工期内に提供するのが私たちの使命だ。わが社だけでなく、国家のためにも中断はありえない」

役員もそれ以上、中断するという声をあげなかった。予想どおり、この工事でわが社は莫大な損失を被った。しかしこの工事で金は失ったとはいえ、代わりに私たちは多くのものを得た。繰り返されるミスをすばやく是正する過程で得られた新しい経験とノウハウだ。また、韓国内の建設会社のなかで、最初の高速道路の施工実績をあげた結果、後に韓国内の高速道路建設のリーダーの役割を担うことができ、また国際的建設会社として急成長する踏み台となった。

一九六六年一月、ベトナムのカムラン湾の浚渫（しゅんせつ）工事を受注して三月から開始した。この経験は、後に中東に進出し、大規模浚渫業者として成長、発展する基礎にもなった。

タイを出発点として、「現代」は零下四〇度のアラスカ峡谷の橋梁工事、グアムの住宅と軍事基地建設、パプアニューギニアの地下水力発電所工事、ベトナムのカムラン軍事基地建設、メコン川浚渫工事で大活躍し、一九七〇年にはオーストラリアの港湾工事も受注した。

冒険がなければ大きな発展もない。この世のなかではタダで得られる成果は絶対にない。より大きい発展を求めた冒険には、またそれに相応する代価も払わねばならない。

銃に脅かされ、否応なく危険な仕事を請け負わざるを得ない状況もあった。共産ゲリラが二四時間潜伏し、夜には照明弾が真昼のように明るいベトナムの戦場の真っただ中、砲弾がバンバン撃ち込まれ、銃弾が雨のように飛び込んでくる場所でも、死と背中合わせになりながら、神様の加護だけを祈って、「現代」は働きつづけた。

昭陽江ダム工事の屈辱

政府の発注工事を数多く請け負いながら、「現代建設」のように政府や建設業界と衝突した建設会社は、私が知る限りではほかにない。

初期の建設業界は業者同士の談合も多く、過当競争によるダンピング受注が支配的だった。最初から採算が合わない金額で受注すると、赤字を出さないために欠陥工事にならざるを得ない。欠陥工事を防ぐ方法として、政府が入札最低金額制度を設けて施行したこともある。これは「現代」が政府に対して強く申し入れて、実現したものである。また私は、設計者が政府であっても、業者がもっと安く迅速に工事を終えるような代案を出したら、その代案を受け入れるべきだという代案制度をずっと主張していた。

業者は工事を受注したなら、つべこべ言わず工事を完成させることだけに専念すべきなのに、発注者にあれこれ助言する私は好まれなかったと思う。しかし、私は国家が国民の税金を投入する国家施設の建設には、最少の経費で一番効率的な施設になるように設計・施工しなければならないという信念をもっていた。

政府工事でも民間工事でも、なるべく工事代金を増やそうとする業者は多い。とくに政府が毎年かならず発注する工事を利用して利益をあげようとした。工事金額を増やすことは、なんでもない小さなことで十分に可能だ。たとえば、建材や建材運搬車両の移動距離を短くしてガソリン代や時間を節約できる方法があっても、荷物をわざわざ遠方に降ろしておき、少しでも工事金額を増やそうとするのだ。工事の規模が大きくなればなるほど、このようにして増えた代金を合計すると、無駄使いされる予算が大きくなる。

同業者として私は、そのようなやり方をする者を恥と思った。国家であれ、個人であれ、私は無駄遣いを嫌う。そんな連中は、建設業を営む資格がない。一企業人としていかなる仕事を請け負おうとも、使命感と価値を抱かない人の一生は意味がない。私は建設業者として、少しでも国家予算を節約することが国の発展にそれだけ寄与するものであり、もとよりそうすべきであると思っていた。

故郷から飛び出して都会に出てきたときは「お腹一杯食べたい」という目前の望みがすべてだった。米穀商や自動車修理業をしている頃は、国のためとか社会のためという考えはほとんどなかった。ただ、家族と社員のことを考えながら、企業人として成功することばかり考えた。年齢を重ねながら、また仕事の内容や規模が大きくなるにつれ、私の考え方の幅もだんだん大きくなった。

「『現代建設』は国家とともに成長する」という目標が私の心に植えつけられたのは、おそらく朝鮮戦争の頃だったろう。もし、自己の利益だけを追求して今日まで生きてきたならば、とうてい現在の「現代建設」のように成長することはできなかっただろう。政府側の「現代」に対する風当たりが強かったにもかかわらず、たえず研究して模索した予算節減の代案を提示し、結果として国家に役に立つことができたからこそ、度重なる政治的激変のなかでどんな政権が発足しても、国家発展のためいつも必要とされる「現代」として認めてもらい、成長を続けてこられたのだ。

私たちの代案で施行された工事のなかで一番記憶に残っているのは、やはり一九六七年度に開始された江原道の昭陽江（ソヤンガン）ダム工事だ。

建設部発注のこの工事は、最低価格入札によって、「現代建設」に落札された。先に建設した春川（チュンチョン）ダム、清平（チョンピョン）ダムも外国技術を用いて工事したが、昭陽江ダム工事は対日請求権資金が一部投入される工事だったので、日本工営という会社が設計から施工まで担当した。日本工営はダムに関しては、会長から社長、副社長まで世界的に知られている、人材がそろっている会社だった。だから、ダム技術の蓄積が乏しい「現代建設」としては、最初から彼らのペースに引っ張られざるをえなかった。

たとえば、水資源開発公社からダム工事の入札があり、落札後に発表された資料の設計ではコンクリート重力ダムとなっていた。日本工営の久保田社長は、戦前に北朝鮮の鴨緑江（アムノクカン）にある水豊（スプン）ダムを建設した根っからの技術屋だが、彼は当初から昭陽江ダム工事を設計費用から基礎資材、技術費用はもちろん、鉄筋、セメント、ものすごい物量の機械・資材費用まで、すべて日本から持ち込む腹づもりだったようだ。

当時韓国は製鉄所がなかったので、鉄筋も輸入に依存しており、セメントも不足していた。昭陽江ダム工事のような大工事でコンクリート重力ダムにすることは最初から不可能な状況だった。このように先進国の援助には、「援助」という美名のもとに自国に有利で身勝手なやり方が横行していた。

私は実に気が重かった。鉄筋・セメントは輸入するとしても、その大量のセメントを山間僻地まで輸送する運搬費用は膨大になる。そのまま工事を受け入れては大損害をみることになり、設計費用に施工技術代に基礎資材費用まで、逆に莫大な金額を日本に送ることになる。この工事を落札したのは

昭陽江ダム（江原道春川）

全面的に喜べることではなかった。

「何か方法がないか」

その瞬間、昭陽江ダムの建設地周辺にあるたくさんの砂利や砂が思い浮かんだ。私はただちに権基泰（クオンギテ）常務を現場に派遣した。報告は私の考えと一致していた。周辺にいくらでもある土や砂・砂利を利用し、砂礫（されき）ダムを建設するのがコンクリート重力ダムよりずっと経済的という結論だった。私は権常務と田甲源（チョンカプオン）に設計を変更するよう指示した。当時私たちには、フランス人が設計したタイのパソンダム建設を行った経験があったので、ダムについて多少の基礎知識はもっていた。

設計変更のため、担当者は世界中

のダム資料を集めた。これによって、第二次大戦後、一〇〇メートルを超えるダムの多くは砂礫ダムになっており、それが世界的傾向であることがわかった。

しかし、世界屈指のダム建設会社日本工営の設計に対し、一請負い業者が代案を出すなど、当時は考えられないことだった。その上、コンクリートダムは水資源開発公社の基本計画審査がすでに終わり、建設部の承認まで受けて確定された設計だった。当然、国の権威を無視されたという反感が強く、世界屈指という自負心を傷つけられた形の日本工営も黙ってはいなかった。私はあらゆる侮辱に加えて、暴言さえ受けた。

だが、決して退かなかった。

結局、日本工営と韓国建設部、水資源開発公社、現代建設の四者会議が開かれた。権基泰と技術者数人を連れて会議場に入ると、建設部では私たち技術者より二十歳以上年長の人々が席を埋めており、日本工営では昭陽江コンクリート重力ダムを設計した橋本副社長が出席していた。水資源開発公社安(アン)京(ギョン)謨(モ)社長、建設部の局長、課長は不快な顔をして列席していた。持参した代案を私たちの技術陣が説明しはじめたが、説明が本論に入る前に、建設部の役人がいきなり怒鳴った。

「きみたち、目が見えないのか。一体君たちは生意気にも変更するなんて、何を知っていると言うんだ！」

弱気になったわが技術陣は説明をするどころか、ただ頭を下げて黙ってしまった。私は悔しくなって彼らを叱りつけ、機を窺いながら直接説明しはじめた。

「砂礫ダムは砂、砂利、土さえあればできます。建設費用も大幅に減らすことができる。砂礫ダムに変更すれば、韓国政府の悩みでもある中小都市の上水道施設を一〇ヵ所も設置できるだけの経費を節約できます」

すると、橋本副社長が私を指さして「あなたは、どこでダム工事の勉強をしたのか。無学な人間が……」と私を侮るように詰った。東京大学出身である彼は、私が小学校卒の学歴しかないことをあらかじめ知っていて、そう言ったのだろう。

仕方なかった。相手は最高技術の会社で何十年も働いてきたダムの権威であり、私より年長だった。建設部、水資源開発公社の人間も、負けずに私たちを罵っていた。私たちは完全に敗北した気持ちで、侮辱をそのまま受けざるをえなかった。国家利益のための代案に公務員までそのような態度を見せるのだから、仕方がなかった。

朴大統領の助け舟で大逆転

耐えがたい侮辱のなかで会議は終わってしまったが、数日後、私たちがあきらめかけていた砂礫ダムの代案の問題は、私たちとはまったく関わりなく簡単に解決された。砂礫ダムに変更しようとした私の代案を完全につぶすために、建設部ではあらかじめ策を練っていた。私が朴正熙大統領に直接会って、砂礫ダムを主張すれば大事になると考えた建設部長官は、先手を打って大統領に事前に報告したのだ。

「鄭周永（チョンジュヨン）という人間が昭陽江ダムを砂礫ダムに設計変更すべきだとあちこちで言っていますが、大変危険なので、もし直接に面会されたとしても、そんな主張を受け入れては大変なことになります。閣下」

朴大統領は単純な人間ではない。長官の話を鵜呑（うの）みにせず、どうして大変になるのかと問い返すと、長官は答えた。「川底に土、砂、砂利でダムの建設を始め、何年もかかる工事中に洪水が発生したらどうなりますか。春川市が水没し、さらにソウル市も水没して、大騒ぎになります」

これを聞いた大統領はしばらく黙っていたが、

「それなら、コンクリートダムの完成後、数十億トンの水がダムに満ちているとき、北朝鮮がダムを砲撃して破壊してしまったら、どうなるのか」と訊き返した。

朴大統領は砲兵出身であるので、火砲の威力を誰よりも熟知していた。そして何より朴大統領は頭の回転が速い、知恵のある指導者だった。

「満水状態でコンクリートダムが破壊されればどうなるか。そのときこそ収拾のつかない事態が起こるだろう。私の考えでは建設途中の洪水にだけよく対処すれば、砂礫ダムの方が有利だと思う。土、砂、砂利でダムを造っておけば、砲撃を受けてもその被害は少なくてすむはずだ。土がちょっと跳ね上がる程度で、山に砲撃するのと同じではないか。それならダムはそれほど崩れないだろう。攻撃が終われば、素早く手入れをするだけでよい。コンクリートダムより砂礫ダムのほうがかえって安心ではないか。もう一度徹底的に検討するように。『現代』の主張が可能かどうか……」

そのことをまったく知らなかった私たちは、ある日突然、設計図を大至急提出せよと建設部から催促された。提出した設計図は、日本工営が東京で検討・実験し、再点検した。その間、私は他の仕事で忙しく、昭陽江ダムの工事のことは忘れていた。

そんなある日、当時重要ポストにいた軍出身者たちとの付き合いで飲みすぎて胃けいれんを起こし、夜通し痛くて一睡もできなかった。翌日、万が一のためセブランス病院に胃の検査で入院することにした。すると、そこへどうしたことか、日本工営の久保田社長と橋本副社長が病気見舞いに来るという連絡が入った。検査結果も異常がなく、またひどく傷つけられた侮辱もまだ脳裏に残っていたから、たいしたことがないと言って断るように伝えたが、是が非でも見舞いに伺いたいという返事だった。私は、すぐに退院するから事務所で会おうと指示した。

八十歳くらいだった久保田社長（一八九〇年生れ）は私の事務所に入ってくるや、深々とお辞儀した。私は驚いて、「やめてください、社長さん。私はまだ死んでませんから……」と言った。

久保田社長は、「この前は橋本副社長が大変失礼いたしました。橋本はコンクリートダムの権威です。だからアースダム（土砂を盛りたてて造るダム）については実際あまり知らないで無礼な発言をしたのです。どうかお許しください」と言って、丁重に頭を下げた。

私は答えた。

「わかりました。私も過ぎ去ったことをいつまでも心にとめておくほど暇ではありません。ところで、私たちの設計図を検討した結果はどうでしたか。結論をお聞きしたい」

「鄭社長の言葉どおり、砂礫ダムに代えれば、コンクリート設計より三〇パーセントほどではないが、二〇パーセントまでは安く仕上がると思います。現場を再調査した結果、岩盤が弱くて、コンクリートダムより砂礫ダムの方がよいと思います。『現代』が提示した工法は岩盤に負担が少なくて危険もなく、また砂利、砂、土の材料もよく、量も豊富です。鄭社長の判断が正しかったようです」

これで日本工営が完全にお手挙げした。管轄部署も日本工営もすっかり態度が変わった。建設部から大統領用のレポートを提出するように言われ、即刻提出した結果、すぐに採決され、昭陽江多目的ダムの設計は私たちの案に代えられ、結果は最初の私たちの計算どおり、三〇パーセント近い予算節減となった。もし、コンクリートダムで施工したら、インフレの影響で設計当時の二倍以上の工事費がかかっただろう。

昭陽江ダムは竣工直後に試験的に水門を開けてから、その後二回（一九八〇年度、九四年度）の集中豪雨の時、水門を開けて完全放流して水量調節をしたと記憶している。ダムの規模が大きいので、通常の雨量では水門を開ける必要がないのだ。今でも本当にやってよかったと思える代案の提示だった。

一九七四年度の釜山港湾工事も、記憶に残る代案工事の一つだった。

釜山港湾工事は米国の技術会社が設計したが、設計者は日系二世だった。彼の設計は海底の土を掘り出して敷地にして調整させようとするものだった。ところが、地盤が弱く埠頭として使えないので、日本から機材を輸入して、海水をくみ上げ、地盤を強化した施設を造るという。世界銀行からの借金で造成する工事で、かなりの金額を日本に支払うとのことであった。そこで、わが社が代案を出した。

「船が停泊できる深さまで掘り出した土を適当な場所に積み上げておき、後日の敷地造成に使うことにし、その代わりに洛東江（ナクトンガン）の河口から砂を運んで港湾敷地造成に使うのです。日本から機材を輸入して地盤強化施設にかけるほどの予算があれば、それは十分に可能です」

借金して工事をするのだから、わざわざ他国から輸入して出費することはない。世界銀行の技術サービス会社が出した基本設計が、わが社の代案に修正され、そのとおり施工され、地盤の強い埠頭が完成した。この仕事を請け負い、わが社は砂をポンプでくみ上げて船に運ぶ機械を慶尚南道の蔚山（ウルサン）で自社開発し、浚渫（しゅんせつ）船も自らの手で開発した。

それ以後も、私は常に経費を減らすことによって国家の予算を節約し、最高の建設ができる代案が見つかれば、それを貫徹させることに躊躇（ちゅうちょ）しなかった。個人であれ、企業であれ、国であれ、時間と金を訳もなく浪費することは一種の罪悪だと、私は思っていた。

韓国の大動脈、京釜高速道路建設

一九六七年十一月頃と記憶しているが、朴大統領の呼び出しを受けて青瓦台（チョンワデ）（韓国大統領官邸、大統領府）で、建設部の職員と夕食を共にして、その後にドブロクパーティーが続いた。建設部の職員が同席しているので、「何か建設に関する話があるのではないか」と思っていると、大統領がおもむろに口を開いた。

ソウル―釜山間の高速道路建設に関する話だった。

それに先立つ四月、朴大統領は選挙公約で、大規模国土開発事業の一つとして京釜(キョンブ)高速道路を提案していた。一九六六年度で第一次経済開発五ヵ年計画が終わり、輸送貨物も大型化して、流通量も日々急増する状況だった。効率的な輸送システム確立は急務である。六四年に西ドイツを訪問してから、朴大統領は韓国に高速道路を建設することを課題の一つと考えていたようだ。

後進国の一般的状況として、当時の韓国は中・長距離輸送のほとんどを鉄道に依存していた。しかし、輸送力の不足で、貨車を手配するのもままならなかった。交通が非能率的であれば、輸送費の上昇も必然である。

「高速道路を建設して物資や人員の流通を円滑にし、原料生産地と工場、工場と消費地を時間的に接近させる輸送システムを一日も早く確立することで、経済成長も可能となる。反対の声がいくら強くても、かならず高速道路は建設する」

という話が終わると、大統領は私に、

「韓国では『現代建設』だけが高速道路建設の経験があるので、最小限の費用で最短期日内に京釜高速道路を建設する方法を研究してください」

と言った。

その翌日から一ヵ月間、私は必要な人間を何人か連れてジープに乗り、ソウルと釜山間を数えきれないほど往復して実地検分した。建設費の概算や正確なデータを報告しなければならなかった。「現代建設」はタイ高速道路工事の仕様書を持っていたので、物量の測定、データの処理、工事の施工方法などを熟知していた。

私たちは交通量が少ない大邱―大田間は二車線とする前提で、建設費を二八〇億ウォンと計算して提出した。後になってわかったが、建設費の見積り指示を受けたのはわが社だけではなかった。大統領は、建設部には政府の見積りを、財務部には世界銀行が開発途上国の道路建設費を一キロ当たりいくらと見積っているかを調査するよう指示し、道路舗装を多く行っているソウル市にも見積りを出させ、陸軍工兵団にも同じ指示を出していた。同じ指示を五つの組織が受けていたことになる。十一月下旬、それぞれから建設計画案が提出さ

京釜高速道路

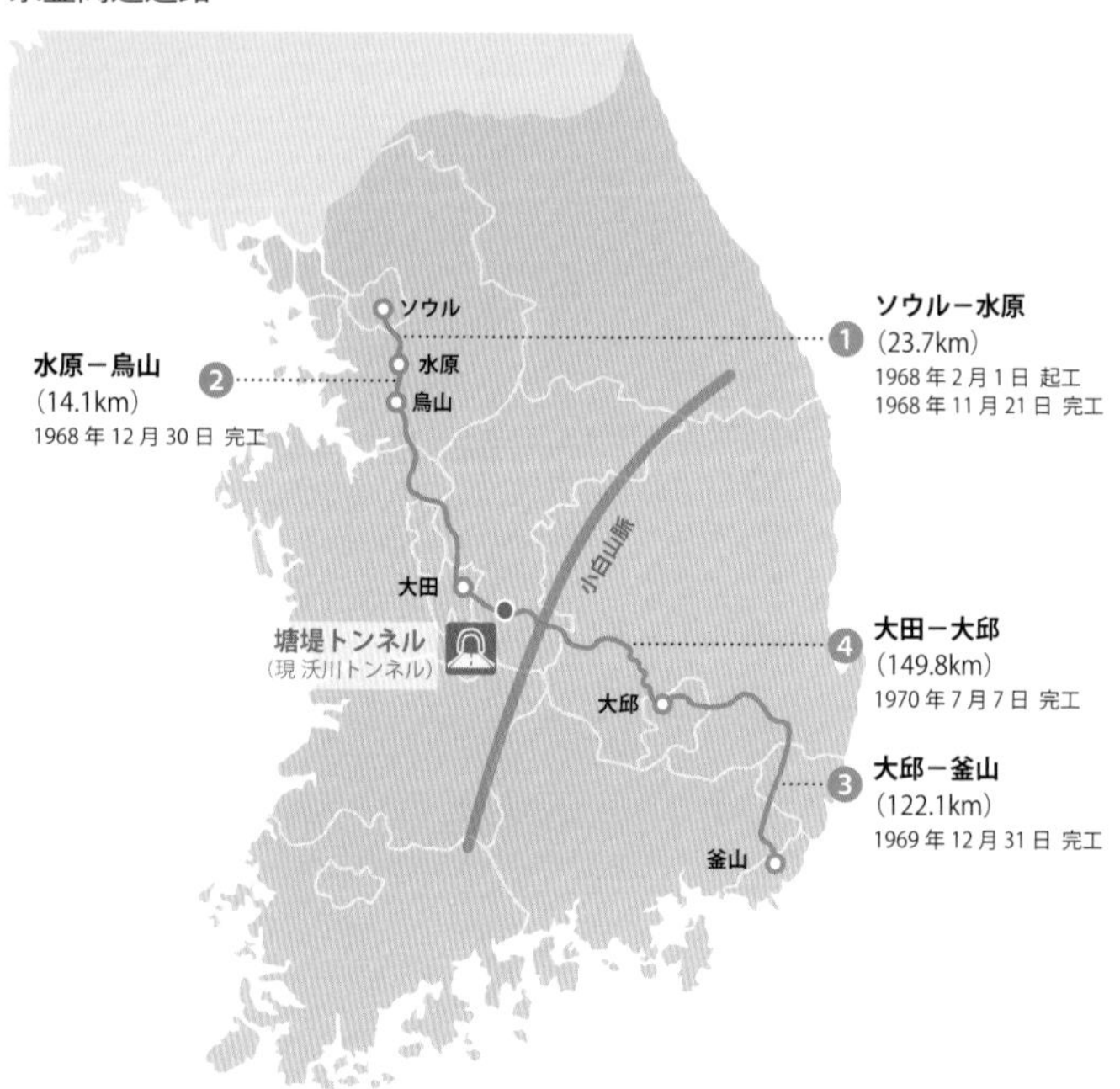

れた。

建設部六五〇億ウォン、ソウル特別市一八〇億ウォン、財務部三三〇億ウォン、陸軍建設工兵団四九〇億ウォン、現代建設二八〇億ウォン。

ソウル市の見積りがあまりにも低く設定されていたのは、ソウル市内道路を建設した感覚で高速道路建設費を算出したからだ。このように大幅な差がある建設費の見積りのうち、朴大統領は高速道路建設の経験がある「現代建設」の見積りと財務部の見積りを考慮し、三〇〇億ウォンに一〇パーセント前後の予備費を上乗せし、とりあえず三三〇億ウォンの建設費用が策定された。

六五〇億ウォンの見積りを提出した建設部は、「現代建設」を「土木のドの字も知らない輩の仕業だ」と公然と罵った。その見積りで完成が可能なのかと、他の建設業者からも悪口を叩かれた。

当初は田んぼを中心に通るよう計画したが、農地保全という観点から、丘陵などを通行するように変更されて工事量が多くなり、また物価上昇と土地買収代金の追加で、一〇〇億ウォンが追加され、総建設費は約四三〇億ウォンになった。

大規模な工事を始めるときは必ずといっていいほど、慎重論者や反対論者がブレーキをかける。マスコミや学会は高速道路建設に反対し、当時政権を握っていた共和党と経済閣僚は慎重論を持ち出した。しかし朴大統領は意思を曲げず、私も大統領の考えを支持し、尊重した。大統領の信頼に報いるために、必ず高速道路を建設しようと心に誓った。

一九六八年二月一日、待望の高速道路建設が始まった。その興奮と感動を私は忘れられない。大統領も私と同じ気持ちだっただろう。

京釜高速道路は国土の幹線道路で、首都圏と嶺南(ヨンナム)工業圏（嶺南は慶尚南北道）をつなぎ、韓国の二大貿易港である釜山と仁川を直結させ、全国を一日生活圏にする産業の大動脈になるはずである。工事費は三七九億三三〇〇万ウォンに達したが、これは一九六七年度の国家予算の二三・六パーセントに達する規模だった。檀君(クングン)（朝鮮の建国神話の始祖。いわば日本の神武）以来最大の土木工事となった。

工期を前倒し

最低工事費で全長四二八キロの高速道路を三年以内に建設するのは、国家としては冒険であり、工事に参加する建設会社もまかり間違えば、大損害を被る危険を抱えた仕事だった。

企業家は慈善事業家ではない。工事費がいくらギリギリでも、利益をわずかでも残さねばならない。その方法は工期の短縮しかない。法律に違反したり、不良工事をしてはならないからだ。

「工期を前倒ししよう」

これは建設業に飛び込んでから、私が一貫して叫びつづけたスローガンであり、戦略である。そのためには工事の機械化が必須である。

私はまず当時としては天文学的とでもいうべき八〇〇万ドルを投じて、一九八九台の最新大型機材を導入し、高速道路建設に投入した。一九六五年末当時、国内の民間建設業者が保有している機材の総数が一六四七台だった事実を考えれば、私が購入した大型機材の規模がどの程度かわかるだろう。

高速道路建設に動員された人員は、現場労働者約五四〇万名、技術者約三六〇万名、合計九〇〇万名にのぼった。

また政府は京釜高速道路の初めの区間で、モデルとなるソウル―水原（スウォン）間の工区を「現代建設」に発注した。高速道路の経験がまったくない他の業者にも模範を示し、「現代」が見積もった価格でできるというお手本を見せる意図もあったようだ。

この頃、私はほとんど不眠不休で飛び回っていた。

京釜高速道路は五分の二を「現代建設」が施工し、残りは一五社の国内建設企業と陸軍建設工兵団三個大隊が参加し、文字どおり国力のすべてを注いで建設した。私は本社の会議室の大きなテーブルに五〇〇〇分の一の地図を貼っておき、暇さえあれば靴を脱いでそこに上り、どうすれば少ない金額で直線の道路を造れるかに心を砕いた。一方、朴大統領は枕元に工事の進捗（しんちょく）状況表を貼りつけて、毎日電話でチェックしながら、ヘリコプターと自動車を使って現場を見回った。

「現代建設」はどんな現場であれ、常に現場作業車が最優先である。社長や重役の車でも作業車が現れれば、いったん止まって先に通した。そうすることで工事が順調に進む。しかし大統領がジープに乗って現場に視察に来られるときは、現場所長は落ち着かなくなったという。

ある日、大統領が予告なしに京畿道の安山（アンサン）まで下った。安山からソウルに戻る途中、安山の警察署長が護衛した。高速道路の建設現場を通過していたとき、署長が車から飛び下り、工事のトラックを阻止し、片側徐行するように指示した。すると、事情を知らないトラック運転手は、「なぜ止めるんだ、バカな真似はよせ！　そこをどけ！」と目を怒らせて怒鳴ると、ジープの中の大統領はトラックに道を譲ったという。それ以後、現場ではそのトラック運転手はその後、「大統領より強い人間」と言われた。

大統領は高速道路について話したいときは、夜中でも明け方でも私を探し回った。食事を共にしたり、ドブロクも一緒に飲んだりして、国家経済についても多く語り合った。

軍事クーデターで政権を握ったという弱点をもった指導者ではあったが、私は朴正熙大統領の国家発展に対する情熱とビジョン、そしてその聡明さと果断な実行力を尊敬している。

高速道路の建設工事をしながら聞いた中傷のなかで、「鄭周永は大統領に媚を売って、将来、建設部長官のポストを狙っている」という陰口が一番辛く、おかしくもあった。それはともあれ、「現代建設」はソウルから烏山（ウサン）までの第一工区三八・六キロを一九六八年二月一日に着工。水原までは十二月二十一日に竣工、烏山までは十二月三十日に竣工した。さらに大邱―釜山の間の路線は六八年九月十五日に開始して翌年十二月三十一日に工事を終えた。

想像を絶した塘堤トンネルの難工事

一番大変だったのは大田―大邱区間だった。二車線が四車線に変更され、いろいろな事情で設計も変更されたが、一九六九年三月一日にはじめて七〇年六月三十日までには終えなければならなかった。あまり余裕はなかった。ところが、この区間には大変なトンネル工事が待ち構えていた。

忠清北道(チュンチョンブクト)の沃川郡(オクチョングン)伊院面(イウォンミョン)牛山里(ウサンリ)と永同郡(ヨンドングン)龍山面(ヨンサンミョン)梅琴里(メグムリ)の間に四キロの小白山脈がたちはだかっており、この部分のトンネル工事が控えていたのだ。この工区は険しい地形のうえに、機材も不足していた。トンネル工区は土が出てくると、大変危険な工事になるが、ここは節岩土砂の堆積層だった。塘堤(タンジェ)渓谷の方面から掘り進めているとき、どさっと壁が崩れた。

この事故で現場労働者三名が死亡し、一名が重傷を負った。工事も一日多くて二メートル、ある日などは三〇センチしか進まなかった。落盤事故は頻繁に起こるようになり、岩盤を取り外す作業員が鉄砲水で一〇メートル離れたところまで流されたりした。作業員は生命の危険を感じて、現場を離れはじめた。賃金を二倍に上げても、必要とする労働力は満たされなかった。

六〇〇台の重機と数えきれないトラックを動員し、互いに励まし合いながら工事を進めても、それほど効果はあがらなかった。険しい峡谷に進入路をつくるのも困難をきわめ、錦江(クムガン)に橋梁を建設するときも、ちょっとした雨で橋が流されてしまった。およそ一三回の落盤事故に遭いながら、上り線五九〇メートル、下り線五三〇メートルの塘堤トンネル工事は工期を二ヵ月残して、やっと上り線三五〇メートルのところで中断した。

建設部でトンネル工事のチェックの任にあった李文玉(リムンオク)博士は、塘堤トンネルを視察し、とうてい工期内の完成は望めないと結論を下した。常識的に言って来年三月、早ければ今年の十二月、いくら急いでも九月末以前には終わらないというのだ。現場所長はこの絶望的な見通しを報告し、工期内に完成させるには「早強セメント」を使うしかないと申し出た。

京釜高速道路開通式。朴大統領夫婦を中央に挟んでテープカット。
1970 年 7 月

京釜高速道路、新葛分岐点（京畿道龍仁市付近）

ふつうのセメントはコンクリートを打ち込んでから一週間が過ぎないと次の発破作業に入れないが、早強セメントは固まる時間が早く、一二時間おけば次の発破作業が可能である。

その代わり値段が数倍高かった。早強セメントに代えれば間違いなく工期に間に合うかと訊いたら、現場所長は自信があると答えた。私は結論を下した。

「利益か信用かの選択なら、私はいつも信用を選んできた。工期に間に合わせ、信用を守り、『現代建設』の名誉を守ろう」

「丹陽セメントの担当者を呼びなさい」

と言って、指示を下した。

丹陽セメントはただちに早強セメントの生産体制に入った。私は毎日現場に駆けつけた。期間内に京釜高速道路の全区間が開通できるかどうかは、塘堤トンネルにかかっていた。

さらに追い打ちをかける事件が発生した。

早強セメントは生産されたが、それを運搬する鉄道の貨車の手配が難しく、現場まで入れない。仕方なく鉄道をあきらめ、丹陽から塘堤までの一九〇キロをトラックで輸送させた。建設部は竣工式のスケジュールを組まなければならないといって、監査長を送り込み、企画室長を送り込み、最後には建設局長を送り込んで、私たちを急がせた。彼らの言葉はみんな同じだった。

「どうなっているのか。ほんとうに竣工式に間に合わせられるのか」

現場所長はもう打算的考えは捨てたという私を信じて、一日も早く終わらせるから心配ないと上部に報告した。現地にはスケジュールを組み直して工期を早めるよう督励し、おおような態度で応えたようだ。しかし、早強セメントが入ってきてから、作業班を二つから六つに増やし、五〇〇名の労働者がアリのように絶え間なく働いてトンネルを掘っても、ゆとりがなかった。

とはいえ、早強セメントのお蔭で、一九七〇年六月二十七日夜十一時、「万歳!」という歓声とともに、私たちは京釜高速道路で最大の難事業だった塘堤トンネル工事を終わらせることができた。七月七日、予定どおりに京釜高速道路の竣工式が行われた。

みんなが熱い使命感をもって総力を傾けた大工事だった。

何よりも私は建設人

韓国の企業はほとんどが解放（一九四五年八月十五日）以降に創業された。京城紡織など、日本統治時代にもいくつかの民族企業があるにはあったが、当時、民族資本の企業は日本経済に従属している状況だった。

建設業にも呉（オ）某氏の会社があったが、日本企業の下請けとしてわずかの仕事をしていたにすぎない。日本の建設会社が韓国に支店を置いて、ダム、水力発電所、製鉄所、工場施設、鉄道、競技場、大型建築物、港湾などの工事を行った。韓国人は労働者として動員されただけだった。

解放後、韓国に企業が雨後の筍のようにできたが、なかでも建設業が一番多かっただろう。戦後の新生国の場合、多くの国では建設業の自立化が果たせず、先進国に発注していた。いまだ南米、中東アジア、東南アジアなどの諸国は外国の建設業者に発注している状態だ。その点、韓国では建設業は順調に発展したと言ってよいだろう。すでに韓国では、ほとんどの分野の建設を自国で行っている。

建設業ほど重要であり、一方でつらい業種はないと私は考えている。各種の産業施設だけでなく、社会・経済の全般にまたがる基盤施設を造りだす。私たちの衣食住の生産施設からインフラに至るまで、建設業が果たした役割は大きい。しかし、受注から完成までの全過程は、そのつど、一つの企業を誕生させ、一種類の製品を生産するのと同じくらい難しい。まず工事受注からして熾烈な競争である。

また海外で一つの工事に成功するためには、その国民の生活や習慣、言語、風俗、法律などの文化的ギャップを克服しなければならない。対人関係、官庁との関係も円満に保つ必要がある。異なる気候と風土のなかでも工事を順調に進めなければならない。利害関係が異なる発注主と技術会社の人間とも仲良くしながら、まず詰め所を建て、工事に使うすべての資材の手配から技術上の問題の解決にいたるまで、仕事は果てしなく続く。

なかでも、会社に所属せず、工事が終わればその現場から去っていく職人や、一般労働者らに意欲を吹き込みながら、大事故なしに工事を成功させるのは容易なことではない。港湾工事、ダム工事、化学工業団地造成工事、工場建設などは、大型工事である一方、精密さが強く求められる工事でもあった。

したがって私は、建設業こそ人間としてのすべての正しい資質をもつ人材でなければ成功することができない業種であり、海外建設工事を立派にやり遂げた人物は、いかなる仕事でも安心して任せられると考えている。

建設業で成功するにはさらに、冒険を恐れぬ精神、努力、勇気が必須だ。多くの難関、未知の危険が潜んでいる建設業は、世界史上に数えきれないほどの盛衰を記録している。しかし、それが困難なほど達成感も大きいのが建設業の特徴だ。

私はその達成感が好きである。だから「現代建設」の他にも多くの業種の会社をもつこととなり、グループ会長、名誉会長と呼ばれたり、「経済人」と呼ばれたりするが、私自身は内心ではあくまでも、建設業を営む「建設人」であり、その誇りと自負心を失ったことはない。

chapter

4

「現代自動車」と「現代造船」

難航した「現代自動車」の発足時

自動車工業は一国の経済指標になるほど、経済的に重要な産業だ。資本と技術が集約され、部品が三万にも達することに象徴されるように、全産業への波及効果と雇用拡大効果が大きく、景気を牽引する産業となっている。のみならず防衛産業としても大きな役割を果たしている。

第一次経済開発五ヵ年計画が当初目標を大きく上回る年平均八・五パーセントの経済成長を記録して、成功を収めた。この時点で大幅に膨張した貨物輸送は、必然的に韓国の自動車工業育成を課題とした。政府は第二次経済開発五ヵ年計画に自動車産業の育成を盛り込んだ。

一九六七年十二月、「現代自動車」の設立許可を受けて、長年の夢だった自動車産業に飛び込んだ。当時の自動車会社にはオート三輪を生産していた「起亜（キア）」と、乗用車市場を独占していた「新進（シンジン）」があった。後発企業として自動車市場に飛び込んだ「現代」の出発に当たって、「うまく行くだろう」と「うまく行かないだろう」という二つの見方があった。

「うまく行くだろう」派は、わが社の組織力や私個人の能力からみて、「新進」「起亜」の独走体制を必ず打破するだろうと考えた。「うまく行かないだろう」派は、やっと設立許可をもらったばかりで、いつ自動車の生産が可能になるかわからず、製品が優良品か不良品かもわからないと主張した。

それはともかく、近い将来に「現代」の自動車産業は急成長すると私は考えていた。ちょうど世界銀行でも、韓国は一九七一年度には車両保有台数が六万五三〇〇台にのぼるだろうと予想していた。世界銀行は韓国の第二次経済開発五ヵ年計画が順調に進めば、乗用車が毎年六パーセント、タクシーとマイクロバスが一三・五パーセント、バスが一七パーセント、トラックが一四パーセント、小型車二〇パーセント、オートバイ一〇パーセント、特殊車両一四パーセントの増加を予測した。

一九六六年四月、米国のフォードが市場調査のために訪韓したとき、「現代」は彼らの接触対象のリストにも入っていなかった。彼らが知っている「現代」はただの建設会社にすぎなかったからだ。

丹陽セメント第一次拡張工事の借款交渉の業務で、米国にいた仁永に借款は遅れてもよいから、ただちにフォード社と自動車組立技術契約を結ぶように指示した。私の仕事のスタイルに慣れている弟さえ、とても当惑していた。そんなことがすぐにできるものかという返事だった。そのたびに、私が必ず無愛想に言う、反論できない言い方がある。「当たってみたことがあるのか」という決まり文句だ。

弟はすぐにその日から、デトロイトのフォード本社と接触を試みた。自動車だけでなく、新規事業を始めるとき、外国との技術提携がどうしても必要であれば、その分野の世界最高と手を結ぶべきだというのが私の鉄則だ。

自動車ではGMとフォードが双璧だ。一九六〇年度の自動車生産量をみると、GMが三六八万八〇〇〇台、フォードが二二三万一〇〇〇台、トヨタや日産はわずか一五万五〇〇〇台レベルだった。生産量から見るとGMがフォードをはるかに越えるが、私はGMの海外進出の方式が気に入らなかった。GMは既存メーカーを買収して合併する方式を優先し、それが不可能な場合には資本と経営に参加して、いちいち干渉する方法を採っていたからだ。

今も昔も、そんな合併は私としては受け入れられない。外国企業と合併する場合、投資比率がいくら半々でも、結局は資本力と生産技術、経営技法で優越する彼らに、経営の主導権を奪われることになる。そうなると、自社であるにもかかわらず、品物を売ることも自由にならない。私としては絶対に許すことができない侮辱だ。もちろん、フォードも海外進出方法として、現地支社を設立する方法を好んでいたが、ＧＭよりは柔軟性があった。しかもフォードは若干の資本参加や側面からの経営指示だけを条件として出していたので、交渉の余地があった。フォードはすでに、綿密に合併先の信用度や資本力を調査していた。彼らが候補としていた企業は、興化（フンファ）工作所、和信（ファシン）産業、東信（トンシン）化学、起亜産業などだったと記憶している。

一九六七年二月、詳細な信用調査結果をもって、フォードの国際担当副社長一行がソウルにやってきた。エンジンの構造から変速装置、ブレーキ、その他一万余りの部品名まですらすらと話す私が、彼らには自動車の技術者以上に見えたようで、面接試験に当たる三日間のスケジュールがたった二時間で終わってしまった。

その後、私は直接運転しながら誠意を尽くして彼らを接待し、技術提携先として「現代」が適任であるという決定が下されるよう最善を尽くした。だが交渉が本格的に始まると、ＧＭよりは柔軟性があると思っていたフォードが経営権について未練を見せはじめた。フォードの実務者は経営参加の可能性を打診することからはじめ、結局は強硬に要求してきた。

しかし、私はフォードとの提携をあきらめてでも、それを受け入れまいとした。不快な軋轢（あつれき）と対立が繰り返されるなか、一九六七年五月、フォードは韓国進出の方針を決定し、九月、「現代」との提携を確定、十月末頃には双方とも大まかな合意をみた。十二月三十日、「現代モーター株式会社」という名称で「出生届け」の登記がなされた。

ところが私は、弟の、このネーミングが気に入らなかった。国際的感覚も大事であろうし、将来の輸出を考えるのもよいが、それは遠い将来のことだった。当分の間は国内市場を目標としなければならず、また韓国人が自動車を製造するのにわざわざ外国語を入れる必要はないと思った。したがって、ただちに「現代自動車株式会社」に変更させ、再び登記するよう指示した。翌日に商号変更書類を提出したが、その日が十二月三十一日だったので、正月休みが終わった一月四日に登記を終え、新名称「現代自動車株式会社」で再び届けを出した。私は現在もこれでよかったと思う。「現代自動車」という名前は気に入っている。

難題は工場敷地の買収

ところが、次の段階が難しかった。今振り返っても、自動車ほど大きい試練を受けねばならなかった事業はなかったと思う。

天変地異に見舞われたり、一貫性のない政策の気まぐれで波に呑まれたり……。とにかく初期の紆余曲折や苦労を思い出すと、今日のように成長した「現代自動車」が不思議に感じられる。社長の世永はとても苦労していた。

まず工場の敷地の買収からして順調ではなかった。自動車工場が建つという噂が広がると、一坪一八〇ウォンだった田畑は、一日おきに二〇〇ウォン、三〇〇ウォンに値上りした。世永から五〇〇ウォンなら売るそうだという報告を受けて、ソウルでの会議に参加して戻ってくる間に、その値段では売らないと言われてしまう始末だった。

　補償を狙って、いままで遊ばせていた畑に果樹を植える土地ブローカーが集まったり、土地買収を有利にするために雇用していた現地住民が殴られて入院したりもした。村落を守護し、村の神様の祭祀が行われる城隍堂(ソナンダン)（村の道祖神を祭っている祠堂）、神が宿っていると信じられてきた六〇〇年にもなるケヤキの巨樹、村落共同井戸などをどうするかということも、民間信仰との関わりから、地主にとっては重要な問題だった。

　追い打ちをかけるように、一九六八年七月十六日、慶尚南道(キョンサンナムド)地方の集中豪雨で、敷地予定地の農地七万坪が水に呑み込まれた。さらに三日間ぶっ通し降りつづけた豪雨で、すでに整地しておいた敷地までぬかるみになってしまった。家屋と田畑を失った住民は、これを「現代」による人災だと騒ぎたて、シャベルや鎌を振りかざして「現代自動車」の蔚山(ウルサン)事業所まで押し寄せてきた。

　農耕地の下手にある海を「現代」が埋め立てたせいで、農耕地が海から遠くなり、排水に支障をきたしたのが浸水の原因だと彼らは主張したのだ。

　世永が訪ねてきた。怒った農民たちの前に出て頭を下げ、浸水の事態に適切な措置をとるという約束をしてきたと言う。性格が温厚な世永が農民にどんな態度を見せたか、すぐに察しがついた。鎌とシャベルは持っていても、純朴な農民たちは事務所の器具を壊すなどの乱暴は働かなかったと言う。

弟は私に、被害の責任をとるように助言した。「現代」の埋め立て工事が原因で、その工事を指示した人間が責任者であるという論法だった。

私は「現代建設」の金基郁(キムギウク)公務担当常務を蔚山に派遣して、事態を解決するように指示した。事件収拾チームは蔚山市庁と蔚山土地改良組合などの協力を得て、被害住民との補償合意を得た。収穫期のために補償した額は八〇〇〇万ウォンにものぼった。

被害補償合意を終えて、私たちは再び用地買収に全力を尽くした。私は担当者に、買収においては住民たちに誠心誠意を尽くすよう指示した。将来工場が設置されても、人材供給や運営を円滑に進めるには、住民たちとの関係に障害があってはならない。半永久的に地元に根ざしていく「現代自動車」にとって、何よりも重要なのは地域住民との緊密な関係だからだ。

自動車工場が立ち並ぶようになれば、蔚山市の工業化はさらに活発になり、住民には就労の機会が与えられるから、所得水準がはるかに向上すると波及効果についても力説し、地域住民の子弟の就労保障を約束した。補償額を時価の三倍に定め、埋め立て対象の河川でウナギなどの川魚を採って生活していた漁民にも、十分な補償案を出した。また、住民たちが信仰の対象としているものに対しても、住民の意見を最大限に受け入れると発表した。

私たちの最善を尽くした誠意に、住民感情は「『現代』側はやるべきことをやってくれる」という考えに傾きはじめた。説得も功を奏して、すこしずつ雰囲気が穏やかになった。こうして、一九六八年度末までに蔚山市陽定洞(ヤンジョンドン)一帯の七万一八九〇坪を買収した。買収単価は坪当たり八七三ウォンだった。

六八年三月二十日、家屋の解体作業と敷地整地作業を開始し、五月二十日ごろに工場建設に入った。

工場の土木、建築工事は「現代建設」が、機械設備は「現代自動車」の公務担当者が担当した。弟の世永は自動車工場と機械設備建設を同時に進行する激務のため、髪の毛がすっかり抜け落ちてしまった。私自身は高速道路工事に専念していたから、蔚山に立ち寄る暇もなかった。とにかく、同年十一月には第一号の自動車を完成品として製造させなければならなかった。

工場建設が始まり、世永は五月に部下を日本のフォード社に送り、アフターサービスの研修を受けさせた。一方、オーストラリアにも生産技術研究のために何人か送った。ボストン、シカゴ、ニューヨークなどアメリカの大都市のフォード代理店に職員を派遣し、販売研修を受けさせたり、板金などの技術研究にも余念がなかった。

世永は、自動車事業は先進国の技術移転を前提としなければ不可能であると一貫して主張し、新入社員を採用するときも英会話能力を最優先条件とした。英語よりも積極性と行動力を大事にする私とは若干の意見衝突があったのも、いまとなっては懐かしい思い出である。

社員の海外研修も弟の決断であり、結果的に弟が正しかった。当時「現代自動車」の社員は現場で、顔を洗う暇も、髭を剃る暇もなく仕事をしてきたので、自分がどんな顔をしているかさえも気にとめなかったという。

工場も完成できていない状態で、世永は技術者とともに寝泊まりしながら、作業服で組立室に張りついていた。十一月一日、最初の自動車「コーティナ」の第一号車に乗って、弟が高速道路の橋梁建設現場に現れた。工場を建設しはじめて六ヵ月目にやっと自動車を生産したのだ。
嬉しかった。弟は言葉に表せないほど誇らしかったようだが、そのときまでの苦労や結果に対して、私が弟に言ったのは「ご苦労さん」という一言だけだった。

失敗したコーティナの販売

予定どおりコーティナを生産して期待をふくらませた私たちだったが、あっけなく販売には失敗してしまった。それにはいろんな事情があった。原因はまず、最初に実施したローン制度による不良債権、次にアフターサービスの不足、三つめは広報戦略の未熟さと道路事情、第四に景気の沈滞、第五に「新進」のコロナに比べて品質面で劣るという噂などだった。

なかでも、コーティナが非舗装道路の多い韓国の事情に適していなかったというのが、コーティナの失敗後にフォードが派遣した調査団による結論だった。私は韓国の道路事情を考慮しないで、コーティナを最初の生産車種に決めたフォードを恨んだが、それはあとの祭りだった。

「エンジン停止のコーティナ」「コーティナは押していかねばならない」という言葉が流行するほどで、最後にはコーティナは「最低の車」と呼ばれる始末だった。あげくの果てに釜山事業所の前で、コーティナを購入したタクシー会社の一〇〇台が一斉に警笛を鳴らして、自動車の買い戻しを要求した。最初の出荷のひどい失敗は経営圧迫につながった。

その上、政府は自動車工業の育成策を変更する兆しを見せた。事情を調べてみると、自動車の一〇

コーティナの生産ライン

〇パーセント国産化達成に焦っていた朴大統領の怒りに対して、関係部署で提案した「一元化」案が問題だった。車両の中心部分になるエンジンを統一し、単一車種の集中的な国産化を推進する以外に、完全国産化の近道はないというのだ。

それまでの政府の「三元化」方針によって、すでに企業側は日本、フランス、アメリカの三国との合弁を進めていた。そのうえ、短期間で養成した各技術者が、自社が製造する車種に合う技術を習得したばかりなのに、すぐにその方針を揺さぶる「一元化」の発想は、無理を通り越して愚劣な上意下達だった。

しかし今も昔も、政府から提案される経済政策は、企業の反発に影響を受けて考え直すほど、合理的でもなく、弱い立場でもない。

混乱した状況のなかで、ふたたび天災に見舞われた。それは一九六九年九月中旬のことだった。蔚山地域で未曾有の大洪水が、また「現代自動車」を襲ったのだ。集中豪雨のため、嶺南（ヨンナム）地方（慶尚南北道）と湖南（ホナム）地方（全羅南北道）で甚大な被害が発生し人命を奪った。なかでも蔚山市と蔚州（ウルチュ）郡一帯は一二〇年ぶりの暴雨と言われた。四五〇ミリに達する豪雨は太和江（テファガン）を氾濫させ、市街地をすべて呑み込んでしまった。

浸水によって「現代自動車」蔚山工場に三〇〇名を越える従業員が閉じ込められた。数ヵ月後に入居が予定されていた新築社宅まで冠水し、工場にまで襲ってきた。重要部品を高いところに移動していた従業員は急いで山に避難した。一万坪の工場は水深一・二メートルまで冠水した。重い部品は土砂に埋もれ、軽い部品は水に流され、組立てが終わったコーティナが検査場に浮かんでいた。

復旧作業は土砂を取り除くのに二日、組立てラインの正常化までに四日もかかった。私たちは沈んでしまった部品のなかで再利用できるものは修理工場に回して再生させ、一部の部品はアフターサービス用として残した。わずかに一部のエンジンを復元させ組立て用として使ったが、「現代」が「水に浸かったコーティナ」を販売しているという噂が広がり、販売不振に追い打ちがかかった。この水害によって「現代自動車」は物質的被害はもちろん、イメージと信用まで、根こそぎなくしてしまった。

フォードの謀略に激しい怒り

一九六九年十二月、商工部（商工省）は自動車国産化三ヵ年計画を発表した。七〇年度から「新進」のクラウン、パブリカ、ガソリンバスなど七車種の生産を全面禁止し、いくつかの基本型の量産を促し、国産化率を急激にアップさせるため、エンジン製造工場と車体プレス工場を新設しなければならないという内容だった。

それだけでも衝撃だったが、二ヵ月後、商工部はエンジン製造工場の一元化を発表した。現代、新進、アセア、起亜の車両組立業者四社のなかで、一番の最適条件を備えた企業にのみエンジン製造工場の建設を許可するという内容だった。残りの三社は倒産させるということだ。三月十五日までに事業計画書の提出を受けて審査し、その中から一社を選ぶというのだ。

生きる道はただ一つ。なんとしてもフォードをエンジン製造工場建設の合弁パートナーとして引き込まねばならなかった。

しかし「現代自動車」とフォードの合弁の協議はまったく進まなかった。「現代自動車」側は五〇対五〇の出資比率による合弁を提議した。「現代自動車」が主導権を握るためには、最低五一対四九にするのが原則だ。しかし私は、状況が厳しかったので、主導権云々よりも「韓国で建設する工場は結局韓国のものになる」という方向で、自らの考えを固めた。

ところがフォードは、この提案さえ冷たく拒んだ。五〇以上の持ち分をあくまでも主張したのだ。

彼が持ち出した案はさらに厳しいものだった。この機会に、いままで自動車を組立て販売していた「現代自動車」を吸収合併して、新会社（事実上のフォード韓国支社）を設立し、エンジンだけでなく、全部品を製造しようというのだ。

その知らせをソウルで聞いた私は、怒りが爆発した。

「私は、掲げた看板は、古いものでも新しいものでも絶対に降ろさない。いったん始めた事業はいくら厳しい状況にさらされても、かならず成長させ、モノにする。中途半端で看板を降ろしたことは一度もない。志をもって始めた事業は必ず成功させねばならない。いかなる理由があっても、途中下車という言葉は私の辞書にはない」

これは、事業における私の鉄則であり、自尊心でもある。いかなる条件、どんな金銭的誘惑を提示されても、私が掲げた看板を降ろす理由にはならないと釘をさした。

エンジン製造工場の一元化政策の施行を控えて、一番有利と見込まれていた企業は「新進」だった。「新進」は韓国市場に狙いをつけていた日本のトヨタと五〇億ウォンずつ合弁投資するだろうと発表した。四社のなかで「起亜」はほとんどあきらめた状態だったが、その次が「現代自動車」だった。コーティナは「コピーナ」（韓国語で鼻血が出るという意味）とあだ名を付けられ、倒産寸前まで追い込まれている状況で、希望はほとんど見えず、打開策は見あたらなかった。

万策尽きて朴大統領に面談を申し込み、青瓦台に向かった。当時の朴大統領の最大の関心事は、高速道路が予定どおりに完成されるかどうかだった。その日も大統領の「高速道路の完成は予定どおりですか？」との質問から、面談が始まった。

「高速道路は問題ないが、自動車産業に大きな問題があります」と答えて、すぐに本論に入った。

自動車完全国産化

朴大統領は高速道路の件で声がかかる前には、私自身の事情で会えるような相手ではなかった。自動車産業政策について「順調に進展しています」という報告だけを受けていた朴大統領は驚いた顔をみせた。

「自動車完全国産化の三ヵ年計画は当初から無理な政策であり、自動車業界の現実を度外視した愚策です。エンジンは自動車の心臓であり、自動車技術のすべてといっても過言ではありません。エンジンさえ国産化されれば、他の部品が国産化になるのは時間の問題です。

さらに理解しがたいのは、それほど重要なエンジンをいきなり一元化すると発表したことです。エンジン製造工場を建設する条件として、政府が言いだしたのは技術、外資、市場性です。それはすなわち合弁投資を最優先するということです。合弁投資をすると、すべてが劣勢である韓国の自動車会社は外国会社の意のままになりやすい。そんなやり方で、どうして自動車の一〇〇パーセント国産化ができるでしょうか。

世界の自動車王国であるアメリカも、ビッグスリーと呼ばれるGM、フォード、クライスラーが互いに競争を通じて発展し、今日があるのです。フォードの場合、一九〇三年の設立以来、GM社を追い越すために毎年数十億ドルの研究費を投資しながら、発展を繰り返しており、GM社もフォードに追い抜かれないためにそれなりに莫大な投資をして、自動車産業を発展させています。

それを韓国では一社に独占させるというのは、じつに愚かなことです。マラソンも一人で走っていては素晴らしい記録は残せません。競争相手がなければ、製品の質を向上させる必要もなく、生産に拍車をかける必要もなく、企業の発展がないことはもちろん、共産圏の国営企業のようになるのは火を見るより明らかです。資本主義経済は唯一競争を通じて、鍛えられ、磨き上げられ、発展・成長してきたのです」

私はこのように大統領に進言した。私の話に対して大統領は、

「いままで四社間の競争をさせたが、国産化比率を高める見通しはあまりなかったのではないか」

と不満を述べられた。しかし、私は反論した。

「そうではありません。五・一六革命後の政府の強力な支援を受けた新進が、一九六七年から独占組立て販売をしたとき、商工部発表によれば二一パーセント国産化しました。それが、現代、起亜、アセアが組立て生産に加わってからは、商工部の発表では三八パーセントの国産化に発展しました。わずか二年足らずで国産化が一七パーセントも進展したのは、競争のお蔭です」

大統領は顔をこわばらせながら、タバコの火を点けたり消したりした。

この際、ついでだと思い、合弁投資を最優先するという政府の条件についても異議を唱えた。

「技術を得てこそ、市場確保にプラスの側面があります。そうでなければ、ひたすら他国の企業に利益をもたらすだけです。私も他の人もそんなことはしません。経営介入の害があることはもちろん、外国企業がすぐに韓国企業に高度の技術を提供してくれることもなく、自社の自動車を販売しようとする目的が明らかです。その合弁会社の傘に入ったら、いつ韓国は国産車の製造が可能になるので

しょうか。

しかし、技術や資本脆弱な韓国の実情を考えると、合弁しないで事業を進めるのは厳しいことです。とにかく三ヵ年計画はあまりにも性急です。外国との合弁で投資依存度を抑え、従来どおり四社競争体制でより長期的に進めれば、韓国自動車の国産化はそれほど遠いものではありません」

私の意見に対して、やっと大統領が首をタテに振った。

大統領との面談の効果はすぐに現れた。自動車国産化比率に対する再調整があるだろうという言葉が、商工部筋から漏れたと噂された。

「周四原則」の波紋

商工部で自動車業界の再調整方案を作っているさなかの一九七〇年四月十九日、中国の周恩来首相が「周四原則」なるものを突然発表した。「中国は韓国、米国と取引きしている国家とは貿易はしない」という内容のものだった。韓国は反共を国是としているので、それほど深刻に受け入れられることはなかった。しかし、新進自動車はその影響をもろに受けた。トヨタと技術提携を結んで組立て車を製造しながら、エンジン製造工場についても合弁を協議している最中だった新進自動車に、パートナーであるトヨタが、七〇年十二月、合弁内容の白紙化を発表したのである。

「周四原則」に基づいて、トヨタは素早く手を引いた。日中国交正常化が迫っている時点で、中国市場の潜在的な力と、東南アジア市場に占める中国系資本の影響力などを見てとったトヨタが、韓国の

「新進」を捨てて、中国を選んだのだ。

その後、韓国政府の自動車産業保護育成措置が発表された。一九七五年までに国産化比率を八〇パーセントにし、韓国の実情に合う小型車開発に力を注ぎ、国際競争力を備えるまで競争製品の輸入を禁止するという内容で、エンジン製造工場の一元化方針を事実上撤回したものだった。

一九七〇年十一月三十日、「現代自動車」は紆余曲折の末、フォード社と対等の合弁比率で契約書を交わした。条件はそれほど悪くはなかった。両社とも完全支配は不可能となる契約である。高度の技術産業であるエンジン製造工場なので、経営陣も、技術と財務相談の重役ポストだけはフォード側が確保し、残りはすべて「現代自動車」が就くことになった。また新会社の事業のために必要な追加資金の外資三四〇〇万ドルの長期借款額のうち、双方の株式持ち分の五〇パーセントに当たる一七〇〇万ドルは、フォードの支払い保証だけで韓国内に誘致できる、画期的な条件であった。

しかし「周四原則」で中国進出を阻まれたアメリカの会社ということを勘案しても、フォードの突然の態度の変化にいぶかしさを感じたが、とにかく署名した。

韓国政府は十二月二十八日、外資導入審議委員会の議決を経て、翌日「外国人投資分九〇〇万ドルの使用計画については政府の承認を要する」という但書付きで、エンジン製造工場の設立を認可してくれた。結果的に競争四社のなかで「現代自動車」だけエンジン製造工場の設立許可を得た。

自動車会社の経営内容は悲惨だった。月給が数ヵ月ずつ遅れるのは日常茶飯事、弟の仁永と担当役員は靴底が擦り切れるほど夜遅くまで資金集めに歩き回り、毎日手形の不渡りを気にしていた。税金を納められず、全国最高滞納者として新聞に発表されたこともあった。ライバル会社の社長が公式の席上で「現代自動車」を買収したいと言ったという屈辱的な噂まで聞こえた。フォードとの合弁でエンジン製造工場の設立認可を受け、「現代」は一つの山を越えたが、本当の苦労はそれからだった。

フォードとの決別

契約書に署名してから約二年間、フォードとの合弁は到底妥協点を見つけることのない対立の連続だった。販売資金問題から始まって、財政問題、輸出問題、事業領域問題まで、双方の見解はつねに並行線をたどった。フォードの突然の態度の変化を疑わしく思うだけにとどめたのが失敗だった。

まず彼らは、「現代自動車」側の自動車販売の資金力の確保を要求した。自動車の大量販売のためには長期ローン販売が必須の条件だが、「現代自動車」にはそれを支える資金力はなかった。ローン販売が半分以上を占める自動車産業は、ほかの製造業に比べて最小限二倍以上の資本金が必要である。フォード側が要求した金額は一二〇億ウォンだった。一九七一年以降の販売市場を計算して、すぐに最小限一千万ドル以上の資金をフォード側に提示しなければ、自動車ローンは実施できないという条件だった。

フォード側の要求は当時の韓国経済にあっては不可能に近かった。政府から資金の一部を補助してもらい、一部は銀行から借りられれば調達できるだろうが、それは無謀な相談だった。経済建設に投入すべき資金が不足している開発途上国である韓国に、消費金融の運転資金を回す余裕などなかった。

さらに銀行法は制度的にローン会社の運用を禁止していた。

外国からの販売資金導入しか打つ手はなかった。ところが、フォード側はそれさえブレーキをかけてきた。「現代」が国内販売までしながら、外国から販売資金を導入することは受け入れられないというのだ。

最初のうちは、協議で有利な立場を保とうとする一種の戦略カードくらいにしか考えなかったが、実はそうではなかった。彼らはそれを最後まで一貫して主張し、契約解消まで持ち出してきた。他にも借金で息が詰まるほど厳しい状況だというのだった。結局私は必死の力を傾け、都市銀行を動員して、フォード社が要求する金額より八〇億ウォンも多い二〇〇億ウォンの自動車販売資金の融資保証書を提示した。彼らはそれを見ても「現代」を信用せず、調査団を派遣して信用度を調査させた。弟がフォード本社に強く抗議したため、彼らが謝り、ある程度収拾されたが、それは後で起こった問題に比べたらちっぽけなことだった。

他の問題は省略し、輸出市場制限と事業領域の問題に触れよう。値段が安く、質のよい小型車を製造して、フォードの世界的販売網を通じて輸出するのが、合弁会社を設立したときの私たちの夢だった。しかし、フォード側は一言のもとに、これを切り捨てた。

「フォードの国際市場はフォードのものであり、『現代自動車』のものでも他の誰のものでもない！」

彼らは「現代自動車」が製造したコーティナの国際市場への輸出まで拒否した。

フォードは韓国市場を呑み込もうという意図で合弁したのであり、合弁の利益を私たちと分かち合うという考えは最初からなかった。もう一つの決定的な落とし穴は、フォードの「パン・アジア計画」という「多国籍部品交換体制」の推進だった。フォードと「現代自動車」との合弁も、この計画の一環にすぎず、各国に分業化された専門分野の一つを「現代自動車」に任せることで、いわば「現代自動車」をフォードの部品工場の一つとする肚だったのだ。

フォードは自分たちの意のままにならなくなると、そのまま逃げてしまった。私たちもフォードとの合弁を放棄し、弟の世永に、すぐに一〇〇パーセント国産の自動車を独自に開発する方法を考えるよう指示した。

「ポニー」の爆発的人気

一九七三年一月、「現代自動車」とフォードとの合弁会社の設立認可は取り消された。他方、「周四原則」で大きなダメージを受けていた「新進」が、七二年三月、ＧＭ社と正式に合弁契約を結んでいた。会社の名称はジーエムコリア、ＧＭＫだった。「現代自動車」の寂しい雰囲気と異なり、ＧＭＫは仁川（インチョン）と富平（プピョン）に大規模な資金を投入しはじめた。年間五万台を生産し、二万台は国内販売に、残りの三万台はＧＭの販売網を通じて、世界各国の市場に輸出するという。

本当に悔しかった。

蔚山に閉じこもっていた世永は、ある日、高速道路の建設現場に私を訪ねてきた。「合弁だ、協力だ」というのは結局外国のためになるだけだ、韓国の地形や実情に合う小型車を独自に開発する道しか活

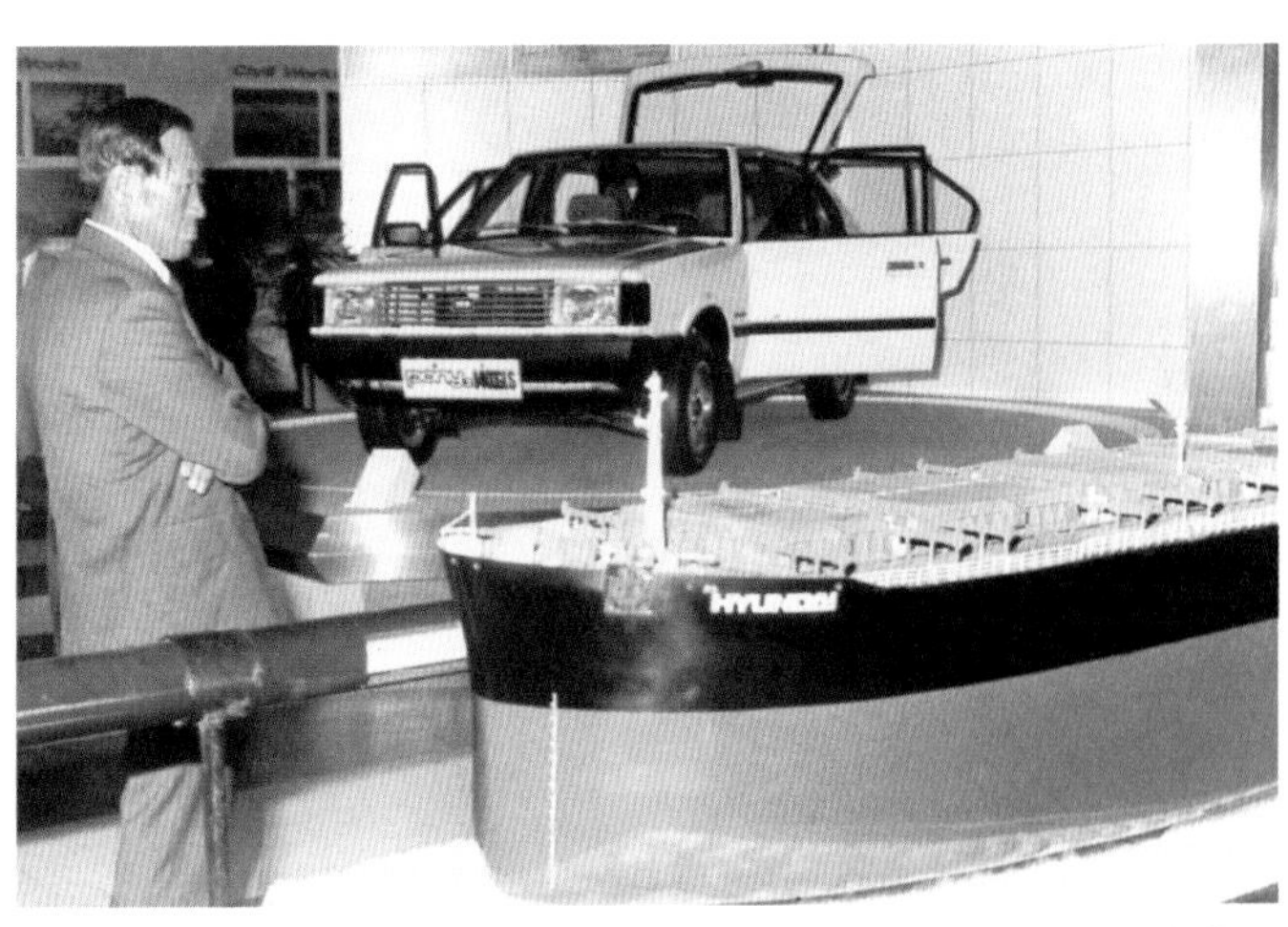

COEX（ソウル市江南区の国際展示場）に展示されたポニーと現代造船製の模型に見入る著者。1980 年代初め

路はないと、彼は以前に言った私の言葉を繰り返した。

私は黙って聞いていた。

しばらくして、弟世永の言葉をさえぎり、私の方から逆に訊いてみた。

「問題はエンジンだ。エンジンをどうするつもりだね」

実は、弟もエンジンの問題について相談しに私を訪ねて来たという。日産と三菱のうち、どちらを選ぶのが有利なのか助言してほしいと言うのだ。私は即座に三菱と答えた。

三菱は「新進」との合弁を希望したが、ライバルのトヨタに敗れ、しぶしぶ韓国進出をあきらめざるを得なかった事情を知っていたからだ。そんなこともあっただろうが、三菱との協議はフォードに比べれば順調に進んだ。九月二十日、三菱と「現代自動車」は変速機、リアシャフト製造のための技術協力契約を締結した。そして、プレスと金型工場、エンジン工場建設に関する計画案を作成しはじめた。世永がイタリアの設計専門会社のイタルデザイン社とスタイリング（いわゆるデザインのこと）および設計を一二〇万ドルで契約し、ヨーロッパ自動車界最高のスタイリストのジョージアーロに韓国の未来型自動車で、しかも将来は輸出もできるモデルのデザインを依頼した。彼は自動車工場建設の専門家を見つけ、イギリスまで飛んでいき、ジョージ・タンブルＢＬＭＣ（British Leyland Motor Co. Ltd）社長を説得して、エンジン、アクセル、トランスミッションなどの主要部品製造の技術契約を結んだ。

そして翌一九七四年七月、私たちは一億ドルを投入し、年間生産能力五万六〇〇〇台規模の国産総合自動車工場の建設に着工した。そして一年半後の七六年一月、「現代」のオリジナルモデル第一号「ポニー」が誕生した。

車体があたかも尻尾が抜けたニワトリのようで、私は当初あまり気に入らなかったものの、「ポニー」は誕生前から六二ヵ国二二八社の商社が輸入を希望するほど、爆発的人気を集めた。四気筒一二三八ｃｃ、八〇馬力の三菱セダンエンジンを付けた「ポニー」は、一九七三年のオイルショック後の燃料難に対処して設計されたモデル車だった。

自動車は「走る国家」

「ポニー」が誕生してから二十余年が経過した。現在、「現代自動車」はグループのなかで最も重要な企業の一つになった。これは「現代」が自動車修理業から出発したという背景と、その発展時に注いだ汗と情熱のせいでもあり、また希望溢れる未来がそこにあるからでもある。

金額が大きく、利益が高いビジネスを追い求めた結果、建設業が主力事業になったが、「現代」の立場からも、韓国の立場からも、自動車が未来の主力事業の一つになるべきだと考えている。

歴史的にみて、民族の繁栄は交通手段の発達に比例していると私は考える。昔の騎馬民族から大航海時代のイギリスの船舶、そして現在の米国の自動車まで、これを立証している。自動車は国家産業の技術の尺度であり、自動車を生産できる国家は航空機も生産できるはずだ。

自動車はまさに「走る国家」でもある。韓国の自動車が輸出されているところでは、自動車を自力で生産、輸出できる国家というプラスイメージのおかげで、他の商品も高く評価される。

豊富な資本力で挑戦する米国と、新規投資がなくても勝算がある日本と、小型車で市場圏を確保しているヨーロッパに対して、世界自動車市場の三巴(みつどもえ)戦に割って入る競争宣言をしてから十年が経過した。そろそろ三者を驚かせる時期が来たと私は考えている。しかしわが「現代自動車」は、自動車産業に飛び込んでわずか三十年にしかならないのに、世界市場に打って出て、果たして競争に耐えうるのか、という疑問をもつのが一般的観測であろう。

整理して言えば、韓国の自動車工業がいくら力を注いでも、飛躍的な発展には限界があり、先進国は自動車輸入にクォータ制（輸入割当て制度）をとるなどの障害があるから、未来は厳しいだろうという判断も無理からぬ話だ。

しかし「現代」は、誰にも負けない底力をもっている。底力に加えて知恵もある。無謀ではあったが、その無謀さが招いた過酷な試練に耐え、乗り越えながら、私たちは生きた勉強をし、それだけ強靭になった。『大学』に「致知在格物」という条がある。すなわち「人間が物事の道理をきわめ、正しい生き方をするには、事物に直接ぶつかって、その中に深く潜んでいる価値を学びとらなければならない」という意味だ。真の知識は直接ぶつかりながら体験を通じてこそ得られるものであり、そうすることで真の価値を知ることができる。

貧乏人が金持ちになるのは、金持ちがさらに大金持ちになることよりはるかに難しい。努力だけで大国に追いつかねばならないのが、なんの資源もない韓国が置かれた状況である。この勝負で勝つためには、金持ちより十倍、いや二十倍も努力をし、不利な条件を克服しなければならない。

がむしゃらに始めた造船業や、海外に活路を求めた建設業に比べれば、自動車産業ははるかに有利な条件から開始された。造船業は船主によって注文する船の形やエンジンが違ってくるが、自動車は一度開発すれば、四、五年はそのモデルで販売が続けられる利点がある。また、自動車部品工業は世界の黄金市場だ。米国一国だけでも年間自動車部品の必要量は、サービス（整備・補修）ラインに入っていくものだけでも七〇〇億ドルを越える。それも一九八三年の基準値である。

私は自動車部品工業についても世界市場での競争を夢見ている。長年の伝統と取引ルートをもっている先進国の自動車部品業界に、韓国がただちに大きな影響を及ぼすことは難しいだろうが、韓国の努力によって成果を得られる市場は世界中いたる所にあるはずだ。

この夢はかならず実現させることができる。なぜならば、韓国には世界一の武器があるからだ。それは「世界で一番優秀な技術者と労働者」、すなわち人材がいるからだ。

韓国は貧困の一時期、そういった私たち自身の資質、本性を見失っていた。それは今後けっして、あってはならないことだ。世界広しといえども、韓国民ほど優秀な民族はそうないだろう。韓国の労働者こそが、建設業と造船業を世界水準にまで引き上げたのである。かつて韓国が貧しかった責任は国民ではなく、国民を率いた指導層にある。韓国の産業が遅れたのは技術者の腕が悪かったのではなく、すべての経営者や管理者の能力が及ばなかったからである。立派で優秀な国民の能力と献身的努力によって、韓国の自動車、自動車部品が世界市場で伍する日が必ずや来るものと確信する。

一九九七年上半期まで「現代自動車」はすべての車種を合わせて一〇七〇万台の自動車を生産し、このうち四五〇万台を輸出した。

造船所の夢は一九六〇年代の前半から

誰かが西洋の占星術で占ってみると、私という人間はとても「せわしない」人間であるという。私が生まれた星座の人間は、いつも考え事や行動で忙しく、考えもじっと止まっていないという。子供をあやす間にも瞬時にアイデアが浮かび、すぐにそのアイデアを求めて他に駆けつけていくという人間らしい。もちろん子供は置き去りにしてだ。

考え事が多いという私への評は、そのとおりだと思う。私は寝るとき以外はほとんど考え事をしている。わざわざ考えようとするのではなく、一つの考えが次から次に連鎖的に湧き出る。事業家は誰でもそうだろうが、米粒くらいのアイデアが心の中で種となる。そこから出発して絶えずそれを育て上げ、頭のなかのアイデアを目で見えるように大きい仕事として、私は拡大させてきた。これが私の特技中の特技とも言える。

一つの種だけを育てているのではない。いくつかの種を同時に抱えて転がしながら育てて、その中の一つ、二つを取り出して現実化させる。例えば、米軍工事を請け負いながら、政府発注の工事も取らなければならないという考えと、海外市場に進出しようとする考えを同時に抱き、実現させたことである。

企業家は常に、より新しい仕事、より大きい仕事を熱望する。より新しい仕事、より大きい仕事に対する情熱こそが、企業家がもっているエネルギーの源泉である。

企業家は誰でも自分が設立した企業が永遠に残ることを期待する。私も誰よりも「現代」が永遠に存在することを願っている。そのためにも、私は常に「より新しい仕事」「より大きい仕事」を求めて生きてきた。

一九六〇年代前半、すでに私の心に、造船業は遠くない未来の夢としてあった。青年時代に「現代」の一員となり、現在も「現代」家族の一員である李春林(イチュンリム)と、海外出張中に立ち寄った東京で出会い、二日間かけて、横浜造船所、川崎造船所、神戸造船所を視察した。

李春林の記憶によると、それは一九六六年のことだったそうだ。造船所視察を終え、帰り際に私が、

「時が来れば、韓国にも造船所を建設し、大きい仕事をしたい」という構想を話したという。海外における建設は、ベトナムを除いては、さほど心そそられるものでなかった。国内で何か新しいビジネスがないかと考えているうちに、造船所のことが、他のビジネス構想とともに浮かんだり消えたりしていた。

「政府はかならずやるだろう……」

造船業は危険を伴うものの、大きな雇用創出効果があり、人々に就労機会を提供することもできる。関連産業も多く総合機械工業だから、韓国としては造船所建設がなんとしても必要だった。また、一九六〇年代の韓国は外貨が枯渇していたので、造船業によって国内で大規模なドル契約ができれば、それは願ってもないことだった。しかし当時の国家の情勢や「現代」の状況からして、造船所を建設するのは時期尚早だった。構想は固まったが、適切な時期を待つしかなかった。

やがて、第二次経済開発五ヵ年計画の期間中、政府は製鉄、総合機械、石油化学、造船を国策事業として育成するという方針を発表した。すでに始まった浦項（ポハン）製鉄から生産される鉄材を大量に消費してくれる事業として、三星（サムソン）に受け入れてもらえず、金鶴烈（キムハンニョル）副総理が私に造船所建設を勧誘してきた。私にお鉢が回ってきたという話もあった。

私は自分なりの判断があったので、初めはすぐに受け入れる意志を示さなかった。しかし勧誘がだんだん強くなり、最後に相手は怒り出した。私の夢を、政府の強力な意思が促してきたのだ。

「政府は必ずやるだろう……」

こう悟った私は、「では、まず当たってみましょう」と答えて、ただちに借款を導入するために動き回った。

はねつけられた借款依頼

交渉相手はまず米国であり、その次は日本だったが、結論から言うと、彼らにとって私は「狂っている」としか映らなかったようだ。両国はともに「あなたの国は後進国だ。船を造る能力はない」との返事だった。日本の場合は三菱造船に交渉したが、中国への進出を夢見ていた同社は「周四原則」を理由に、日程まで決めておいた東京での交渉をキャンセルしてきた。

日本の通産省もブレーキをかけた。彼らは、「現代」との合弁に関する調査結果として、韓国の技術はまだ幼稚な段階であるだけでなく市場性もとぼしく、建造能力は五万トン程度しかない。したがって二〇万トン以上の大型船舶建造は不可能であるという結論を下していたのだ。その調査結果も無理からぬものだった。当時の大韓造船公社の船舶建造実績のうち、最大規模はアメリカから受注した一万七〇〇〇トン級だったのである。

長い人生のなかで、当時我慢できないほど辛かったことが、歳月がたつと、かえってよかった結果に思えることがときどきある。もし当時、「周四原則」がなかったなら、「現代」は三菱と合弁の形態をとり、韓国独自に造船工業を発展させる機会を失ってしまったかも知れない。

当初、計画は五〇万トンだった。五〇万トンの船を造るドライドックのために九〇〇メートルの艤装岩壁も造らねばならず、それには各種の重装備はもちろん、他のさまざまな機械も必要となる。当時は借款を導入するしかなかったが、機械購入代金は八〇〇〇万ドルにのぼった。

借款を得るために四方八方に手を尽くしてみたが、ほとんど希望がみえなかった。仕方なく、私は「いくら努力しても借款してくれる国がないので、あきらめるしかありません」と、金鶴烈副総理に事情を説明した。私の話を聞くと、金副総理は難しい顔をした。

朴大統領は、他の人であればともかく、私がやるというのだから、造船所は必ずよい方向に向かうだろうと信じ込んでいて、また副総理自身も大統領にそのように話したと言われた。今更できないという報告はとうていできないので、副総理は私に一緒に行って、朴大統領に直接報告してほしい、とのことだった。私はわかりましたと答えた。

数日後、金副総理とともに青瓦台に向かった。

朴大統領の強い決意

「この間、あちこち試みてみたが、日本や米国は最初から相手にしてくれません。まだ初歩の技術段階にあるあなたの国が、何十万トン級の造船は話にもならないと言うので、とうてい不可能です。私はこれ以上進められません」

それを聞いた大統領は怒鳴りながら、金副総理に、

「これからは鄭周永会長がどんな事業を言いだされても、すべて断ってください。政府は相手にしない」

と言った。その後は口を固く閉じて、黙って座っていた。そんな雰囲気では、言いたいことがあっても何も言えず、さらにこれ以上話したいこともなかったので、私もただ黙って口を閉じて座っているしかなかった。

しばらく重い沈黙が続いた。やがて大統領がタバコに火を点けて、私にも勧めた。私はタバコを吸わなかったが、状況が状況なので断れない。大統領が火を点けてくれたタバコを吸っていると、大統領が口を開いた。

「一国の大統領と経済トップの副総理が積極的に支援すると約束したのに、鄭会長ともあろう方がここであきらめて放棄するとは……。最初にこの仕事を引き受けたとき、すぐにこの仕事ができると思ったんですか。厳しいとわかっていたでしょう。受けた以上は、どんなことがあってもやり遂げねばならんでしょう。ただ一回やってみて断られて、それですべてをあきらめるなんて、いったいどういうことなんですか」

私には返す言葉がなかった。

「必ずやり遂げねばならないのです。鄭会長！　日本、米国に打診してみて駄目だったのですから、次はヨーロッパに行ってください。どんなことがあろうとも、ぜひ成功させねばならない事業ですから、早くヨーロッパに駆けつけてください」

大統領がそこまで言うので、これ以上できませんとは言いだせなかった。

「わかりました。もう一度死ぬ気でやってみます」

そう言って、その場を後にした。

私は造船所建設が、避けて通ることのできない厳粛な課題であると受けとめた。国家の経済発展のほかになんの私心もない朴大統領の、造船所建設に対する決意と執念が、私には胸が痛むほどの感動となって伝わってきた。

「どんなことがあっても、必ずやり遂げねばならない」

金策で歩き回り、疲れ果てて膝の力が抜けてしまっていたが、その日から新たな覚悟で再び走り回りはじめた。

「お金を貸してください」と各国を巡る

一九七〇年三月、「現代」に造船事業部を設置し、敷地選定など基礎作業を開始させた。

造船所をつくろうとしたところ、会社内部からも、経験もないのに、なぜ造船所を夢見ているのかという懐疑論が強く出てきた。しかし私は、借款を得られるかどうかが問題であり、借款さえ解決すれば、造船所を設立して船を造ることはそんなに難しいことではないと考えていた。

造船業の経験はなかったが、さまざまな建設を通じて体得した経験で、鉄板加工の設計や溶接には自信があり、内燃機関を装置するのも難しいことではなかった。ざっくり言って、船を大きいタンクと考え、精油工場を作るように、図面どおりに鉄板を切って溶接するだけだ。内部の機械装置は建物にエアコン装置を設計どおり取りつけるようにすればよい。また船舶も機械図面どおりその場所に設置すればできるのではないか、と考えた。

いわば私は、造船業を建設業として捉えたのだ。

造船業と建設業を別々に考えないのは世界の流れでもあった。とくに日本の造船所は、建設業でできない機械、電気分野をトータルに支援し、建設工事の受注にも大きく貢献していた。年商二億ドルを誇る日本のある造船会社は、鉄鋼事業でも二億ドル稼いでいた。造船所をもっていれば、鉄鋼構造事業もでき、プラント建設分野における「現代」の発展にも大きな役割を果たし、さらに送電線鉄塔工事、橋梁工事もこなすことができるはずだと思った。

造船所建設が将来「現代」の強力な原動力になってくれるだろうと、私は信じて疑わなかった。一度決めたことに対して否定的な意見が出ても、私にはまったく障害にならない。否定的な見方が多ければ多いほど、かえって必ずやり遂げてみせるという決心がさらに強まり、仕事を進めるための努力はますます熾烈なものとなる。私は元来そういう気質のようだ。

借金を得るためにあちこち回っていた私たちは、ユダヤ人のメリドにニューヨークで出会った。以前、韓国への経済借款を多く提供してくれたメジャーだが、それだけに思いがけないパンチを食わされたこともあった。驚くほどの手腕と独自の経済情報で巨大な富を築いた人物だった。

気軽に出資の約束をしてくれたうえ、私たちが造った船をすべて無条件で購入するから、一隻当たり一割のマージンを出してくれるよう条件を提示した。韓国で古くからある占いの本『土亭秘訣(トジョンピルギョル)』には、「東から貴人が現れる」という条(くだり)があるが、この人物こそ「貴人」のように思えた。

ニューヨークの彼の事務所で、借款の斡旋や船舶の購入などについての契約書を作成した。私は契約書の最後に追加条項を設けることを要求した。

「もし、この契約内容が成功しなかった場合に発生するすべての費用は、各自が負担するものとし、いかなる理由があっても訴訟は起こさない」という条項だ。契約条件が破格だったので、見えない所から操られているような感じがしたからだ。

おいしい話には警戒する必要がある。事業においてはおいしい話などありはしない。

するとメリドは、気の毒に自分のことをまったくわかってないな、という顔つきをして、ノルウェーのある雑誌に出た自分の記事を見せてくれた。同席した重役が、「ノルウェーにメリドが来ると、東方の海から太陽が昇るようだ」という記事だという。メリドはノルウェー造船所から船舶を多く購入した人物であり、ノルウェーで冷凍船も多く所有して事業を行っている。メリドが言った。

「訴訟を起こしながら生きていくには、人生はあまりにも短い。だから、この条項を除こう」

しかし、私は言い張った。

「訴訟を実際に起こすかどうかの問題ではなく、私たちは契約するとき、いつもこの条項を入れる。万が一、仕事が順調に行かなかった場合に備えようという意味である。私たちがあなたを信頼しないからではなく、私たちの費用をあなたに請求する意志もない。したがって、この条項は実際にはあまり関係ない」

いろいろ話したが、結局私の主張どおり、最後の条項を追加させた。結果的にはそれが本当によかった。世界市場を相手に船を販売しなければならないので、造船所の社長も、世界的造船所「エイカー（Aker）」からシエムという人間を抜擢したが、その後、社長自身が仕事を進めているのではなく、メリドが陰で借款問題だけでなく、物資購入や処理にまで主導権をもっていることがわかった。

後でわかったことだが、計画書には五〇〇万ドルで可能とあるのに、一〇〇〇万ドルが必要であると偽装し、余った分は懐に入れようとしたのだ。これは先進国の多国籍企業が後進国を相手によくやる手口である。私たちはメリドが独断で機材を導入したことに強く異議を申し立てたので、彼との契約は破棄されてしまった。

メリドは、訴訟などくだらないと言っていたくせに、契約が破棄されると即刻、私たちを訴えた。しかし、最後の但し書きの条項によって、私たちは損害を被らずにすんだ。

メリドとの契約は破棄されたが、彼との接触から私は貴重な教訓を得たと考えている。

メリドは借款斡旋においても、世界的ブローカーとつながっていた。このブローカーもユダヤ人だった。彼らは造船に関する詳細な情報をもっていた。世界の造船市場が将来向かうべき方向はもちろん、各造船所の生産能力、各国の今後の注文量まで正確に把握していた。当時、彼らはこれからは石油を運ぶＶＬＣＣ（超大型タンカー）を造る造船所が必要になるという分析もしていた。

後日、彼らの分析を「現代造船所」は参考にさせてもらった。彼らの情報収集能力は驚くべきもので、大企業が発展するためには産業情報がいかに重要な役割を果たすか、メリドから学んだのである。

突破口はイギリスから

メリドと決別し、私たちはデービスという借款斡旋業者に会った。彼は米空軍戦闘機の操縦士として朝鮮戦争に参加した経歴もあるという。弁護士の資格をもっていて、西ドイツのフランクフルトにも事務所を出していた。彼の事務所に行ってみて、私は彼が国家間の重要な産業情報を収集していることがすぐにわかり、世界の産業はすべてそのような情報員によって動かされている事実を改めて知った。

デービスは抜きんでた頭脳と能力の持ち主だった。私たちが何年間も走り回り苦労していた借款問題をデービスはたった六ヵ月ですべて解決した。彼はイギリスのバークレーズ銀行、ボンのスイス銀行などの借款を引っ張ってきたが、私たちが接触する金融関係者の性格まで鋭く把握して、助言してくれた。どこで誰にどんな方法でもちかけると、どのくらい引き出せるかまで助言してくれたが、それはあらかじめ仕組んでおいたかのように当たったのだ。

こうして、一九七一年九月、イギリスのA&Pアップルドア社及びスコット・リスゴー造船会社と技術協力を結んだ。その前に、私たちは日本はもちろん、イスラエルの技術会社とも接触し、西ドイツの造船会社とは技術供給、技術提携まで合意したが、土壇場であきらめた。

西ドイツの会社は、造船所のレイアウトの作成まで一年半から二年の時間と技術料五八〇万ドルを要求した。技術料は高くはなかったが、私の短気な性格では、レイアウトが出てくるまでそんなに待つことはできなかったのである。

デービスが紹介してくれたA&Pアップルドア社は、イギリスのいくつかの造船所から飛び出してきた、有能かつ意欲的な若者が何人か集まってつくった技術会社だった。

「機械、建築、土木分野の有能な韓国のエンジニアを何人か送ってください。彼らとともに作業して六ヵ月内にレイアウトを完成させましょう」

私は気に入った。

「造船所のレイアウトを完成させたあとの技術問題はどうするのか」

と尋ねたら、スコット・リスゴー造船所は現在二七万トン級のタンカーを造っているので、そこで「現代」の関係者を六ヵ月ずつ二回にわたり研修させると言う。一回目に田甲源ら二人をスコット・リスゴー造船所に送り、二回目も何人かの技術者を送った。

技術協力契約を終えて、次に借款導入という難題を解決するために、すぐにロンドンに行き、A&Pアップルドア社のロンバトム会長に会った。そして、彼にイギリスのバークレーズ銀行を動かす方法はないか、と相談にのってもらった。バークレーズ銀行は鄭熙(ヒヨン)永常務が先頭に立って交渉したが、反応はそれほどよくなかった。「まだ船主も現れないうえ、韓国の償還能力と潜在力も信じがたいので厳しい」というロンバトム会長の返事で、私は気落ちしてしまった。

だが、私はズボンのポケットに亀甲船(ゴブッソン)が描かれている五百ウォン紙幣があるのを思い出し、それを

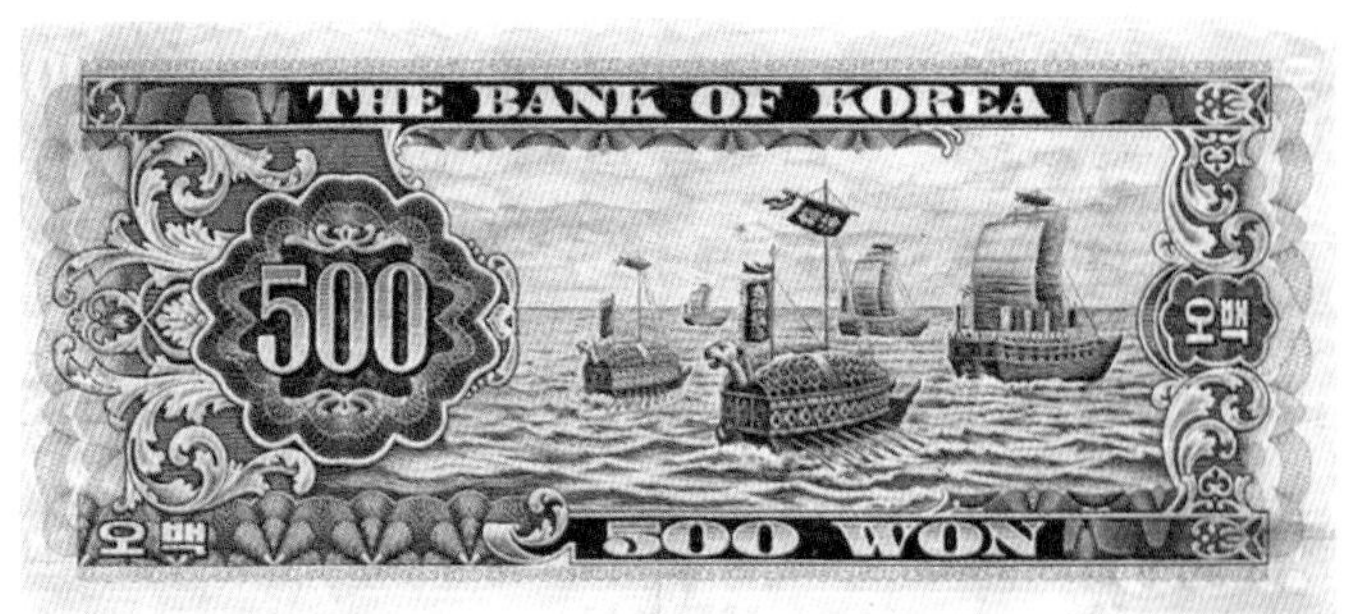

亀甲船を描いた韓国の 500 ウォン紙幣

取り出して、テーブルの上に広げた。

「見てください。これが韓国の亀甲船（十六世紀末、豊臣秀吉の朝鮮侵略を撃退するのに活躍した朝鮮の軍艦）です。イギリスの造船の歴史は一八〇〇年代からだと聞いていますが、韓国はすでに一五〇〇年代にこのような鉄甲船を造って、日本をやっつけたことがある民族です。その後、鎖国政策によって産業化が遅れて、国民の能力とアイデアが錆(さ)びついているだけで、韓国の潜在力はそのまま残っています」

ロンバトム会長は笑みを浮かべてうなずいた。

彼は「『現代建設』は現在古里(コリ)原子力発電所を施工しており、発電系統や精油工場建設にも豊富な経験があるので、大型造船所をつくり大型船を建造する能力は十分にある」という推薦書をバークレーズ銀行に送ってくれた。そして、私たちはスコット・リスゴー造船所で船舶図面を製作してバークレーズ銀行に提出した。

バークレーズ銀行の招待

ロンバトム会長に助けてもらい、バークレーズ銀行との協議が始まった。彼らはまず関係者を韓国に送り込み、「現代」が建設した火力発電所、肥料工場、セメント工場を調査させ、わが社の全員と技術者を再教育させれば船舶建造が可能であるという結論を下した。

もう一度バークレーズ銀行の審査を受けた後、バークレーズ銀行の海外担当副総裁から昼食への招待がきた。世界金融の中心といわれるロンドン銀行界は、頑固な保守性と原則主義を固守するところだ。彼らは新規借款申請の審査において、縦横無尽の情報分析と現地調査、理事会のたびたびの討議といった手続きを貫き、東洋式の根回しや政治的圧力を完璧に禁止し、排除していた。私は恐ろしい試験台にのぼる気持ちだった。約束の一日前、ホテルで焦燥と不安のなかで待っているよりは、繰り上げて観光をしようと思い、シェークスピアの生家やオックスフォード大学などを見て回り、日暮れ頃にはウィンザー宮を見物した。

翌日、私たちは格式高い銀行の重役用食堂に案内された。挨拶を終えて席につくと、すぐに副総裁が「鄭会長の専攻は経営学ですか、工学ですか」と訊いてきた。一瞬戸惑ったが、おもむろに訊き返した。

「私たちが提出した事業計画書をご覧になりましたか」

見たと言う。前日の観光でオックスフォード大学の卒業式を見たことを思い出したので、

「昨日、その事業計画書を持参してオックスフォード大学に行ったら、私を一目見ただけで、すぐに

バークレーズ銀行と契約を終えて。1971年10月

その場で経営学博士の学位をくれました」と言うと、副総裁は大笑いした。

「オックスフォード大学の経営学博士でも、あのような事業計画書は作れません。あなたは彼らよりはるかに立派です。きっと専攻はユーモアでしょう。わが銀行はあなたのユーモアとともに、あの事業計画書を輸出信用保証局に送ります。幸運を祈ります」

昼食は和気あいあいのうちに終わったが、それで借款導入問題がすべて解決した訳ではなかった。

イギリスの銀行が外国に借款を与えるためには、イギリス輸出信用保証局（ECGD）の保証を受けねばならなかった。もし私たちが償還不能の状態に陥っても、銀行の損害ではなく、保証するイギリス政府の損害として処理されるためだ。

バークレーズ銀行が提出した書類がＥＣＧＤの関門を無事に通過することを、私たちはひたすら祈っていたが、それは、象が針の穴を通過するほど難しいことだった。そんなとき、バークレーズ銀行のベネット部長がＥＣＧＤ総裁との面談を斡旋してくれた。

「私たちは、わが国の権威ある技術会社が、あなたたちが船を造れると判定したと信じます。また世界五大銀行のなかの一つのバークレーズ銀行が、あなたたちに船を建造、販売してその利益で元利金を償還できる能力があると認めた点についても異議はありません。

ただし一つ疑問があります。もし船を注文してくれる船主が現れなければ、どうなるでしょうか。仮に私が四、五千万ドルもの船を購入するとき、世界の優秀な造船所を差し置いて、船舶建造経験がまったくないあなた方に発注するでしょうか。まして、掛けで買うこともできませんし。あなた方がいくら船を造れるといっても、買ってくれる相手がいなければ、どのようにして元利金を返済できますか。船を買う人がいるという確実な証明がなければ、私はこの借款を承認することができません」

的を射た指摘だった。韓国は貧困国だったので、国内企業が百万ドル必要になっただけで、外国に借款を求めなければならない状況だった。韓国内で船を発注する企業は見つかりそうもなかった。

返す言葉もなかったので、簡単に「わかりました」と言って、出てきた。

桁はずれの人物、オナシスの義弟リバノス

その日から私は、まだ存在もしない造船所で造る船を買ってくれる船主を探し回った。

蔚山（ウルサン）の尾浦（ミポ）湾の荒々しい海辺に松の木が何本かとわら葺き家が数軒あるだけの、見すぼらしい白砂浜の写真と、その地域の五万分の一の地図、そしてスコット・リスゴー社から借りた二六万トンのタンカーの図面を持ち歩き、人と会うたびに、

「あなたがこのような船を買ってくださるなら、私はイギリスから資金を借りて、この白砂浜に造船所を建設いたします」

と狂気じみた声で説得した。

奥さんの実家がギリシアだというＡ＆Ｐアップルドア社のロンバトム会長に数度会って、事情を打ち明けた。するとロンバトム会長は「私の知っている人脈を総動員して、ギリシアの船主を探してみよう」と協力を約束してくれた。

さっそくロンバトム会長の紹介で、私たちから船を購入したいという、並外れた船主が見つかった。ギリシアの海運王、オナシスの義弟のリバノスだった。Ａ＆Ｐアップルドア社の営業マンとリバノスが、イートン校（イギリスの全寮制名門私立中高一貫校）の同期生で、「現代」から船をとても安価で購入することができるとリバノスを説得したという。

リバノスが美浦湾の白砂浜の写真だけを見て契約するのが破格だったように、私たちが彼に出した条件もまた破格だった。

「間違いなく立派な船を造り、引き渡します。もしこの約束を守らなければ、契約金に利子を上乗せして返すよう、銀行に支払い保証を致します。船の代金は安価で、契約金も少額です。船のでき具合

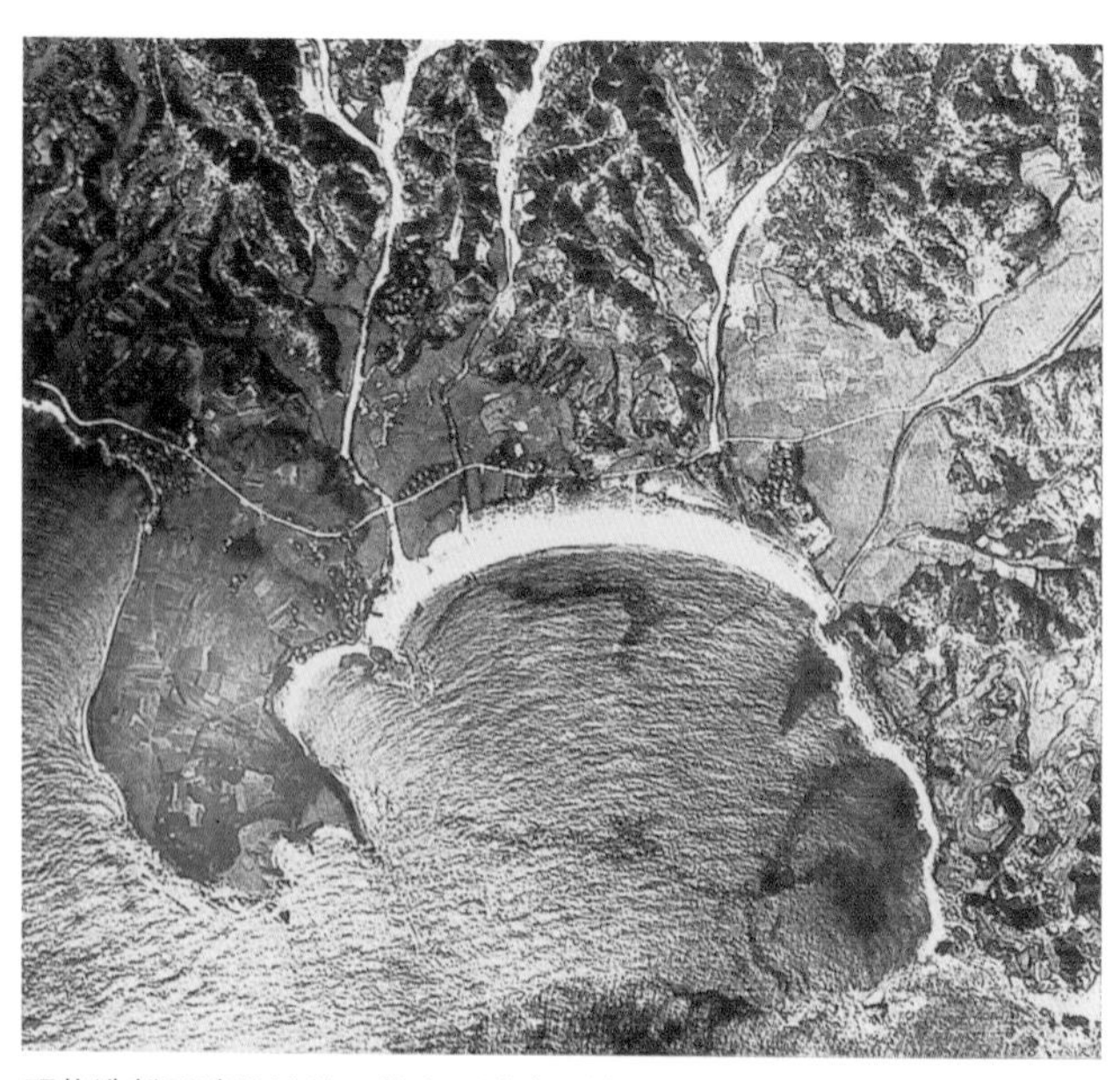

現代造船所建設以前の蔚山尾浦湾の俯瞰

を見てから代金をお支払いください。船にキズが見つかったら、引き渡しを拒んでも結構ですし、元金はそのまま返します」

リバノスの自家用飛行機に乗って、スイスにある彼の別荘でタンカー二隻の注文を受けた。韓国ウォンに換算して一四億ウォンを小切手で受け取り、韓国銀行に入金したのは一九七〇年十二月五日のことだった。リバノスから受け取った契約金が入金された書類をＥＣＧＤに提出したら、関係者は驚きのあまり目を丸くし、何も言わず決裁してくれた。その後のスペインとフランス、西ドイツ、スウェーデンなど、他のヨーロッパ諸国の銀行での借款ははるかに容易だった。

借款導入を解決してすぐに帰国し、金

英国、A&Pアップルドア社と造船所建設に関する技術協力を協議。1971年7月

鶴烈副総理に連絡をすると、開口一番、「私の首はそのままか、それとも飛ぶだろうか」と聞いてきた。首は心配ないと言ったら、副総理はとても喜んで、ただちに大統領に報告すると言った。まもなく青瓦台から、すぐ来るようにとの連絡がきた。大統領に借款だけでなく、二隻の船の注文ももらったと報告すると、顔を大きく崩して笑い、政府が積極的に手伝うから、すぐに起工式を行うようにと指示された。

実はその時まで、敷地の購入すら解決していなかった。私が持ち歩いた白砂浜の写真は、造船所を建設するならその場所がよいだろうと、内輪で決めていただけだった。今だから明かすが、借款の金で敷地購入を始めたのだ。尻っぽに火がついたように、急いで土地を買収し始めた。

不毛の地と変わらない場所だったので、地価も安かった。地主の要求どおりの金額で買い入れた。もっとも、土地投機でふっかけられているなどの噂もあったが、造船所をつくるためには一〇〇万坪以上が必要になるだろうと思って、噂など聞かないふりをして手に入れた。

京畿道の汶山(ムンサン)から、高速道路第一次工事を終えたばかりの金永柱常務を呼んできた。故障した機械も金永柱が近寄るだけでひとりでに回り出すと言われるほどの〝機械博士〟である彼に、「造船所をつくるので、蔚山に行きなさい」と言ったら、余計なことは一言も言わず、

「はい、わかりました。行ってまいります」

と明るく頷いてくれた。金永柱は私の義弟になる以前から一緒に仕事をしてきたが、一生を通じて、私がどんな指示を出しても、どんな仕事をさせても、一度も不平不満を言ったことがない。「はい、わかりました。やります」と答えたとおり、仕事も立派に遂行してくれた。頭がよく、能力もある人材だ。私が、

「世界のドック建設の七〇パーセントを請け負っている日本の鹿島建設は、一日に三〇〇〇立方メートルの水量を処理すると言われている。私たちも最小限二〇〇〇立方メートルは処理しなければ、面(めん)子(つ)にかかわるだろう」

と言うと、彼はこう答えた。

「日本人が使っている機材を買ってくれれば、私も三〇〇〇立方メートル処理できます」

当時の会社の財政は、そんな機材を輸入できる状況ではなかった。金永柱は高速道路工事で使っていた古い機械を持ち出して修理し、蔚山に運んでドック工事を始めた。

ドックを掘り始めたとき、鹿島建設から部長級の二人がきて、施工指導をしてくれた。ところが、彼らは金永柱に逆に驚かされ、一ヵ月半で帰国してしまった。自分たちが優れた機材で二四時間作業で三〇〇〇立方メートルの水量を処理したのに、金永柱は修理した旧式機械で同じ時間に四五〇〇立方メートルの水量を処理したからだ。

世界造船史に記録

一九七二年三月二十三日、八〇〇〇万ドルという莫大な資金が投入された「現代造船所」の起工式が行われた。造船所のドック掘りは前日の二十二日から始まった。急逝した金鶴烈副総理の後任、太(テ)完善(ワンソン)副総理とともに朴大統領も起工式に参加してくれた。私が知る限りでは、当時、大統領が起工式に参加したのは浦項製鉄以外にはなかった。

大統領は演説で、原稿になかった住民へのお願いを特別に付け加えてくれた。

「皆さんは海に出て波と戦いながら漁を行い、不幸なことにも遭(あ)いましたが、この造船所が建設されれば、皆さんもよくなるでしょう。ですから、積極的に協力するようにお願いします」

デモなどで工事を妨害しないようにという意味だ。荒れ地にテント一つ張って行った起工式だったので、昼食を接待する場所もなかった。大統領は起工式が終わったあと、大邱に移動し、管区司令官と夕食をともにしたらしい。その夕食後の酒席で、太完善副総理は、

「造船所はうまく進むでしょうか、閣下。私の考えでは、厳しいのではないかと思いますが……」

と言ったという。すると大統領が、持っていた杯を音をたてるほど力を込めて置きながら、

「担当副総理がそんな言い方をしてどうする。いくら厳しい仕事になっても、無事に成功するだろうと激励し、支援をしなくては。何も考えずに出てくるそのような言葉こそが、仕事を困難にするということを知らないのですか。二度とそんな言葉なんか口にせず、造船所は必ず完成すると言いなさい！」

すさまじい勢いで怒鳴りつけた。酒席は一変し、シーンとしてしまったと言う。

しかし実際、慢性的インフレのなかで造船所を建設するのは採算の合うことではなかった。さらに、造船景気は二、三年で幕を閉じるだろうという見方もあった。

借金の元金は必ず利子を生み出し、その利子はさらに利子を生む。工事期間も短くはなかった。そんな悪条件のなかでも、造船所建設によって、企業を弱体化させてはならないというのが、私に与えられていた課題だった。

私は造船所建設に総力を傾けるため、国内工事の受注活動をできるだけ制限させた。米軍工事はすでにその前年度で終結した。ドック建設をする一方、自力で進入道路を造ろうとした。ところが、道路建設をはじめとするインフラ分野で、関係部署と摩擦が起こりはじめた。政府が予算不足を理由に、繰り返し遅延させたせいで、進入道路を「現代」が独力で建設しようとすると、官庁側は事前工事は違法であるという警告を発したのだ。将来を考えて計算した、莫大な工業用水確保も厳しかった。

大統領が積極的に支援した仕事であるにもかかわらず、事業の妥当性を疑った都市計画委員会は

「現代造船」事業本部をことあるごとに呼びつけはじめた。数ヵ月にわたる都市計画委員会との対立で気力をいたずらに消耗した。そのうえ世論もあまり好意的ではなかった。

しかし、私を止めることはできなかった。岸壁埋め立て、鋼材置き場、船殻工場、技能者訓練所、本館工事が同時に進められ、毎日二二〇〇名を越える作業員が投入された。造船所建設に着手するとすぐに、私は技能者訓練所で選抜した技能者を訓練する一方、大学出身の機械、電気、内装などの人材六〇名を系列会社などから選抜して、イギリスのスコット・リスゴー社に派遣し、研修を受けさせた。

私たちはリバノスが注文した二隻の船を造りながら、同時に防波堤を積み、海を浚渫し、岸壁を造り、ドックを掘り、一四万坪の工場を完成させた。最大建造能力七〇万トン、敷地六〇万坪、ドライドック二基を備えた国際規模の造船所第一段階の竣工をみたのが一九七四年六月のことだった。

起工式から二年三ヵ月の短期間に造船所を建設し、同時にタンカー二隻を建造した。この記録は、世界造船史に残ることになった。そして、一次工事を進行する途中から始めた拡張工事で、「現代造船」は一九七五年、最大建造能力一〇〇〇万トン、敷地一五〇万坪、ドライドック三基、二四〇万トンの施設能力を備えた世界最大の造船所になった。

人間の精神力というのは測り知れない無限の力をもっているもので、すべての仕事の成功と失敗、国家の興亡も、結局はその集団を構成している人間の精神力によって左右されるということを、私は造船所の建設を通じて切実に感じ、学びとった。

二〇〇〇名を越える人間が一つになって、祖国の近代化の先頭にたつ前衛部隊であるという一体感をもって力を合わせ、昼夜もなくほとんど毎日突貫作業をつづけた。大部分の職員が明け方に起きて、あちこちに溜まった泥水で顔を洗って仕事場に出かけて夜遅くまで働き、宿舎に戻っては靴の紐を解く余裕もないまま眠ってしまったという。

この頃、私もほとんど蔚山で寝泊まりしていた。ソウルから蔚山に向かうときは必ず明け方四時に出発した。ソウルの南大門(ナムデムン)近くを通るとき、ある夫婦がその日に売る予定の品物を仕入れ、リヤカーに載せて、夫は前で引っ張り、妻は後ろで押しながら、真摯な表情で道を渡っていくのをときどき見かけた。

わずかな稼ぎでも懸命に働かねば生計を維持することができず、子供を育てられないのだろう。それが人々の厳しい現実であり、人生であるのだ。

私は彼らに心の底から湧いてくる連帯感と尊敬を感じた。そして「そうだ、みんな努力しあって一日も早く豊かな国家をつくろう」と、自らを奮いたたせていたのだ。

蔚山造船所を建設したときが、おそらく私の一生のなかで、一番活気に溢れた時代だったのではなかっただろうか。

泣くことも笑うこともできなかった数々の事件

経験もなく船舶建造をしたのだから、泣くことも笑うこともできないような事件も多かった。二六万トン級の船がどれほど大きいかを説明してくれる人間すらいなかったのだ。

何もわからない状態の中で、最高の船を造らねばならないという意欲だけが溢れんばかりだった。船舶の底に敷いて一定の重量を与え、バランスを維持する砂利と、造船に必要な塩まで輸入しなければならなかった。ところが、輸入した砂利は強度のない軽石だらけで、結局は韓国の砂利を使ったので、外貨の無駄遣いになった。

資材の見積りも間違いだらけで、たとえば船六隻分の鉄板を注文しても、実際には一二隻も造れる量の鉄板が入ってくる始末だった。船体を構成する鉄板切れ（部材）は数万個にものぼる。その一つ一つに番号を付けて、番号どおりに合わせて（配材）溶接していく。配材の経験がなかったので、一方では鉄板を切って渡したが、もう一方ではそれを受け取ってないといって、「鉄板喧嘩」が繰り返された。

エンジニアは紛失した部材を探しに歩くのが仕事になり、急ぐ場合は新しい鉄板からもう一度切って使ったりしたが、なくなったものが後になって出てきたりして、初めの頃は鉄板だけでも浪費が多かった。外国から多額の借金をして建造した造船所なので、頭ばかりか腹まで痛くなるくらいだった。しかし、経験のない仕事に試行錯誤はつきもので、仕方ない。「この野郎！」と怒鳴ったことも一度や二度ではなかったが、問責はしなかった。

現在、蔚山で船舶建造に携わっている人間は、当時に比べれば天国で働いていると言えるだろう。その頃はブロックを運搬してドックまで運ぶトランスポーターもクレーンもなく、代わりにトレーラーを運搬と搭載に使ったりした。ほとんど原始的な方法による作業だった。それで労災事故もしばしば起こった。作業環境も条件も悪かったが、当時は安全に関する認識も不十分だった。責任者には「自分の家族を連れだして作業させているものと考えなさい」と安全確保を強調したが、一日に何件も事故が発生し、人命も一年に二、三〇名ほど失われ、それを理由に最悪の労使紛争が発生した。

いまでも思い出す事故がある。二六万トンの船の長さは三二〇メートルにもなり、幅は五〇メートルを越える。その船の高さ二六メートル部分に、船の機関室の傾斜部分を搭載したときだ。いったん載せて、仮溶接で繋ぎ、ワイヤーでくっつけておいて、再び本体を挟んで操縦しながら正確な位置に合わせた後、本格的な溶接に入っていく工程だった。

溶接に入る前にワイヤーが解けてしまい、ものすごく大きなブロックがそのまま落ちてしまった。大事故だった。人命被害も、金銭的損失も大きかったが、工期遅延も大きな問題だった。天地が地響きを立てて震動する音に驚き、通常の事故ではないのに気づいた担当者は、一瞬にして辞表を提出して逃亡してしまった。

誰にでも失敗はある。重要なのはその失敗ですべてをあきらめてはいけないということだ。仕事を進めていくうえで、最も致命的な失敗は仕事を放棄してしまうことである。私は全員を呼び戻した。高い犠牲を払った「授業料」として事故の件は不問にし、全員を即刻もとの持ち場に復帰させた。その後、同じ事故は二度と起きなかった。

完成した船を進水させる前にもハプニングが起きた。船を完成させ点検したとき、水を入れても漏れる隙間がなければすべてが終わりだと思ったが、後で煙突を取り付けてないことがわかった。煙突一つの重量が二五トンだったが、それを付け忘れて完成したと言っていたのだ。

怒りが爆発しそうだったが、仕方がなかった。ドックに水を入れて、装備を片づける間に搭載すればよいと思い、そのように指示し、クレーンに煙突をつけて正確な高さに合わせて待機していた。ところが、ドックに水が入ると、煙突は予定の位置よりずっと下にさがっていた。ドックに水が入ると船が浮かぶという計算をした者が一人もいなかったということだ。気が抜けていると言って、また怒鳴ってしまった。

当時は目の前が真っ暗になったが、現在は笑って片づけられる事件もあった。二六万トン級の船がほとんど完成した頃、朴大統領が訪問したことがあった。大統領は船底を一度見たいという。警護上、作業者を一人一人チェックして仕事を続けさせ、大統領一行が船底に入って行った。船底は外側から見えるのと違って、フラットになっており、とても広い。

大統領が「考えていたよりずっと船底が広くて驚いた」と言った瞬間、いきなり機関銃や大砲を撃ったような音が爆発しはじめた。気絶しそうなほどの轟音だった。警護室長が飛び出し、警護員も銃を構えるなど大騒ぎになった。

後でわかったが、それは技術者の真剣さがもたらした事件だった。彼らはそのとき天井の上で溶接をしていたが、溶接の音は船底にはほとんど聞こえない。だから、技術者たちは現場の仕事ぶりを知ってもらおうと思って、大統領が船底に入ったとたん、数百名がいっせいに甲板で金槌を打ちはじめたのだ。

大統領が驚いたことは間違いないが、そんなことをまったく顔には出さずに、私に鉄板はどのくらい費用がかかるのかという質問をしたり、韓国の鉄板は「現代造船」がすべてを食べてしまうのではないか、というような冗談を言ったりした。私はすべてが無事に終わったと思った。ところがそれで終わりではなかった。責任者たちが次々と警護室に呼ばれて、取り調べを受けたのだ。

ある日本の大手造船会社などは、せいぜい七万トンクラスの船しか造れないといって、お手並み拝見の態度で冷ややかだった。日本企業ばかりでなく、国内でも造船に素人の「現代」の船なんか、海に浮かぶはずがないと見る向きがあった。

しかしながら、リバノスが注文した船二隻は、蔚山造船所が竣工された場所で命名式を行った。そして船は立派に浮かんだのだ。まったく問題がなく完璧な船だった。

私たちが造船所の竣工式と同時に命名式も行ったと述べると、どうして造船所の竣工式で進水式と命名式も同時に行われたのかと質問を受けることが多い。おそらくリバノスも、契約をしながら、私たちは契約期間を守れないと考えたことだろう。先進国が蔚山造船所くらいの規模の造船所をつくるためには、建設だけで満三年はかかり、船舶建造は造船所建設が終わらなければできないというのが常識だった。そうすると五年かかって、やっと船舶の引き渡しができる。

しかし、私はそんな前例に従う必要はないと考えた。造船所建設と船舶建造は別々のもので、完成された造船所で船舶を造らねばならないというルールはどこにもなかったからだ。だから私は最初か

26万トン級タンカー7301のアトランティック・バロン号と7302のアトランティック・バロンネス号の命名式で。1974年

ら造船所建設と船舶建造を並行して進行させた。

ドックを掘っている間、一号船をドックの外で部分組立てし、ドックが完成すると、ドックの外で組み立てたものをドックの内に運搬して建造を続けるという方法を採用した。そのようにして造った船でも、リバノスは完成した船舶を見て、いままで発注したもののなかで一番よくできていると言って喜んでくれた。

オイルショックの被害

だからといって「現代造船」が脳天気に鼻唄を歌ってもよいということはなかった。私が一生の間ではっきりと体得したものがあるとすれば、それは、人生とは試練の連続であり、連続する試練と闘いながら、それを克服していく過程がまた私たちの人生であるという教訓だ。

一九七三年十月、OPEC（アラブ石油輸出国機構）が原油価格を七〇パーセント引き上げて、世界経済に強力なボディブローを加えた。原糖、スズ、ボーキサイト、亜鉛、綿花、銅、コーヒーなどを特産品とする諸国はＯＰＥＣの戦闘的方式に対抗して、資源を武器にしたのだった。世界経済は急速に沈滞した。それは国家間の貿易量を激減させ、世界海運業界に未曾有の不況をもたらした。海運業界の不況はただちに造船業の苦況につながった。

世界造船業界は一九七四年以降、船舶量の過剰に陥った。とくに、その四〇パーセントを占めていたタンカーが最も過剰となった。オイルショックによる世界のエネルギー輸入国の油類消費抑制で、物流量が激減したからだ。

そのうえ、一九七五年六月五日、スエズ運河が再開された。スエズ運河の開通はペルシャ湾からヨーロッパまでの往復運行時間を二十五日も短縮させ、物流需要をさらに減らす結果をもたらした。また七万トン級以上のタンカーはスエズ運河を通過することができないので、二〇万トン級以上のＶＬＣＣは完全に無用の長物となってしまった。

その結果、ＶＬＣＣ建造に総力を傾けてきた私たちに押し寄せた被害はすさまじいものだった。オイルショック前までは一〇隻以上のＶＬＣＣをたやすく受注したが、一九七四年三月、日本のジャパンライン社から二隻を受注したのを最後に、八六年までただの一隻も受注できなかった。それどころか七四年十一月のクウェート海運から二万三〇〇〇トン級の多目的小型貨物船一五隻を一度に受注するまで、注文は皆無だった。

そのうえ、船主の発注取消しまで起きる始末だった。船主の横暴は造船業界特有のものだ。基本的に船主の発注を受けてから船を造る造船業界は、市況がよいときに生まれる利潤は船主が独占し、不況で起きる不利益はすべて造船所にかぶせるのだ。世界的な大不況のなかで、船主の横暴は極に達した。私たちも受注した一二隻のVLCCのうち三隻が取消され、または引き渡しを拒否された。香港のCYトゥンから受注した二六万トン級七三〇八号と七三一〇号、そしてリバノスから受注した七三〇二号がそれだ。

船主の引き受け拒否から生まれた「現代商船」

オイルショックが起きると、リバノスは石油メジャー（世界の石油取引きを独占していた大手七社）の一つ、ロイヤル・ダッチ・シェル社で用船契約された一隻だけを引き受け、七三〇二号は引き受けを拒否した。使おうとする船主が現れなかったからだ。リバノスはまず製品状態を問題にして、受け取り期日を延長しようとした。「建造船舶に対する船主側のどんな条件提示にも応じる」という契約書のオプションを最大限利用して、リバノスはさまざまな付帯条件を提示し、意図的に工期を遅延させていた。新しい要求があるたび、私たちは徹夜をしながら彼の要求に応じた。そしてこれ以上の問題はないだろうというときになっても、彼は事実上不可能な改造を要求してきた。

リバノスが、それが最後の要求であると確約したので、私は作業を強行させ、期日に間に合わせた。しかし彼は「引き渡し日が一日遅れた」という理由で引き受けを拒否した。私たちの日数計算が違うというのだ。船の引き受けを拒否し、造船所から元利金を受け取る計算だった。

私は国際裁判所に訴訟を起こすよう指示した。次々と無理な要求をして、私たちを苦労させたことはともかく、たった一日の誤差で、船舶の引き受けを拒否することに対して国際裁判所はどんな判決を下すのか、どうしても確かめたかった。他の船主に、リバノスのような横暴を許さないと、釘をさす気持ちもあった。

七三〇八号、七三一九号を発注した香港のＣＹトゥンは、リバノスとは異なり、きれいに契約金を放棄して、船主監督官を帰国させた。資金繰りが厳しくなり、経営危機が深刻だった。会社の役員から、解約されたタンカーの建造中断の話も出てきた。しかし、私はＣＹトゥンが解約した二隻の船舶の建造をそのまま強行させた。

建造中だった作業を中断すれば、いままで投入した資金はそのまま損失として処理される。たとえ資金難が深刻でも、船を完成させておけば、後で売ればよい。売れなくても他の用途に使えると思ったからだ。また、オイルショックで資材価格も暴騰しているから、建造中の船を低廉な原価のまま完成させる方が利益があがる。さらに建造作業を中断すれば、ただちに造船所稼働率が落ち込むから、人員削減が避けられなくなることも、建造を強行させた理由の一つだった。

国際訴訟は、一九七六年、私たちが勝利した。リバノスが新たに船一隻を発注する条件で訴訟を取り下げ、リバノスが注文した七三〇二号は私たちが引き取った。そしてＣＹトゥンが解約した二隻を合わせて二六万トン級のＶＬＣＣ三隻をもとに、私は七六年三月、「アセア商船」を設立して海運業に進出した。メジャーの支配から脱して、韓国で輸入して使う油類を「アセア商船」で運搬しようと

蔚山の現代重工業全景

思ったからである。

ところが、メジャーの支配下にある外国の船舶会社は、この輸送権を引き渡す条件として一四〇〇万ドルを要求してきた。引き渡しによる損失額がそのくらいという理屈だった。それは彼らの内部事情にすぎない。これまで、韓国にはタンカーがなく、彼らに仕事を回していただけのことで、彼らが被る損害を補償する必要は毛頭なかった。

私は断りつづけた。三ヵ月間断りつづけたら、三〇〇万ドルに下がった。それでも断った。断り通しながら、「韓国が使う油類は韓国が輸送する」という主張を続け、結局は一銭も支払わず、所期の目的を達成することができた。こうして、私は解約された超大型タンカーを使い、自前で油類運搬をすることができた。

発足した「アセア商船」は、一九七九年には

「一億ドル運賃塔賞」（船舶による運賃一億ドルを達成した賞）を受け、八〇年には韓国初の中南米航路を開設するなど、順調に成長して、今や二兆六〇〇〇億ウォンを越える売上げを目標とする「現代商船」に成長している。「現代造船」も度重なる試練を克服し、毎年成長を繰り返して、現在は「現代重工業」という名称となっている。九六年度だけでも売上四兆六八五四億に、輸出三二億四〇〇〇万ドル、船舶受注六九億一〇〇〇万ドルを記録し、今年も売上五兆四〇〇〇億ウォン、輸出三四億八〇〇〇万ドル、受注九〇億ドルを目標としている。

いろいろ要求をしてきて私を苦しめ、しかも完成した船の引受けを拒んだリバノスを、それでも私は、一番肝心なときに大いに役立ってくれた、ありがたい人と受けとめている。荒れ果てた白砂浜の写真一枚と設計図だけで二隻の船舶を注文し、困難だった借款導入の糸口を開いてくれた恩人であるからだ。

chapter

5

ジュバイルのドラマ、そして一九八〇年

夜間の現場視察で死に遭遇

造船所建設中に海に転落したとき死んでしまっていたら、その後、私が完成に漕ぎ着けた数々の仕事は「初めからなかったこと」だったろう。あのとき生き延びたお蔭で、多くの仕事ができてよかったと、ときどき思う。

造船所を建設しながら、蔚山(ウルサン)で半分、ソウルで半分寝泊まりしていた頃だった。蔚山で泊まったときは、明け方四時には宿舎を出て、二時間かけて隅から隅まで見回り、六時になると幹部会議を招集した。

一九七三年十一月のある日のことだったと記憶している。明け方三時に起きたが、外は雨風が吹き荒れていた。目が覚(さ)めてから寝床にとどまることは生来あまり好きではなく、ジープで現場視察に出かけた。途中、ドックの隣で当直社員を車に乗せて一緒に見回った。強い雨のなかでも、作業場ではゴリアットクレーンでブロック積載作業をしていた。それから当直を降ろして、一人で視察を続けた。ワイパーが勢いよく左右に動いていたが、強く降りつづける大雨で、前がほとんど見えない。それでも、いつも通っていた道だったから車を進めた。

ところが、ヘッドライトを浴びた大きい岩がいきなり前方に立ちはだかった。あわてて急ブレーキを踏んで、ハンドルを切ったが、勢いあまって車はそのまま海に直行した。水深一二メートルにもなる海に飛び込んだのだ。ジープはずるずると沈んだが、また浮かんできた。

ドアを閉めて運転していたので、すぐには浸水してこなかったのだ。

水が入ってくれば再び沈んでしまう。しかし私はあわてる必要はないと考え、冷静だった。自宅の庭のようによく知っている現場の前の海だから、ドアを開けて出ていけばいい、と思った。ドアが開かなければフロントガラスを割ろうと考えているうちに、アクセルの穴から水が勢いよく入ってきた。ドアを開けようとしたが、水圧でびくともしない。一気に開けようとすると、水圧でかえってドアが開かず、開いたとしても一気に入ってくる水の圧力に耐えきれないと判断し、反対のドアに背中を押しつけながら、両足でドアをゆっくり開けて、水が少しずつ入ってくるようにした。車内にある程度水が入ってきたとき、強くドアを開け放った。一気に押し寄せてくる海水に流されて転んだが、起き上がって、やっと車の外に出られた。

「現代」の作業服のジャンパーは水泳にもぴったりだった。水面に浮かび上がってみると、海は真っ暗で、岸壁までの距離は少なくとも八〇〇メートルはありそうだった。死力を尽くして泳いだ。

雨風に荒波、口から海水は容赦なく入ってきて、死ぬ思いだった。そうしているうちに、コンクリートを打つための鉄筋の一つが手に引っ掛かった。それを掴まえて耐えていたが、ぶつかってくる波に流されないようにするだけでも、ものすごい力が必要だった。靴を脱ぎ捨てたかったが、救助されたあと、裸足の姿を見せたくなかったので、そのまま履いていた。私は約二〇〇メートルくらい先の見張り台に向かって、

「オーイ」

と叫んだ。すると、不思議にもすぐに、

「ハイ」

と警備員の一人が駆けつけてきた。

ところが、彼は水のなかの私を見下ろしながら、

「誰ですか？」

と訊くのである。

「私だ」

濡れネズミの姿で「私は鄭周永だ」とは言えなかった。

ところが、この警備員は再び、

「私って誰です？」

と言った。もう我慢できず、

「誰かわからなくても、早くロープを持って来なさい！」

と大声で言うと、私が誰かやっとわかったようだった。あわてて発した言葉がなんと、

「どうしたんですか、会長さんじゃありませんか。でも、会長がどうしてそこにいらっしゃるんですか？」

私はしびれを切らした。

「つべこべ言わずに、早くロープを持ってこい！」

「はい、ところでロープはどこにありますか？」

現場に散らばっているのがそうなのに、パニックになった警備員はそれがわからないらしい。私は「なんだと！」と、また大声で怒鳴った。

警備員がロープを持ってくるまでの時間がまた長かった。実際は五分あまりだったようだが、私には一時間ほどにも感じられた。すっかり頭にきたので、ロープを結ぼうとする警備員に、

「おい、お前、どこまで行ってきたんだ！」

と怒鳴った。すると、一秒を争う状況なのに、恐れおののいた表情の警備員は私を見下ろして、

「ロープを探して持ってきましたが！」と答えた。

私は「いったい、何をずっと見つめているんだ。早くロープを投げなさい」と言うしかなかった。

やっとロープを腰に結んで陸地に上った。力が脱けて、その場に座り込む状態だったが、みじめな姿を見せるのが嫌で、わざと泰然と装っていた。そして駆けつけてきたパトロール車で迎賓館に入った。

靴を水洗いして底を上にしておき、ズボンの後ろのポケットの財布に入っていた五千ウォン紙幣を取り出して、乾かすためにベッドに並べていると、非常ベルの音を聞いて驚いた役員が駆けつけてきた。金永柱も真っ青になってやってきた。

「海の水が冷たくて気持ちよかった」と、カラ元気を出して言ってやった。

誰かに押されて海に転落したのでもなし、軽い口調で笑わせるしかなかった。

後で聞いたが、私があのとき救助されたのは天運以外の何物でもなかったという。

明け方四、五時に許可なしに現場で車を乗り回しているのは私しかいなかった。見張り台の警備員は居眠りしていても、私の車が現れる時間にはみんな起きて、非常勤務に入る。その日も例の警備員は、ヘッドライトをつけた車が走ってきたのを見たそうだ。すぐに私であると知り、見張り台から出てきて挨拶しようとしたが、その瞬間にヘッドライトの光がどこかに消えてしまったという。

プラント事業部の方に行ったのかとも思い、その数秒間に車が海に落ちてしまったのはよくわからなかったらしい。警備員は幽霊でも見たのか、夢を見たのか、と一人で首をひねりながら、行ったり来たりして見張り台に戻った。だが、やっぱりおかしいと思って、再び外に出て見回っていたとき、「おーい」という大声が聞こえたという。

私は命の恩人の警備員を呼んだ。何か望むことはないかと訊いてみたら、純朴で欲もない彼は、ただ警備勤務をずっと続けさせてもらえれば、それ以上の望みはないという。彼に警備会社を設立させて、現在もそこに「現代」の警備サービスを請け負わせている。偶然とはいえ、これも人材発掘の機会となった。

人材といえば、「現代造船所」で育った人材が、大宇(テウ)造船、三星(サムソン)重工業に引き抜かれたことがあった。先発の業者は後発業者の人材養成所の役割をするのが常だ。大きな投資をして熱心に育てあげた優秀な人材を奪われたときは、もちろん激怒したり、憎んだりもした。しかし、その人材は外国の会社に流れたのでもなく、結局は韓国で働いているのだから、そんなに悔しがることでもないと思い直した。その分野の発展に役立ったと考えるべきだ。また関連産業の発展に貢献をしていることも見逃してはならない。関連請負業者の技術向上は、国家の貴重な財産になるからだ。

中東に進出せよ

一九七三年、第一次オイルショックが起こると、中東産油国は世界経済の苦しみとは裏腹に、莫大なオイルダラーをかき集めた。

原油をすべて輸入している韓国の経済もひどい状態になった。国家自体が不渡り寸前の状態だった。北朝鮮はすでに国際市場で不渡りを出し、韓国も債権国の外国銀行が毎週、韓国の外債の償還能力と決済状況を点検していた。

私はこの危機を克服する道は中東進出しかないと考えた。世界石油埋蔵量の約五七パーセント、世界石油生産量の約四一パーセントを占めている中東諸国は、一九七〇年代初めから経済開発計画を本格的に推進していた。金を捕まえるには、金が多いところに行かねばならない。「虎穴に入らずんば虎児を得ず」という故事のいうとおりだ。まごまごしてタイミングを失ってはいけない。

千載一遇の機会だった。経験と能力が不足していても、積極的にアイデアを出し、誰にも負けない精神力で懸命に努力すれば、必ず成功する。

私は一九七五年を中東進出の年と定め、それに備えて社内にアラビア語講座を設置した。アラビア語で「現代」の広報映画も製作させた。社内には副社長で海外建設担当の仁永をはじめ、中東進出に反対する人も少なくなかった。これまでほとんど犯罪をおかすようなスタイルで新事業を展開してきた私に慣れていた仁永さえ、なかなか首をタテに振ってくれなかった。「現代」グループを滅ぼすように見えたらしい。

しかし企業にとって、足踏みは後退を意味する。また国家の危機を打開するには、誰かが先頭に立たねばならない。それは企業がやるべきことである。

仁永は最後まで、私の中東進出にブレーキをかけ、考えを曲げなかった。中東進出の先発隊として活躍していた社員の編成が複雑になっていたことが、その大きな理由だった。中東への出張命令を出して、数日後にチェックしてみると、仁永の命令で足がとまったまま、本社に居残っていることもあった。仕方なく、京畿道の軍浦(クンポ)に別の大型機材生産会社を設立して、弟をそこに行かせ、社内の中東進出反対論者を全部整理した。そして新しい陣容で、私自身が中東の工事を担当し、総指揮をとることになった。

「現代」の中東進出について、アメリカとヨーロッパ、日本の経済界は、韓国の建設企業を過小評価して、初めはほとんど関心を払おうとしなかった。彼らが「現代」を軽んじても、とにかく私たちは懸命に働いた。その結果、中東進出の元年である一九七五年十月、私たちはバーレーンに進出して、造船所建設に着工した。その年の十二月にはサウジアラビアの海軍基地の海上工事も引き受け、無理なく中東進出の序幕を開いた。そして、次に着手したのが七六年六月の、サウジアラビアのジュバイル産業港工事だった。

二十世紀最大の工事、ジュバイルのドラマ

ジュバイル産業港工事は数世紀に一度あるかないかの、世界の建設業界が二十世紀最大の工事と呼んだ大事業だった。九億三〇〇〇万ドルという工事金額は、当時の為替で四六〇〇億ウォンだったが、それは同年の韓国の国家予算の半分に相当する額だった。

金額の規模のほかに、陸上と海上にわたる土木部門のほとんどの工程と建築、電気、設備部門まで総動員された総合建設工事だったことも特筆に値する。

一九七五年秋、サウジアラビア王国のジュバイル産業港の計画を受け、イギリスのサービス会社が製作した設計図の検討がはじまった。わが社の重役は口を揃えて「ノー」と言いつづけたが、私はこの工事の入札に挑戦する決心をした。

私たちがジュバイル港の入札情報を入手したのは、入札日の七ヵ月前だった。世界的な建設会社がまるで召集命令を受けたかのように、一斉に駆けつけていた。米、英、西独、そしてオランダの名だたる建設企業は、すでに早くから受注準備作業を始め、工事構想段階からあちこちで強力なロビー活動を展開していた。

サウジアラビアの建設市場も、やはり完全に先進国の独り舞台だった。十二月、工事の主管部署のサウジアラビアの逓信省が、設計を請け負ったイギリスの港湾および海洋構造物の名門会社であるウィリアム・ハルクロー社の審査、推薦で十社選ばれる予定の入札招請会社のうち、九社を発表した。アメリカのブラウン・アンド・ルート、サンタフェ、レイモンド・インターナショナル、イギリスの

コスティン、タマク、西ドイツのボスカリス、フィリップ・ホルスマン、オランダのボルカ・スティーブン、フランスのスピヘタノルの九社で、すべて名門中の名門だった。日本の建設会社でさえステージに上がることなく脱落した。最後の席は私たちが必ず手に入れなければならなかった。

私はロンドン支社の陰龍基（ウムヨンギ）理事に、入札参加資格を取るように指示した。突然の命令を受けた陰理事はウィリアム・ハルクロー社を説得しはじめた。

「私たちは十月に中東に初めて第一歩を踏み入れた。バーレーンの造船所が初仕事だ。この遠方の地で請け負った初めての工事の動員準備を一ヵ月で完全に終えた、私たちの機動性を評価してくれることを願う。私たちはサウジアラビアの海軍基地の建設もしている。また私たちは、世界第一の蔚山造船所を、貴国イギリスの協力で造船所の建設史上最短期間で完成した実績がある」

造船所建設におおいに協力してくれたアップルドアとバークレーズ銀行の情報資料も役立って、私たちはついに十社の入札招請会社に選ばれた。ところが、すぐに入札保証金二〇〇〇万ドルが必要になった。韓国内で調達することは完全に不可能だった。そのうえ、入札保証金の金額は、関係者以外には（競争入札者にも）漏らしてはいけないという徹底した機密保持が定められていた。入札保証金の情報漏洩は入札と落札の過程できわめて重大な影響を及ぼすことがあるからだ。果たして、なぜそんな多額な金が必要なのかをろくに聞かず、私に二〇〇〇万ドル貸してくれるところがあるだろうかが心配になった。

ヨーロッパの建設会社と入札競争になる状況で、ヨーロッパの銀行に入札保証金を借りるのは愚かなことだ。彼らが金を貸してくれると言っても拒まなければならない。ところが、造船所工事の取引きがあるバーレーン国立銀行が、意外にも簡単に、なんの担保もなしに入札保証金の支援を約束してくれたのだ。それだけではなく、ジュバイル産業港工事を受注したら、工事遂行の保証金も肩代わりしてくれるというのだ。

あまりにも簡単に事が運ぶようで気になっていたら、やはり心配したとおりだった。資本金が一五〇〇万ドルしかないバーレーン国立銀行には、二〇〇〇万ドルの支給保証をする資格などなかった。

しかし、ありがたいことに、バーレーン国立銀行がサウジアラビア国立商業銀行に話をつないでくれ、入札参加の四日前に、私たちはやっと入札保証金の支給保証書を手に入れることができた。

私たちの入札参加が知れると、競争各社の入札阻止の試みや懐柔が始まった。コンソーシアム（国際合同融資団）メンバーとして参加させるという提案もあり、相当の現金補償を約束するから手を引くようにとも言われた。とくにフランスのスピヘタノル社は、大韓航空の趙重勲（チョジュンフン）氏を通じて、コンソーシアムのメンバーとして参加するように、と要請してきた。

パリにいた趙重勲氏はリヤドまでやってきて、私を説得しようとした。しかし私は、競争企業の意思伝達者としてやってきた彼に、率直に自分の考えを伝えなかった。

「いや……あえてコンソーシアムに入る考えはない……。入札保証金四〇〇〇万ドルを作るあてがないから、このまま帰国せざるをえない……」

私は適当にお茶を濁して、そのまま彼と別れた。パリに戻った彼は、予想どおり私の言葉をそのままフランス側に伝えたようだ。「入札保証金四〇〇〇万ドル」とは、二〇億ドルで入札する予定だという意味である。彼にそう言ったのは、競争企業に対する私の逆情報作戦だった。彼にはすまなかったが、当時の趙会長は「敵軍」から送られた伝令役だったので仕方なかった。

ジュバイル産業港の見積りチームは、入札一週間前からリヤドの宿泊所を一歩も出られず、入札準備に全身全霊を注いだ。入札を控えていろんな縁起担ぎをやったものだ。風呂に入らないことはもちろん、頭も洗わず、手足の爪も切らなかった。出前でとった食器も外に出さず、一週間ずっとそのまま部屋に積んで置いたのはいいが、暑さでその悪臭といったらなかった。さまざまな経験から得た知恵を総動員して、見積り書類を完成させたのだが、その書類を部屋の床に並べておいて、重役から順番に全員が書類を踏む神頼みもやった。書類の山を積んでおいて、汗と垢でいっぱいの体でこする儀式も行ったものだ。

そんなことが実際に効果があるはずもないのだが、とにかくどんな工事でも、入札を前にした関係者は、落札のために願もかけ、まじないもし、ツキが回ると思われることは何でもやり、縋(すが)るものだ。

一〇〇ページを超える見積書と総合された情報を詳しく比較・検討し、見積り価格を工事全体の実費一二億ドルから二五パーセント引き下げた。そして、ここからさらに五パーセント引き下げて八億七〇〇〇万ドルと入札価格を定めた。私は一〇億ドル以下の入札者はいないと確信していた。田甲源はあまりにも低い価格だと不満を漏らしたが、私は目の前の利益に執着して仕事を逃すより、低価格でも必ず落札させることが賢明であると考えた。

まさかの入札価格

二月十六日、私たちは九時から入札会場のサウジアラビア逓信省に行って待機した。九時三〇分前後には入札招請一〇社の代表が集まりはじめた。

私たちが入札に参加するのを見ていた外国チームは、みんな信じられないという顔をしていた。私が趙会長に意図的に流した入札放棄の情報が知れわたっている証拠だった。各入札チームから一人ずつ入札室に入っていく。私たちは田甲源を送りだした。ところが、入札価格を書き入れて出てきた彼の顔はどこか曇っていた。私が聞いた。「なんだ、入札金額を間違って書いて出てきたんじゃないだろうな？」

「いいえ」

そう言われても、やはり心配だった。私はそこで、

「決めたとおり書いたんだろう？」

と念を押した。ところが気絶しそうな答えが返ってきた。

「いいえ、そのとおりには書きませんでした」

思わず私は叫んだ。

「君、バカも休み休み言え！　でなきゃ、あまりの暑さに気が狂ったのか！」

私の指示に従わないというのは、ありえないことだった。しかし、賽（さい）は投げられてしまった。いまや、「覆水盆に返らない」と思った。そこで、一息（ひといき）おいて、

「どのくらいで書いたんだ」と訊いた。

「九億三一一四万ドルと書きました」

それは一二億ドルから二五パーセント引き下げた価格で、田常務が最後まで固執していた金額だった。

「いくら考えても八億七〇〇〇万ドルはあまりにも安い……。落札に失敗したら、ペルシャ湾に身を投げて死ぬつもりで、六〇〇〇万ドル上乗せして書きました」

会社を考える忠誠心はありがたかったし、私の指示に反抗した大胆な勇気と執念に敬服して、それほど憎くは思わなかった。それに、どんなことがあってもこの工事を受注したかった私は、あまりのことに、それ以上怒鳴ることもできなかった。

「このバカ者め、岸壁から落ちて死ね！」とも言えず、私は運を天に任せて待つしかなかった。

大変なことをしでかしたと思った田甲源は、私を恐れて少し離れたところでぐるぐると歩き回っており、金光明（キムグァンミョン）、鄭文道（チョンムンド）らも気落ちして、私の顔色をうかがっている様子だった。

午後一時、入札結果を発表する小会議室に鄭文道を送り出した。鄭は三時になっても戻ってこなかった。彼だけでなく、競争会社の関係者もやはり同じだった。発表が遅れている理由もわからず、血の気がうせる二時間だった。

私より十倍、百倍も不安で焦っていただろう田甲源が、ちょうど資料コピーを持って入札の小会議室に入っていく者に乗じて素早く入ったのはいいが、すぐに追い出された。

その顔は真っ青だった。

「もう駄目だ」

田甲源の耳に聞こえたのは「アメリカのブラウン・アンド・ルート社、九億四四〇万ドル」という一言だったという。

私も膝から力が抜けていくのを感じた。田甲源はいつの間にかそこから静かに去っていった。金光明も田常務を探してくると言って席を離れた。一人で呆然と座っていると、鄭文道が明るい顔で、指でV字を示しながら走ってきた。

「当たりました、会長！」

「当たったって、何が」

何がなんだかわからないでいる私に、興奮した鄭文道が、

「ジュバイル産業港の建設工事が『現代』に落札されました！」

と叫んだ。田甲源が先ほどちょっと入っていった時に聞きつけたブラウン・アンド・ルート社の入札価格は、海洋油造船停泊施設だけに限定されたものであり、無効となったのだ。

「落札した！」という勝利を感じながら、一番先に頭に浮かんだのは「田甲源は岸壁の幽霊にならなくてすむ」ということだった。

入札結果発表場でサウジアラビア側が言った。

「『現代』は私たちが提示した四つの工事から成るジュバイル産業港建設を九億三一一四万ドルで入

サウジアラビアのナワブ王子とジュバイル産業港工事の契約を終えて。1976 年

札した。すべての書類は完璧だ。とくに四十二ヵ月の工事期間を無条件で六ヵ月も短縮するという提議に感銘を受けた」

一九七六年二月五日現在で、サウジ王国全体の建設受注高が一〇社二三件で計七億八〇〇〇万ドルだったのだから、単一工事で九億三〇〇〇万ドルというのが、いかに大きな規模だったかわかるだろう。紆余曲折を経て最後の逆転勝利をモノにしたこの入札は、それこそ一編のドラマになるほど、やきもきさせるものだった。私たちの士気は天まで届くほど高まった。

工事までにひと山越え、またひと山を越える

ところが、勇気に燃えてサウジからのネゴ(契約移転の協議)連絡を今か今かと待っている私たちに、なんの返事もなかった。

入札に失敗した企業からの妨害工作が必ずあ

るとは予想していたが、まさしく的中した。その入札価格では絶対に工事は不可能だ。韓国は後進国であり、「現代」の技術、資本、経験はまだとても幼稚な段階である。OSTT（外港タンカー停泊施設）がどういうものか理解していない証拠が、まさしくあの低価格である。ただの一度も海洋工事の経験のない「現代」があの仕事を引き受けるなど、怖いもの知らずのバカの見本だ。「現代」への誹謗中傷はこのようにすさまじいものだった。

サウジ王族に強大な影響力をもっている武器輸入商の一人が、

「『現代』がジュバイル産業港工事を達成すれば、私の右腕を切り取ってもよい」

などと、公然と言って回っているという噂も聞いた。サウジ側が不安を感じて、連絡を遅らせているのは確かだった。

率直に言って、「現代」にはそのときまでOSTT工事経験がまったくなかったのは事実だ。私たちは見積りも正確にできず、ふつうの陸上工事のおおよその施工価格に水中工事加算費用だけ入れて、九億三一一四万ドルで入札したのだ。しかも、これは水深三〇メートルの海底の岩盤に幅三〇メートルの基礎工事を一二メートルもしなければならない難工事だった。だが、私はびくともしなかった。

リヤドからバーレーンにすぐに移動した。ヒルトンホテルに宿泊していたブラウン・アンド・ルート社の社長から面談の要請がきた。用件はOSTT工事を請け負いたいというものだった。

私は笑った。私たちの総工事費は九億三〇〇〇万ドルだが、部分工費だけで九億ドル以上の価格で入札した会社に下請けさせたら、残りの工事はどうするのかと訊いた。すると、価格面は細かく検討すれば、はるかに安くなるかもしれないという。それなら、一度検討してくださいといって、ソウルに戻ってきた。彼らはすぐにソウルまで追いかけてきて、ＯＳＴＴは自分たちでなければできないと言いだした。

彼らはオーストラリアとニュージーランドで工事した後、使用した各種海上重機をジュバイル産業港工事でも使うために、そのままバーレーンに移動しておいたのだ。しかし工事は「現代」に落札され、彼らは仕事もなく一日五万ドルという機材のレンタル料を毎日払っている。そういう逼迫した状況のなかで、虚勢を張っていたのである。私たちが協力を求められる企業にはマクドモットやサンタフェもあった。下請けを急いでいるのは彼らであり、けっして私たちではなかった

私が悠然と構えていると、彼らの気勢は弱まりはじめた。一日七万ドルを要求したレンタル料を一〇分の一に値引きして、ブラウン・アンド・ルート社の機材の一部を使用する技術協約を締結した。これを知らせる公式文書をサウジの逓信省に提出すると、彼らは安堵の色をみせた。

もうはじまるだろうと思ったら、今度は「イスラエル・ボイコット」政策がたちはだかってきた。サウジと敵対関係にあるイスラエルに直接投資しているアメリカのフォード社と自動車組立技術契約を結んでいる「現代」には、工事を発注できないというのだ。あわてて、フォードとの技術提携は会社設立の初期に結んだものであり、とうの昔に解約されて、現在はなんの関係もないという証拠書類を作って提出した。

二億八〇〇〇万ドルという工事遂行保証金の支給保証をもらうのも大変だった。結局コミッション

まで払って、ロンドンで四〇日以上かけ、ついに九億三一一四万ドルの世界的な大工事の契約の締結に成功した。

契約は終わったものの、当時韓国は外貨事情が逼迫していたので、一日も早く工事着手金を受け取らなければならなかった。しかし、サウジでは工事着手金は五〇日を待つのが通例となっていた。

発注先の役人はさらに、史上最大の着手金である二億ドルを渡すのが惜しいのか、故意に遅らせていた。書類が通過する部署は三〇ヵ所にものぼり、署名をしなければならない人は五〇名もいた。金胄信(キムジュシン)常務、朴世勇(パクセヨン)部長、呉鎮英(オジンヨン)課長が、午前七時から官庁勤務が終わる午後二時まで、毎日のように発注先の事務所に居座り続け、苦労したあげく一週間目にやっと七億リアルの単一現金小切手を受け取り、韓国の外換銀行に入金した。さっそく、外換銀行長から私に電話がかかってきた。

「鄭会長、ご苦労さまでした。今日の『現代』の入金によって、私たちの銀行は、韓国建国以来最高の外貨保有高を記録しました」

その瞬間、すべての苦労が報われるのを感じたものだ。その頃からようやく韓国のドル保有高と外債のアンバランスは解決されたのだ。歴史に残る韓国建設業界の、国家への貢献だった。

専門家の金英徳博士、ついに「現代」へ

ジュバイル工事のコンクリート必要量は五トントラックで延べ二〇万台分、鉄鋼資材だけでも一万トンの船舶一二隻分に達した。とてつもない低価格でこの大工事を請け負ったのだから、「現代」は

滅びるかもしれないという噂が飛び交った。

現場所長の金容宰（キムヨンジェ）、工事支援主管の田甲源常務をトップに、各部署長を中心に、技術職・管理職を分野別に総動員して、徹底した施工計画を樹立し、ジュバイル産業港チームを編成した。そしてまず、人材と資材を送り出した。国内外の輸送および購買ラインを再点検させ、鉄構造物と海上機材の適時投入のため、「現代造船」と緊密な協調体制をつくることを指示した。また工期は三十六ヵ月であり、どんなことがあっても、工期は必ず守らねばならないと強調した。

まずやるべき基礎施工が難しかった。海岸線から一二キロ離れた水深三〇メートルの海底の真ん中に、五〇万トン級のタンカー四隻を同時に停泊させるターミナルの基礎を造らねばならない。これをジャケット構造物で設置し、大型鋼管パイル（鉄杭）を海底地盤三〇メートルの深さに打ち込み、内部の土と石を除去し、底辺を拡大してパイル支持面積を広げ、鉄筋で補強、セメントコンクリートを流し込んで構造物を海底に固定するように設計した。

私たちはそのような構造物を施工したことはもちろんなく、見たことすらなく、ブラウン・アンド・ルート社がこの構造物設置だけで九億ドルを越える見積りを出したほどだから、内心とても不安だった。深海構造物設置の基礎工事の専門家がいなかったので、なんとしても探し出さねばならない状況だった。

一九七六年十二月、その問題で頭が一杯だったところ、嬉しい知らせが飛び込んできた。ニューヨークに本社がある技術サービス会社ＭＲＷＪに籍を置き、サウジアラビアの国営石油会社アラムコ

サウジアラビア、ジュバイル産業港工事現場で。1978年

に海洋構造物および地質専門技術の顧問として派遣されていた地質学博士の金英徳（キムヨンドク）がジュバイル建設現場に現れたという知らせだった。金博士は、韓国人である自分に何かできることがないかと尋ねてきたというではないか。

彼をただちにソウルに招待した。ニューヨークの家族のもとに戻る途中ソウルに立ち寄った彼に、私は「現代建設」に入社してくれるよう頼んだ。彼は「カナダからアメリカに職場が移って間もないし、妻が幼い子供をつれて苦労しながら、専門の訓練を終えて就職したばかりだから、帰国できる状況ではない」と丁寧に断った。そう言いつつも、帰国はできないが「現代」のために最善を尽くし、技術上の諮問はすると申し出てくれた。

その日はそれで話を終えて、翌日、金英徳博士を蔚山（ウルサン）の「現代造船」に案内した。高速道路を走りながら、私たちは祖国への愛、愛国とは何なのかについて、いろいろと語り合った。

　自分の祖国を愛さない人間はいない。まして外国に出て人一倍苦労しながら、仕事や研究で成功した人物の愛国心は、国内で暮らしている私たちよりはるかに熱く、純粋である。私はなんとしても彼に「現代」の人間になってほしかった。蔚山から戻って夕食の席で、私は再び説得しにかかった。彼の愛国心に訴えかけ、一緒に働いてくれるよう、心から頼み込んだ。しかし博士は首をタテに振らなかった。

　翌日、ニューヨークに出発することとなった博士に一日だけ出発を延期してくれるよう頼み、三清閣（サムチョンガク）（高級韓式料亭）で再び顔を合わせた。酒を酌み交わしながら話しているうちに、金博士の故郷は私の故郷通川の一二キロ南にある長箭（チャンジョン）だとわかった。故郷の話、金剛山（クムガンサン）の話、そして留学生活の話などを終えた頃、私は重ねて尋ねてみた。

「人間に生まれて、みなそれぞれいろんな仕事をして死ぬが、祖国と民族のために働く仕事ほど、崇高かつ価値あるものはないと私は考えています。現在、私たちにその機会が訪れています。韓国政府が二億八〇〇〇万ドルという巨額の工事遂行の資金支給の保証人になっているのです。工事がうまく進まなければ、政府にも大きな打撃を与えることになります。オイルショックで増える一方の外国債務を返済する術（すべ）は、中東から外貨を稼いでくるしかない。これがすなわち愛国の道です。祖国のために、どうかわが社に来て働いてください。必ずそうすべきです。ここは金博士の祖国です。その能力と知識をなぜ他国のために使うのですか！」

金英徳氏はついに決心してくれ、全面的な協力を承諾して「現代」の家族になってから、ニューヨークに出発した。ありがたいことだった。

あざ笑う者はあざ笑え

一九七六年七月に着工したこの工事は、作業が困難なことよりも、無経験で未知の工事を強行する精神的苦痛の方がはるかに大きかった。私たちの技術力に対する不安を基本的にもっていた工事発注先と監督官庁の、いろいろな言いがかりやひどいチェックなども苦痛だったが、それ以上に、ブラウン・アンド・ルート社の機材をレンタルで利用しながら耐えねばならないイライラや悔しさに苛(さいな)まれた。しかし、これはかりはただ我慢するしかなかった。

一日二〇〇〇万ウォンという巨額なレンタル料を支払う私たちの事情とは裏腹に、彼らはいろんな遅延策を使い、工事の進行を妨害した。初期には機材の使い方もわからなかったので、悔しくても我慢するしかなかったが、一ヵ月過ぎて、私たちが機械の知識を身につけると、少しずつ改善された。工事の後半にはついに彼らに頼むことなく、蔚山造船所で製作した一六〇〇トン級の海上クレーンを持ってきて、ジャケットの設置作業を完了させた。

ところで、私は最初から大洋輸送作戦計画を構想していた。すべての機械・資材を蔚山造船所で製作し、フィリピン海を通って東南アジアの海上を経て、モンスーンのインド洋から湾岸まで大型バージ船（平底の貨物船）で運搬しようとする構想だった。蔚山からジュバイルまでは一万二〇〇〇キロ、京釜高速道路を一五回往復する距離だった。

私が計画案を発表したとき、みんな唖然とした。誰一人真剣に関心を寄せる者はいなかった。ジャケットという鉄構造物一つが、横一八メートル、縦二〇メートル、高さ三六メートル、重さ五五〇トンで、製作費は当時一個あたり五億ウォン。一〇階建てビルの規模だった。

こんなジャケットが八九個必要だった。ジャケット柱の太さは直径二メートル、柱を支えるパイルは、似たような直径で長さ六五メートルを超える。そのうえ、サウジの石は石灰石で、いくらセメントを多く入れても、コンクリートの強度が落ちてしまう。それで、コンクリート材も韓国の花崗岩を混ぜて造り、鉄構造物と一緒に運搬しようとした。これを発表したら、世界の企業はみんなあざ笑った。

最後にはきっと、私たちを笑った連中こそ逆に恥をかくだろう、という確信があった。

バージ船で合計一九回の航海をしなければならなかった。私が一度決定したことをひっくり返すのは絶対に不可能だと知っている参謀たちは、納得のいかない顔付きで、莫大な金額の保険に加入しようと主張した。しかしバージ船が沈んだら、保険会社は調査ということで時間だけを引き延ばし、保険金も素早くはおりない。そんな保険など入る必要はなかった。保険勧誘を一蹴し、保険加入の代わりに、台風で事故にあっても鉄構造物が海上に浮かび上がるような工法を構想せよと指示した。

また台風が通過する南洋やモンスーン地帯のインド洋の荒波の危険に備えて、コンピュータ・プログラムを開発させ、バージ船をさらに安定させた。蔚山造船所に指示して昼夜作業で一万馬力のタ

ジュバイル産業港

グボート三隻、一万五八〇〇トン級の大型バージ船三隻、五〇〇〇トン級バージ船を最短期間内に造らせた。

オイルショックで造船の仕事がなくなって沈滞していた蔚山造船所は、ジュバイル産業港に投入される機材を製造することで、忙しく動きはじめた。片道三十五日かかるので、平均一ヵ月に一回ずつバージ船が出発しなければならない。一回目の便が無事にジュバイルに入ってきた。そしてそのときから一九往復目まで、たった二回の軽い事故があっただけだった。あざ笑っていた連中は、今度は驚きで口が塞がらなくなった。

そして彼らは、私たちが蔚山造船所でジャケットをつなげるビーム（梁）まですでに自作していたことを知って、さらに驚いたようだ。ビームの長さは二〇メートルだった。これを使って、水深三〇メートルで荒波に突き動かされながら、重量五〇〇トンを超えるジャケットを、限界誤差五センチ以内にピッタリ合わせて設置するのだ。事実上、不可能に近いことだった。

先進国の業者さえ、いくら効率がよくても、こんな冒険はしない。ジャケットの設置が終わってから、それぞれの間隔を計ってビームを製作するのが原則だった。誤差五センチを超えると、削ることも延ばすこともできないので、そのまま捨てざるを得ないからだ。サウジの監督官がただちにビーム製作を中断するよう騒いでいたが、私にはできないことはないという信念があった。やってみると、ビームをあらかじめ海底に設置したジャケットの間に完璧に嵌め込んだので、みんなが驚いた。

ジュバイル産業港工事で施工能力を誇示した私たちは、ラスアルガル住宅港工事、アルコバ、ゼッタ地域の大単位住宅工事、クウェートのシュアイバ港の拡張工事、ドバイ発電所などの大型工事を受注した。一九七九年までに「現代」はおよそ五一億六四〇〇万ドルの外貨を稼いだ。同期間の「現代」の総売上げ利益の累計の六〇パーセントが海外建設工事の利益だった。

一九七五年十月、「現代建設」が、バーレーンのアラブスリ造船所を受注したときは、現地のマスコミはまだ私たちを中堅クラスの建設会社としてしか紹介していなかった。しかしその四年後、全世界の関心を集めたサウジ―バーレーン間のコースウェイ工事の入札資格審査委員会が、五大適格企業の一つとして私たちを選ぶほど「現代」は急成長していた。私たちがこのような大規模の工事を次々に受注できたのは、蔚山造船所の製造能力が支えになって、安価な入札価格を提示したからだ。

結局、私たちが強行した造船所建設は、まさに、このうえないタイミングだったといえる。重工業を除いて「現代」の海外建設は語れず、海外建設を除いて「現代重工業」を語ることはできない。この二つは互いに支え合って発展してきた。プラントをはじめ、各種建設機材の製造と輸送能力を備えた「現代重工業」が「現代建設」の後方基地として、国内でしっかり支えてくれたことによって、急成長が成し遂げられたのである。重工業と建設の、この特異な有機的関係によって、私たちの海外建設の外貨獲得率は他の建設企業のほとんど二倍に達した。

もちろん、「現代」の成長過程においては、厳しい訓練によって育て上げられた、本物の優秀な人材の貢献も無視できない。私は一九五八年度から、韓国のいかなる建設会社よりも早く、広く門戸を開いて社員を採用しはじめた。初期には決して多くは採用しなかったが、実力ある人材がかなり多く入ってきて、「現代」の推進力そのものになってくれた。

私は考えるブルドーザー

かなり長い間、私は「ブルドーザー」と呼ばれていたと記憶している。

そのあだ名は、単に私の仕事に対する推進力のせいではなかったろう。重みがある機体で、むちゃくちゃに押し出すブルドーザーのイメージに私を重ねたのは、無学なくせにどんなことにでも臆せず飛び込み体当たりするように私が見え、それを強調したかったからだろう。

学識のない人間であることはとくに否定しない。しかし、学がないからといって、なんの考えも知な間違いである。

恵もない訳ではない。一人の人間がもつ資質と能力を、学校で学んだ知識の量や深さで計るのは大きな間違いである。

私はいかなることにも決してむやみに飛び込んだことはない。学識はないが、その代わりに他人よりもっと深く考える頭、緻密な計算能力、積極的な冒険心や勇気と信念がある。どんな仕事でも、着手する前に一人で懸命に考えたり、分析したり、計画したりすることを知らない人にとって、私のやることなすことすべてが、無計画かつ無謀に見えるのかも知れない。しかし無計画と無謀さだけで、どうして今日の「現代グループ」が存在できただろう。

たいていの場合、人間はちょっと厳しそうに見える仕事を、試みることもなく、簡単に「できない、不可能だ」で終わらせてしまう。そんな安い価格で高速道路の建設がどうして可能なのか、「現代」のせいで韓国の建設会社はみんな滅んでしまったなどと罵（ののし）られ、気が狂った人間みたいに扱われたことも一度や二度ではなかった。常識の土台の上で、常識の範囲内でものを考えることしかできないほとんどの人間にとって、冒険を恐れない私のスタイルが、どんなに荒唐無稽かつ無知の産物に見えたことか、ある程度はわかるような気もする。

しかし私は、常識でカチカチになった固定観念の枠のなかに閉じ込められた人間からは、なんの創造力も期待することはできないと考えている。私が信じているのは実行への固い意志をもったときに発揮される、人間の無限の潜在能力とアイデア、そして意志を集中したときに噴出する韓民族のもつ底なしのエネルギーだけだ。

私を一番困らせていたのは、簡単に改善する方法があるにもかかわらず、いつも固定観念に閉じ込められ、慣例どおりに大事な時間と金を浪費する人々だ。

ジュバイル産業港の建設工事のとき、私たちは防波堤と護岸工事に使うスタービット（いわゆるテトラポッドのこと）一六万個を造らねばならなかった。一日二〇〇個ずつを造るとすれば、八〇〇日間造りつづける羽目になる。現場に行ってみると、コンクリートをミキサートラックから直接スタービットの型に注ぐのではなく、一度クレーンのバケットに移してから、いちいち注いでいた。なぜそんなバカなことをしているのかと訊いたら、ミキサートラックのコンクリートの出口とスタービットの型の高さが合わないからだという馬鹿げた答えが返ってきた。

こんなとき、私は性格的にとても我慢できない。考えるためにある頭をどうして使わずに、そのまま放っておくのか。ミキサートラックのコンクリート出しの高さをスタービットの型の高さに合わせて改造すれば、簡単に解決するのだ。そうすれば、わざわざクレーンを使う必要もなく、作業時間も短縮され、不必要な人力の浪費もなくなり、よいことずくめである。ただ何も考えず、固定観念に捉われ、愚鈍な方法で作業をしていたのだ。ミキサートラックを改造すると、一日のスタービット生産量が三五〇〇個に増えた。

一九七七年六月に着工したクウェートのシュアイバ港湾工事のときは、傾斜式岸壁にブロックを積む工事がとてもきつかった。一日に八〇個ずつ積まなければならないのに、二〇個すら難しかった。

考えた末に、作業バージ船に特殊なスクリーディング（配分）装置を装着して、上部からウィンチで調整し、人間が水中に入らなくても、海底の整理ができるようにして問題を解決した。固定観念の奴隷になっていては、一瞬一瞬の適応力が鈍ってくる。教科書的な思考方式がすなわち固定観念であり、バカをつくる落とし穴なのだ。

造船所のドックが完成される前のことだ。ドックが未完成だったので、大型自動移動のクレーン設置も不可能だった。だから、すべての大型ブロックと三万馬力のエンジンや付属品の運搬も、ほとんど働く人々のアイデアで解決するしかなかった。小組立て品をドックの底に移すのは特殊トレーラーを動員して解決したが、船首部分の組立てが終わった第一号船を第三ドックに運搬しようとすれば、三ヵ月後にゴリアットクレーンが設置されるまで待たねばならないという。技術者のまさに教科書どおりの結論だった。

「トレーラーにブロックを乗せて、後ろからブルドーザーが引っ張り上げ、傾斜丘陵で減速しながら、ドック傾斜路を事故を起こさずに下りていくのは、理論的に可能なのか？」

私が問い詰めたら、可能だという答えが返ってきた。それなら、初めからそうすればよい。なのに、どうして三ヵ月間もゴリアットクレーンを待っているのか。この簡単な反問を通じて、私たちはきわめて簡単に、そして立派に第一号船を送り出すことができた。

方法は考えれば、生まれてくるものだ。方法がないというのは、方法を考えだそうとしていないからだ。

京畿道利川（キョンギドイチョン）に「現代電子」を建設するときも、設計図をみると、小さな村に通っている送電線が用地補償問題で迂回していた。補償費用が多少かかっても、直線に設計を変えるように指示した。障害は突破して克服するものである。いつも避けて通っていれば、本当に克服しなければならないときにも、避けて通ることしか考えなくなるものだ。

私は、私の「ブルドーザー」で計算して予測する。それはいわば口と手足を持ったコンピュータだ。性能がそれほど悪くない頭をつけて、他人よりも真剣に懸命に考え抜いて研究し、努力しながら押し続けてきた。それが仕事人としての私だ。

峨山財団は弱者のためにある

一九七五年十月、韓国政府が企業株式公開対象一〇五社を選定、発表して公開を要請した。マスコミもやはり企業の社会的責任を云々して、企業公開を促した。当時、「現代建設」は収益率が一番高い企業の一つだった。

しかし私は一九七七年前半まで、「現代建設」の株式を公開しなかった。私は最初から「現代建設」を一般的な方式で企業公開するつもりなどなかった。どうすれば金が稼げるかという経済行為から出発した事業ではあったが、当時は稼いだ金をどのように使うかについても真摯に考えるべき時期だった。「現代建設」を公開すれば、株の半分だけ売っても税金を一切払わずに、四〇〇~五〇〇億ウォンを私的に使えた。また「現代建設」の実績や信用度からも、株を売るのになんら問題はなかった。

しかし、このように株を公開して得られるものは何なのかを考えた。もちろん「現代建設」の株を公開すれば、その株を買った人々に利益の配当が回っていく。だが、株を買える人々はある程度余裕のある人間だ。貧しい人々が多い社会で、余裕ある人間にさらに多くの利益を与える企業公開は、真の意味の社会還元でも、社会的責任の遂行でもないと私は考えた。日々の食事にも事欠くくらい貧しい人、病に苦しんでいる人、学資がなくて学業を中断せざるを得ない多くの青少年を支援することに「現代建設」の利益を投入するのが、少数の持てる人間のために企業を公開するよりは正しい選択だった。

韓国は第一次経済開発五ヵ年計画以降、高い経済成長を成し遂げ、失業率も絶対貧困人口比率も減少したが、新たな問題も生まれていた。成長第一主義の経済開発政策が所得分配を悪化させ、階層間や都市と農村の格差を深刻化させたのだ。一九七〇年の農家の平均所得は都市勤労者世帯の平均所得の四分の三だった。

これは教育面にも現れ、該当世帯の高校在学生比率は都市の四五・五パーセントに比べて、農村は二〇・七パーセントにしかならなかった。大学在学生の比率は都市一五パーセント、農村は一・六パーセントだった。病院の七〇パーセントがソウルと釜山に集中しており、医師の八七パーセントが都市勤務だった。農村の約三分の一は無医村だった。

「現代建設」の成長過程に貢献した勤労者を労うことを、私は決して忘れない。雪の積もった厳冬でも灼熱の中東でも、辛い工事を最善を尽くしてやってくれた労働者の汗と真心がなかったら、「現代建設」の輝かしい成長はなかっただろう。「現代建設」の社会還元は、そんな寂しく貧しい疎外され

峨山財団設立記者会見で。1977 年 7 月

た人々に向けたかった。一九七七年七月一日、私は「現代建設」の個人株の五〇パーセントを寄付して「峨山(アサン)社会福祉財団」(略称、峨山財団)の設立を発表し、毎年約五〇億ウォンの配当利益金で社会福祉事業を支援するようにした。

すべての主体となるのは人間だ。家庭と社会、国家の主体もやはり人間だ。人間が健康で有能になってこそ、家庭と社会、そして国家が安定と繁栄を享受することができる。

人間をもっとも苦しめるのは、私は病苦と貧困だと思うが、この苦痛は互いにかみ合った歯車のようなものだ。病気によって貧しくならざるを得ず、貧しいからちゃんとした治療も受けられず、痛みを強いられているからさらに貧しくなるという悪循環だ。

「峨山財団」を設立しながら、私は「現代グループ」内部の福利厚生は完璧なのかと、内部で不満を抱く人々がいるだろうと思った。もちろん完璧ではなかった。しかし、「現代」の社員たちはおおむね身体が健康で教育も受け、有能である。個人も社会も団体も、自分のことを先に満たしてから、残った財源で自分より不遇な人々を助けようと考えるなら、おそらくそれは永遠に不可能なことだろう。

一部の財閥が福祉財団という有名無実な看板を掲げて、節税対策手段として使ったり、ほかの営利追求をするのをしばしば見たし、また社会も「峨山財団」をそのような類の一つだと誤解する心配があったので、私は財団設立発表と同時に、今後五年間に予定する事業まで決めてしまった。

「峨山財団」をアメリカのロックフェラー財団やフォード財団に並ぶ財団に成長させるのが、当初からの私の夢だった。そこで医療事業と社

韓国各地の峨山病院

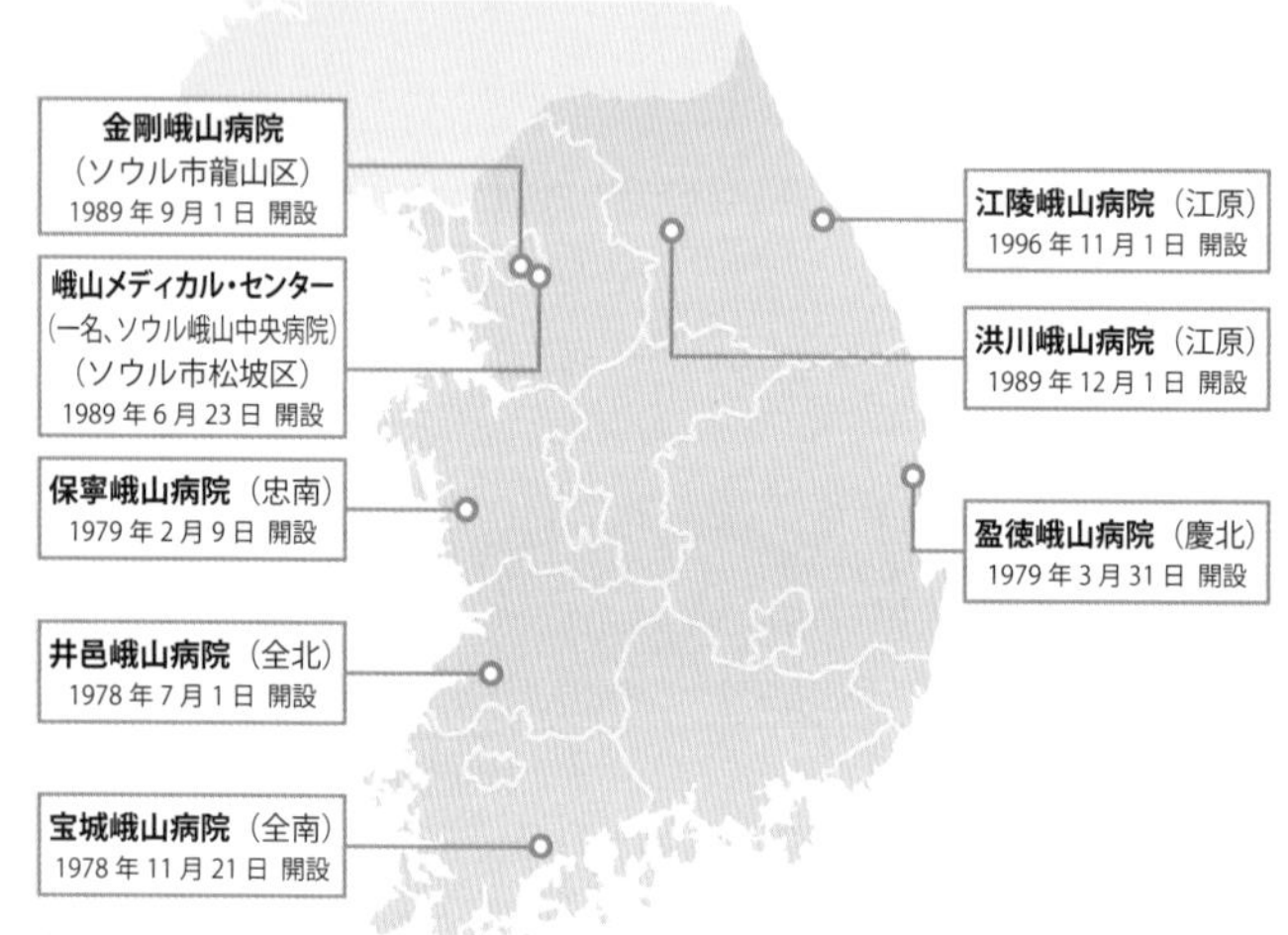

峨山メディカル・センター（ソウル市松坡区）

会福祉支援事業、研究開発支援事業、奨学金事業など、四つの事業領域を決めた。まず医療脆弱地区への医療事業で、一九七八年七月一日、全羅北道に井邑（チョンウプ）総合病院起工式を行ったのを皮切りに、七九年二月四日、慶尚北道の盈徳（ヨンドク）総合病院の竣工まで、約一年半で五ヵ所に総合病院を完成させた。これに全部で一〇〇億ウォンが使われた。八九年九月には金剛峨山病院（ソウル市龍山区）が開院し、十二月には金剛（クムガン）病院を譲り受けて、江原道に洪川（ホンチョン）峨山病院も開院した。

「峨山生命科学研究所」を開き、蔚山（ウルサン）医科大学も設立した。無料診療チームも懸命に奉仕した。国内最高規模の医療施設を備えたソウル峨山中央病院は、韓国最初の心臓移植手術を成功させ、一九九五年には大韓民国企業文化賞を受けた。「峨山財団」の全国九つの病院はベッド数合計四三二六床、現代医学の恵みによる弱者への「無料診療」

を拡大しており、現在まで八万名を越える患者が無料診療を受けている。

社会福祉団体支援事業として、これまで一六二億ウォンを使い、全国の大学教授への学術研究費支援として五七億ウォン、奨学金支給で八一億四〇〇〇万ウォン、医療奉仕事業費として二七四億ウォンが使われ、少年少女が親を助けることにもつながっている。また一九八九年からは、韓国社会の倫理回復を図るため、献身的な社会福祉団体に従事する人を選定して表彰し、峨山孝行大賞も設けて表彰している。

「現代建設」は「現代グループ」の母体であり、私が生涯を通じて最大の真心と情熱を投入した国内最大企業の一つである。「現代建設」の財務内容がよいのは、最大株主である私が創立以来の配当をほとんど社内留保に回したからだ。この堅実な財務内容をもとに、貧しい人々により多くの援助と希望を与えられる韓国最大、最高の社会福祉財団として「峨山財団」がしっかりと百年、二百年以上発展しつづけること、それが私の数少ない望みの一つである。

現在は「現代建設」株式の五〇パーセントが「峨山財団」の柱だが、私が影響力を行使できる会社の株式はこれからも、多かれ少なかれすべて「峨山財団」に寄贈する予定だ。これが今日の「現代」を存在させてくれた社会に対する恩返しであり、最善を尽くして働き、会社を大きく発展させることができた私にとって最大の生き甲斐でもあると考えている。

全経連会長十年、権力に抗して

日本の統治下にあった三十六年間、朝鮮内の経済は日本人の独り舞台だった。わずかに大陸ゴム靴会社、京城紡績などが朝鮮人のものだったにすぎない。

解放を迎えて、国家の基礎を立てる前に、朝鮮戦争が勃発し、その後の自由党時代は漢江（ハンガン）に新たな橋一つ架ける経済力もない貧困な国だった。

自由党政権（李承晩政権）が倒れたあと、極度に混乱した時期が続いた。一九六〇年、軍人が立ち上がった五・一六軍事革命が成功したときも、韓国経済は一国経済といえないほど貧弱だった。ただいくつかの分野の製造業にやっと芽が出かかっていただけだ。

軍事革命政府は名だたる実業家を脱税の罪で収監した後、アメリカなどが交渉したため釈放し、彼らを中心とする全経連（全国経済人連合会）を発足させた。初代会長に三星（サムソン）の李秉喆（イビョンチョル）氏が選ばれた。その一年後、李秉喆会長の推挙で、韓国洋灰（ヤンフェ）の李庭林（イジョンリム）氏が二代目の会長に選出された。

朴大統領は経験も乏しく、基盤も脆弱な韓国の実業家をいったんは信頼し、彼らが提出した事業計画書に対し、政府が外国借款導入の支払い保証の責任を負う制度を設けた。外国資本を政府の保証で導入して、産業近代化のモデル工場を設立し、その製品を国内外の市場に売って借款を返済しようという計画だった。

もし事業計画書どおりに進まずに不渡りを出した実業家は、ただちに刑務所に直行しなければならない。いわば実業家が政府の支払い保証に担保として体を預けたのと同じだ。韓国の経済人は政府の信頼をもとに、祖国近代化建設の重い責務を背負って、昼夜の別なく走り回っていた。国内外市場の景気の浮沈に耐えられず、実際に刑務所で苦労した実業家もいたが、とにかく韓国経済の近代化は朴大統領の政策の所産だった。

二代目の全経連会長の李庭林氏に続き、三代目金容完(キムヨンワン)氏、四代目洪在善(ホンジェソン)氏、五代目に再び金容完氏が会長に就任した。六代目は、ずっと固辞し続けていたが、一九七七年二月、結局、私が選ばれた。満場一致だった。全経連会長を引き受けてからすぐ、敷地だけはあったが、長い間建物のなかった全経連会館の建設に着工、七九年十一月に完成をみた。専用の建物をもつことは、全経連の長い間の宿願であった。

固辞を繰り返していたときは、私自身の事業だけでも一日が四八時間あればと願うくらい忙しかったから、全経連会長のポストよりもただ「現代」の会長として働きたかった。しかし、いかなる理由があろうと、いったん「ポスト」を引き受けた以上、最善を尽くして任務を果たさねばならない。

幸い私の在任期間中は、韓国経済が大変な速度で成長、発展した時代だった。私は国内の発展だけでなく、国際社会における信頼を高めるべき段階であると考え、東南アジアの国々との経済的関係を強めるため、韓・アセアン協力事務所を開設し、一方で欧州をはじめとする各国との経済協力委員会設立にも精力を傾けた。

さらに、全経連内に企業の規制緩和の研究、申し立てのための機構も設置し、厳しすぎる規制の撤廃や緩和を一貫して主張した。

全経連（全国経済人連合会）の会議で。1980年

今でもときどき思い出すことがある。

政府が税制を改正するといって、一九七七年末に、法人企業に対する配当所得控除制度を撤廃した。法人税の納税後の残金配当分に対しては、一定額の所得控除を認めていた従来の法律をなくし、所得控除を認めないとするものだった。そんな租税制度は、世界中どんな国家にもなかった。最高所得税率七〇パーセントに防衛税二〇パーセントが追加された。ある段階を超えると、八九パーセントを税金として納めなければならない。「改正」とは名ばかりの、とんでもない法律だった。

李朝の封建時代でも、三〇パーセントは農業に携わっている小作人に回ってきたものだ。国民の自主権と財産権にさからってまで、予想できない負担を与えるのは、自由民主主義体制のもとではあり得ない暴挙であり、基本秩序を蹂躙（じゅうりん）する危険な行為だった。

そのまま傍観することはできなかった。私はほとんど一ヵ月間各社の会長を招集・動員し、主要経済団体の長まで同席させ、副総理と財務、商工の各長官、国税庁長を順番に訪問し、間違った法律について討論して説得しつづけた。国会の議長と財務委員長など関連立法機関の長のもとにも足を運んだ。国会が開会したときは、財務委、法司委の各委員を個別訪問して、税制変更の不当性と、それを遡及（そきゅう）して適用する違憲性に強く抗議した。一九七八年九月から始まった財界の組織的抵抗運動である。官や政治権力との摩擦を恐れずに立ち向かった私が、目の上のタンコブ扱いされるのは当然だった。

一九八一年、第五共和国権力（全斗煥（チョンドゥファン）政権）は、私に全経連の次期会長ポストを辞退せよと迫った。これに対し、私は答えた。

「全経連会長のポストは全経連会員が選ぶものであり、けっして政府権力が任命するものではない」

この断固たる一言で圧力を拒んだ私を、会員は全面的に支持し、再び全経連会長に推した。私は経済界を抑えつけようとする権力から、財界の自律性と独立性を守り抜こうと、最善を尽くした。時代が「小さい政府」と競争による自由市場を要求しているにもかかわらず、当時の政権と経済官僚はそれに逆行し、かえって企業に対する各種の規制と干渉を強化しようとしていた。彼らは自分たちの意見に歯向かおうとすれば、大企業でも一日で空中分解させたり、解散させた権力者だった。

私は恐ろしい力が行使されたにもかかわらず、機会が与えられたときは、経済官僚、経済学者、政治家などに、韓国がこれから向かうべき道は、自由企業主義でなければならないという所信を力説した。経済官僚を相手に、「政府と企業の役割」について講演したときも、政府は企業に対する規制と

全経連会長在任時、李秉喆サムスングループ会長（左）と朴泰俊ポスコ会長（右）と。1983年

干渉を減らし、企業の創意と自由を尊重するようにと要求した。

ある業種はこの人が独占し、他の人はいけないという方法は非効率性を生むだけで、不良企業は政経癒着と官僚支配の金融を生むとも指摘した。政府の干渉は競争を制限するので、国際競争力を弱体化させ、韓国経済の活力を減少させると批判した。権力を行使している権威的な経済官僚には、私の発言が彼らが立案し執行するすべての政策に対するひどい批判と叱咤に聞こえ、気分を害したようだった。

この講演会のあと、「現代」にいろいろな圧力が加えられた。だが私は、批判や主張を緩めはしなかった。

全経連の加盟者は、みんなそれぞれ利害を異にする。競争に負ければ、社員とその家族を路頭に迷わせることになるのだから、他社より少しでも有利な立場を確保しようとするのは当然だ。しかし、私が会長ポストについた十年間は、すべての案件は満場一致で処理された。

一九八七年二月まで五選され、その十年間、私は韓国の民間経済を主導する全経連会長として民間経済人の発言権をより高め、韓国経済の基盤を固めるのに、ある程度は貢献したと自負している。

七〇年代後半のイラン撤収をめぐる悲劇

「現代」が、アメリカ経済専門誌「フォーチュン」が選ぶ世界のベスト五〇〇企業に入ったのは一九七六年のことだった。「現代建設」が一〇億ドル建設輸出賞、「現代造船」が九億ドル輸出賞を受けたのも「現代建設」の総売上げが一〇〇〇億ウォンを超えたのも一九七六年だった。

一九七七年も前年度に劣らず忙しい一年だった。一月には忠清北道の大清（テチョン）ダムを受注し、三月にはジュネーブ国際自動車展示会に「ポニー」を出品、サウジのラスアルギ港湾建設工事とバーレーンのディプルメットホテルの基礎およびコンクリート工事を行った。京畿道の平沢（ピョンテク）火力発電所一、二号機の技術サービス受注、慶尚北道の月城（ウォルソン）原子力発電所三号機着工、城山（ソンサン）大橋、古里（コリ）原子力発電所二号機着工、サウジのアシルの電話事業、クウェートのシュアイバ港湾拡張工事をし、「現代造船」はナイジェリアから大型貨物船一一隻を受注、アメリカのマクドモット社とは大型特殊海上工作船の建造契約を結んだ。

一九七八年、「ワシントンポスト」が「現代」の前年度の対外契約高一九億ドルは当該年度の世界四位の実績であると発表し、「フォーチュン」も、世界企業ランキングの九八番目に選んだ。アメリカの「タイム」や「ニューズウィーク」誌にまさるとも劣らない、フランスの「ル・エクスプレス」が、韓国の工業を紹介する記事で、蔚山市を「現代市」に表記するという笑えぬ「ミス」をした年でもあった。そしてこの年に、「現代」は国営の赤字企業だった「仁川製鉄」と「大韓アルミ」を公開入札で落札した。

企業が、ともすれば「政経癒着」とか「タコ足」などと揶揄される風潮のなかでも、私がいつも堂々と立ち向かえたのは、「現代」は他企業を買収（乗っ取り）したことが一度もなかったからだ。「現代」傘下のすべての企業は杭打ちから煙突を積むまで、すべて自力でつくりあげたものである。誰かが死ぬ思いでつくりあげ、事情があって倒れそうになった企業を買収するのは、私の性格上、あまり気が乗らなかった。

自分の会社を設立し運営していく過程で経験したはずの企業主の苦労、他人には絶対見せなかったはずの創業者の涙を、私はよく知っている。そのような企業を二足三文で譲り受けるのは、他人の不幸を踏み台にして利益を得るような気がして、どうも納得がいかない。ある業種に関心があれば、自分の力で創業すればよい。また、「現代」の飛躍的成長を政治権力との結託によって「容易に手に入れた」と考えている一部の偏見を否定する意味から、他の企業の引き受けを躊躇していた面もある。

しかし、あまり乗り気でなかった「仁川製鉄」と「大韓アルミ」の引き受けを決定した理由は三つあった。まず、政府の公企業の民営化方針による引き受け要求を最後まで拒むことができなかったこと。次に、造船をはじめ各種の国内外の工事に相当量の鉄鋼材やアルミが不可欠だったこと。三つめに、「仁川製鉄」と「大韓アルミ」は個人企業ではなく国営企業であったことである。

翌年、「フォーチュン」が前年度の売上高三六億ドルの「現代」を世界七八位の企業に選んだ。しかし、イランのイスラム革命は、収拾がつかなくなる局面に差しかかっており、一九七九年は緊張のなかで出発した年だった。

当時、私たちはイランで一九七八年から着工していた工事現場が三ヵ所あった。

一月七日の早朝、ファックスが届いた。

現場を放棄して撤収せよという発注先および監督官庁の公式の指示に従って、現地の社員らがイランの工事現場から撤収する際、霧のために車が転覆して五名が死亡し、二〇名が重傷を負ったという不幸な知らせだった。私は死亡者の遺体を引き取り、負傷者を安全に避難させたあと、残った人員を迅速かつ無事に帰国させるよう指示を出し、修羅場となったイランに海外工事管理の本部長の朴圭直（パクキュジク）常務を急遽派遣した。

現場で死亡事故や負傷事故が起きることは少なくない。豊かな暮らしを夢見て他国に出稼ぎに来て、不慮の事故で命を落とした人、その遺族の悲痛な思いに、私は心からの責任を感じる。だから、二度と帰ってこない死者の不幸に対して、私はあたうる限り残された家族の生活を助けようとした。「現代」の仕事に携わって不幸に見舞われた家族には、優先的に、「現代グループ」傘下の各企業に就職できるようにしたこともその一つである。

朴圭直常務をイランに派遣して二十日が過ぎた一月二十九日、四〇〇余名の勤労者および社員が大韓航空の特別機に乗って、イランを脱出するまでの話は、それこそ冒険映画で見るような大脱出作戦だった。高価な犠牲を払った、このイラン撤収の経験を教訓とし、私たちはその後、サウジアラビアと同じ規模のイラク建設市場を、イラン・イラク戦争に振り回されることなく最後まで守った。もしもの事態に備えた完璧な撤収計画もしっかり立てておいた。

信念の指導者、朴大統領の死

一九七九年二月にはジュバイル産業港工事が、世界の先進国の建設業界の予想を見事に裏切って、契約工期四十二ヵ月より十ヵ月も早い三十二ヵ月で、タンカーの停泊施設を完成させた。その頃、栗(ユル)山(サン)グループと源進(ウォンジン)レーヨンが倒産した。アメリカの民間対外援助協会が韓国から撤収し、ＯＰＥＣは基準原油価格を五九パーセントも引き上げた。国内石油価格が暴騰し、インフレは日増しに深刻化していき、韓国経済は危機状況に陥りはじめた。そんななかで、ＹＫ貿易事件や釜馬(プマ)事態（七九年十月十六〜二十日に起きた釜山と馬山における大規模な反政府デモ）が起こり、二十年近い共和党の長期政権（朴正熙政権）の最後を示唆するあらゆる兆候がたて続けに起きた。

そしてついに、十月二十六日、朴正熙大統領が金載圭(キムジェギュ)中央情報部長に暗殺されるという事件が発生した。

朴大統領も私も、貧農出身の息子だった。大統領と私はわれわれの子孫にだけは絶対に貧困を嘗めさせまいという同じ信念をもっていた。いかなる仕事でも信念をもって「成せば成る」というプラス思考、目的意識がはっきりしていた点も同じだった。そして初心を貫く強力な実行力を互いにもっていた。共通点が多く、信頼し合いながら、国家の発展について共感し合い、国家を語り、人生を語ったことも何度かあった。私心のない優れた指導者だった。

個人的には特別な利益を受けたことはなかったが、「現代」の成長自体が、何よりも経済発展に強い関心を寄せて、経済政策を強力に推進した朴大統領のお蔭だと、私は思っている。

現在、韓国経済はひどい状況で、沈没寸前の危機に陥っているが、それでも自動車一〇〇〇万台、国民所得一万ドルの今日の基礎は、誰がなんと言おうとも、朴大統領が成し遂げたものであり、この業績を絶対に過小評価してはならない。

「現代」がイランから撤収し、サウジアラビアは受注制限を開始し、青瓦台の力強い支持者だった朴大統領も他界したので、「現代」はただちに倒産するだろうと考えていた向きも多かった。しかし、韓国の経済成長率がマイナス五・七パーセントに低下した一九八〇年度に「現代」は倒産するどころか、かえって逆に前年度の六〇六六億ウォンの二倍近い、一兆五〇六六億ウォンの売上高を記録した。

大統領が逝去すると、軍部の権力争いが熾烈になる一方、保安司令官の全斗煥（チョンドゥファン）氏を中心とした新軍部勢力が一二・一二事態を起こした。戒厳司令官の鄭昇和（チョンスンファ）氏が追い出され、全氏とその一派が力ずくで政権を掌握した。

強奪された「現代洋行」

一九八〇年五月三十一日、国家保衛非常対策委員会（略称、国保委）が発足してから始まった、いわゆる「国保委時代」には新しい権力に便乗し、この機会を利用して成長しようとする企業が少なからずあった。言い換えると、経済界の混乱時代であり、堅実かつ真摯な企業にとっては暗黒時代だったと言える。

国内重化学工業界は一九七〇年代末から、深刻な経営難に陥っていた。最大の原因は、七三年の政府の重化学工業宣言以後、多くの企業がこぞって重化学工業になだれ込んだからである。七三年から七九年まで、全体投資額の一九・三パーセントに達する四兆一三五七億ウォンが重化学分野に投資された。工場建設の九〇パーセントを政策金融に依存する例まであったほどだ。七九年四月、政府は「経済安定化総合施策」を発表し、経済開発着手以後初めて、経済政策を成長から安定に転換した。安定化の最優先手段として重化学投資調整が採択され、四、五月の二回にわたり、投資調整が断行された。

その核心は、「現代重工業」「現代洋行」「大宇重工業」「三星重工業」に四分されていた発電設備分野のシェアを二つの企業にまとめて二元化するというものだった。「現代重工業」が財務体質のよくない「現代洋行」を統合し、「大宇重工業」と「三星重工業」は発電設備だけを分離して統合するという内容だった。この調整案によって、「現代重工業」は「現代洋行」の経営権を譲り受け、既存事業を継続し設備投資を行ったが、大宇と三星は統合作業がそれほど進んでいないときに一〇・二六事態（朴大統領暗殺事件）を迎えたのだ。

この「重化学投資調整」は国保委が発足してから再び具体化された。国保委は言論統廃合とともに経済産業の構造改編という口実で、企業の統廃合にも手をつけた。その調整の核心は乗用車と発電設備分野の一元化だった。これは該当企業の技術力や企業構造、経営能力などの違いを完全に無視した愚かな調整案だった。

乗用車と発電設備を「現代」の主力事業として育てていた私としては、絶対に受け入れられない強制的なやり方だった。業界の反発を予想した国保委は、該当企業の経営者を呼んで、調整案を受け入れるように強要した。私も数回呼び出されて、調整案に同意するよう強いられた。私は現在も、その企業統廃合案は経営も経済も何も知らない国保委が、野心のある者に使嗾(しそう)された、筋の通らない施策であったと考えている。私は最後まで反対の意志を崩さず、調整案処理が国保委から商工部に移った。

そんなある日、再び呼び出された。大宇の金宇中(キムウジュン)会長が先に来ていたが、経済産業構造改編のために自動車産業や発電事業を統廃合するという説明の後、国保委の担当者が先に金会長に賛否を尋ねた。

彼は簡単に、

「ハイ、私どもは賛成です」

と答えた。その次は私だった。

「鄭周永会長も賛成でしょう」

「賛成なんてとんでもない。統廃合に賛成とは！」と内心思っていたので、そのとおり私は、

「私は賛成しません！」と答えた。

担当者は顔色を変えて、私を立たせた。いまは国家の非常事態である。その重大な時期に、どうして改革に従わずに反対しようとするのかと叱責した。国策に協力的な金会長を見習いなさいという口調だった。その言い方に、私は、

「私の話もちょっと聞いてください」

と言って、私が事業を発展させてきた基本精神と過程を語った。

「いかなる事業であっても、私はすべての過程で私が参加する。またそのように設立した会社を他人に売り渡したこともない。他人の企業を横取りしたこともない。そんな『経営』は許せないからです」

金会長は私のこのような発言については、しばらくは反論もせずに黙っていたが、やがて「国保委を見下しているのではないか」とか、「国保委の施策に反抗するとは」などと、言いはじめた。国保委の人間も「自動車と発電事業のどちらがいいか、金会長より先に選択できる機会を与えたのは特別待遇なのに、それを不服とは、考えられないことだ」と脅してきた。

しかし私は、経営も経済も何もわからない若い官僚の、そのような蔑みは絶対に受け入れられないと言い張った。すると彼らは、私に同行していた弟の世永らを別の部屋に連れていき、脅迫や懐柔を繰り返した。

私は二週間の猶予を求めたが、やっと一週間だけ許された。まるで不可能なことはないほどの勢いの彼らを相手に最後まで抵抗して、「現代」を店仕舞いに追いやることもできない。やむをえずの二

者択一なら、私の内心では自動車の方だった。当時の統合対象であるセハン自動車は、アメリカのGMと大宇の対等出資の合弁会社だったので、統合ではGMの持ち株放棄が先決問題となる。私はそれは不可能だと考えた。だから、私は重工業はわからないが、自動車の統合は絶対にあなたたちの意のままにはならないという言葉を残して、そこから出た。

数日後、阿峴洞（アヒョンドン）のとある場所で全斗煥国保委員長に会い、GMは五〇パーセントの合弁の持ち株は絶対に放棄しないだろうから、自動車の統廃合は不可能だろうと伝えた。ところが、全斗煥氏は商工長官がすでにGMの了解を得て、決裁までしたと言うのだった。間違いなくGMは放棄すると言ったという。責任をもつという確約を得て、私は自動車を選択した。

当時の自動車事業は厳しい状況だった。一九八〇年は高価な耐久消費財に対する需要が低下し、しかも輸出の展望もそれほど明るくなかった。反面、発電設備は電源開発計画によって需要が確実に保証されている事業だった。にもかかわらず、私が自動車を選択したのは、自動車には特別な愛着があったからだ。

発電設備は後に再び始めようとすればできる事業であるが、自動車は一度機会を失えば、再び行うことが難しいと判断したからだ。彼らは不振を免れない自動車事業を当然手放すと予想していたのに、私が自動車を選択すると言うと、虚をつかれたような顔をした。

国保委は八月二十日、産業構造を大々的に調整（構造改革、企業の統廃合）するいわゆる「八・二〇措置案」を提出し、新軍部による最初の重化学投資調整を断行した。彼らは脅迫的かつ侮辱的強要を

「業界の自律的調整による措置」という形容詞にくるんだのだ。この調整によって「現代自動車」はセハン自動車の乗用車事業を吸収して乗用車を単独生産することになり、大宇重工業は「現代洋行」と「現代重工業」の発電設備部門を吸収統合して発電設備と大型機材を独占生産することになった。その結果、「現代洋行」の軍浦(クンポ)機材工場は「現代重工業」に所有権が移り、「昌原(チャンウォン)重工業」は大宇が引き受けることになった。

　当時、大宇には重工業分野がなかった。私たちが莫大な資本を投入して建設した「昌原重工業」は、部分的に稼働しているにすぎず、引き続き多くの設備投資が必要な状況だった。投資調整案が最終段階に入ってから、政府は引き継ぎを催促してきた。商工部は「現代洋行」を「五・二五投資調整」以前の状態に戻してから、八月二十三日までには引き継ぎを終わらせるように指示した。譲渡価格の清算は、資産評価に必要なすべての書類の評価を韓国鑑定院に依頼したうえで、後日に回すようにと言う。

　ところが、「現代」に統合されることになっているセハン自動車の持ち分の放棄を了解していたはずのＧＭは、一九八〇年九月の協議で従来の持ち分を固守し、合弁を要求してきた。

　私には受け入れられなかった。もしＧＭの要求に応じれば、自動車の独自開発は水の泡となり、まかり間違えばＧＭの下請け業者に転落するかもしれなかった。政府側は「現代」とＧＭとの合弁を強く求めたが失敗に終わると、起亜との合弁を推進し、これもまた失敗に終わってしまった。結局、乗用車の一元化措置を白紙に戻し、セハン（大宇）とＧＭの合弁を存続させながら、セハンにも乗用車生産を許可した。自由競争という資本主義経済の基本原理を無視した投資「調整」は、わずか数年の環境変化にも適応できず、完全に失敗に終わった。

とにかく結果的に大宇には自動車事業をそのまま認めながら、発電設備部門は大宇に引き渡すこととなった。私は、大宇の自動車事業を引き受けられなかったから、投資資金を返却してくれなければ、発電設備部門の引き渡しはできないと突っぱねた。ところが、当局はただちに引き渡すように脅かしてきた。

大宇はほんの少し前までは、本社ビルを売却して清算すると言っていたくせに、前言を翻して「先引き渡し、後清算」を主張し、公認会計士を送り込んで、資産評価をすると言いだした。それには応じられないと応えたら、脅迫をしてきた。「空挺部隊を送り込んでぶち壊す」と、無謀な言い方すらするのだった。仕方なく文書を一枚書いてもらって、「昌原重工業」を引き渡した。

一ウォンも出さずに、「先引き渡し、後清算」という前例のない特恵で、「現代」から「昌原重工業」を奪い取った大宇は、しかし結局、力不足で続けられず、ふたたび政府に返すという恥知らずのことをやったのだった。

経済論理が通じなかった時代

十分な経験と技術力をもとに、私は多角化や海外進出を基本戦略にして、重化学部門を発展させてきた。にもかかわらず、全斗煥政権に始まる新軍部のデタラメな「構造調整」に従うことはとうてい納得できるものではなかった。経済論理が通じない暗黒時代の始まりだった。私は電力関連事業をあきらめなければならなくなった。そのうえ、「現代」が専門に担当するはずだった自動車産業が再び複数の企業に配分されるなど、一貫性のない政策の最大の被害者となった。

私はいかなる分野でも、自由競争を一貫して信奉し、主張してきた人間だ。自由競争の下で競争力を失った企業は自然に淘汰されるので、過剰や重複という現象は起きず、人為的な「調整」などまったく不要である。

私は当時、国内市場だけで投資の重複や過剰を判断することのないようにと主張した。その主張の正しさは、自由競争体制が韓国の自動車、電子、石油、化学産業の輸出産業化のプラス要因となったことによって立証されている。

重化学工業は、一国の基盤産業として十分な規模に発展するまでは、いかなる国でも設備過剰の問題が起きる。日本の場合も一九六〇年代に同じ問題があった。製鉄業への新規企業参入で設備過剰が問題になった。ホンダの自動車産業進出や既存自動車企業の設備増設で「自動車亡国論」まで出た。しかし、日本は世界市場を狙った積極的な発想で、設備増強を断行した。結果として、「鉄が鉄を呼ぶ」と言われるように、製鉄投資は価格引下げや品質向上をもたらした。しかも機械工業や家電製品など、製造業発展の原動力となり、設備投資を促進させた。戦後日本の機械工業を世界レベルに引き上げたのは積極的産業政策にほかならない。

その後、発電設備製造が不可能になった私たちは、サウジのマカタイプ火力発電所など、大規模な海外発電所工事を続けて受注したが、施工はもちろん、技術開発・管理まで遂行しても、設備そのもののの供給だけは外国企業に任せなければならなかった。私たちは組立てと管理・助言しか許されなかったのだ。海外で発電設備を受注するためには、国内での実績がなければならない。私たちにはそれを蓄積する機会はもうなかった。

もし政府が当時、バカげた「構造調整」を実施しなかったなら、発電設備部門も自由競争体制の下で確実に成長して、一九八〇年代半ばには広大な世界市場に積極的に打って出られただろう。そして韓国の電力設備は自動車、半導体に劣らない輸出品目になったはずだ。

このような事情があったので、国民の間では「朴大統領が死ぬ思いでつくり上げた実績を、その後の政権が全部ぶっ壊してしまった」という噂が流行(はや)ったのも故なしとはしない。

chapter

6

ソウル・オリンピックと第五共和国（全斗煥政権時代）

オリンピック誘致は朴大統領の意思だった

オリンピック誘致が必要だとする論議は、朴大統領時代の末期頃からあった。一九七九年には、第二四回オリンピックをソウルに誘致するという政府方針が大統領自身によって発表された。オリンピックは、成功すれば途上国が先進国に肩を並べるステップボードになると言われている。

まさにその年に、朴大統領は不幸な死を遂げ、軍部の権力争いや勢力拡張の恐怖に、国民はすっかり怖じ気づいてしまった。しかし新政府は先進国に脱皮すべく、やる気満々で、一九八〇年十二月、オリンピック誘致を正式にIOC（国際オリンピック委員会）本部に申請した。翌年三月にはNOC（各国オリンピック委員会）、IOC、GAISF（国際競技連盟）調査団が韓国に入って、開催条件を調査した。

ところが、その頃から状況が険悪になった。オリンピック担当官庁である文教部（文部省）体育局が南悳祐（ナムドグ）首相に誘致に必要な予算と条件を報告して計画推進の認可を求めたが、あっさり拒絶されてしまったのだ。

南首相によれば、韓国がいくら国をあげて誘致活動を繰り広げても、二度目の誘致を狙っている日本に勝つのは絶対不可能で、そのうえまかり間違って誘致に成功しようものなら、莫大な費用の負担で経済破綻に陥り、国が滅ぶというのだった。首相の認識がこの程度だったので、彼をサポートすべき他の閣僚も似たりよったりの姿勢をとっていた。

「韓国が申請して、世界のIOC委員の八二票のうち、何票くらい得られるだろうか。台湾が一票、アメリカ委員の二票のうち、一票はカナダ冬季オリンピック誘致に使われるだろう。韓国の票まで合わせても、がんばって三、四票がせいぜいだ」

これが当時の金沢寿（キムテクス）IOC委員の悲観的観測であった。

しかし驚くべきことに、この時点で政府はIOCの開催推進意思の確認に対し、イエスと答えてしまっていた。今さら誘致申請撤回というのは考えられないことだった。かといって、本当に三、四票で終わってしまったら、政府は面目丸潰れとなる。

責任問題を恐れて、担当大臣も役人もことごとく、オリンピックに関わるのを避けていた。開催の直接の当事者であるソウル市までも何もしない状況で、逃げ場を失った文教部（文部省）だけが胸を痛めていた（オリンピックは、当該国の文部省やオリンピック委員会などの支援を受けて、選ばれた都市が開催する体裁をとる）。

オリンピック推進委員長に就任した理由

一九八一年五月、体育局長が突然、「八八（パルパル）ソウルオリンピック誘致民間推進委員会」（略称、オリンピック推進委員会）委員長就任の指令書をもって、私のところにやってきた。内容を見ると、名古屋に負けたときに政府に集まる非難や恥を民間人にかぶってもらおうという発想が見え見えである。市長ではなく民間経済人に誘致推進委員会を任せるという論理なのだ。私が全国経済人連盟の会長だったので、イケニエに選ばれたのだった。李奎浩（イギュホ）文教部長官の提案で、オリンピック誘致関係長官会議がすでに決めてしまったという。

指令書には「無から有を創造し、強靭な推進力と閃く機知で『現代』を世界的企業に育てた底力と、さまざまな神話を残して海外で韓国企業のイメージを高めた能力を評価して……」とかなんとか歯の浮くようなお世辞を並べたてていたが、要するに「鄭周永サン、あなたが代わりに恥をかいてネ」ということだった。

オリンピック誘致に対する大方の雰囲気を知っていた私は、とにかく一度集まって話そうと、政府・体育団体などの関係者をソウルのロッテホテルに集めて第一回会議を行った。「八八ソウルオリンピック誘致民間推進委員長」の下に、全閣僚が委員に入っていたが、出てきたのは文教部長官一人だけで、IOC代表委員さえ出席しなかった。ソウル市に至っては、局長一人を送ってきただけだった。実に嘆かわしかった。

文教部長官は、オリンピック誘致は全斗煥大統領の指示であると言った。軍事政権の実力者である安企部長（情報部・公安担当）の積極的支援の約束もあった。にもかかわらず、曺相鎬（チョサンホ）大韓体育会長、崔万立（チェマルリプ）同総務はオリンピック誘致は体育会としてはできなくてもよいという立場だった。当時の韓国では、八〇〇〇億ウォンかかるオリンピック開催は相当な負担だった。カナダのモントリオール・オリンピックが一〇億ドルという莫大な赤字に終わった悲劇も記憶に新しかった。オリンピックはリスクが大きすぎるというのが彼らの考えだった。しかし、私の考えは異っていた。

私は、すべてのことは計画によって違ってくると考えていた。赤字を出すような計画なら赤字になるしかない。誘致することがまず大事だ。誘致さえできれば、韓国の状況に合わせて、赤字の出ない計画を立てて、立派に成功させればよい。

地下鉄や道路工事などは、オリンピックをやらなくてもいずれはしなくてはならない。それをオリンピック経費に入れるのはおかしい。これを機会にしかるべき部署に予算を出させればよいだけだ。競技場や宿舎はオリンピックだけのために新築する必要はない。すでにある民間施設を動員して使っても十分だ。競技場は各都市や大学のものを規格に合わせて改修すればよい。選手村も質のよい敷地に民間資本を導入して、アパートを建てて分譲したうえで、先にオリンピックに使ってもらえば、政府の予算は必要ない。記者村やプレスセンターは、どこかの企業が計画中の新築ビルを流用すれば十分だ。

加えて、韓国の企業と取引きがある外国企業の協力を要請し、その国のＩＯＣ委員と接触する方法を提案し、安企部長に企業の動員を約束させた。私は、企業家が心を一つにして一所懸命努力すれば、誘致に必要な過半数の得票は可能だと確信していた。しかし、そうした自信は口に出さず、本当に負けたら韓国も韓国の経済人もまとめて笑われるから、恥ずかしくないほどの票はなんとしてでも集めようと訴えた。

宣伝費などないと言われたので、翌年の予算から返済してもらう条件で、私が一億八〇〇〇万ウォンを出資した。これはオリンピック終了後も返済してもらえなかった。

バーデンバーデンでの全力投球

一九八八年のオリンピック開催都市が選定されるIOC総会のため、バーデンバーデン（ドイツ）に出発するにあたって、私は政府から指名された推進委員のうち、行楽気分の何人かをあらかじめ除いた。代わりに劉彰順（ユチャンスン）氏、李源京（イウォンギョン）氏らの有能な何人かの方々を加えた。オリンピック誘致に積極的ではなかった一部の企業家の動員も、約束どおりに安企部が協力してくれた。出発に先立って、すでに八月中旬に「現代」のフランクフルト支店に配置されたオリンピック誘致活動チームに万全の準備を整えるよう命じた。

九月十五日、ロンドンでIOCの委員長に会い、十六、十七日にはベルギーの韓国・ECシンポジウムに参加した後、ルクセンブルクで同国皇太子と晩餐をともにするなど、オリンピック誘致のための巡回ロビー活動を終え、二十日に陸路でバーデンバーデンに到着した。指示どおり、「現代」フランクフルト支店の全職員とその夫人に加えて、賄いさんまでバーデンバーデンに移して支店を活動の本部とし、宿舎や代表団事務所の準備まで完了済みだった。本部には全職員を二四時間常駐させ、誘致活動を積極的に支援させた。

九月二十五日までには、大宇グループの金宇中（キムウジュン）会長をはじめ、企業家の代表がほとんど現地入りしていた。京畿道知事の金泰卿（キムテギョン）氏は彼らよりも早く現地に入っていた。世界跆拳道（テクォンド）（いわゆるテコンドーのこと）連盟会長金雲龍（キムウンヨン）氏も来ており、通訳のKBSアナウンサーも到着していた。ところが、韓国のIOC委員とソウル市長は開幕日が過ぎても現れなかった。一方、地道な誘致活動を続けてい

西独、バーデンバーデンにて、ソウルオリンピック誘致団と。
後列右から２人目が著者。1981年９月

た名古屋市は、開幕二日前にすでに市長まで到着して、最後の仕上げに血まなこだった。

世界各国のＩＯＣ委員が宿泊していたブレノスパークホテルはＩＯＣ委員だけが出入りを許されていた。韓国のＩＯＣ委員が早くそのホテルに宿泊してくれれば、彼らに会うという口実で、他国のＩＯＣ委員と接触することができるのだが、仕方なく待っているしかなかった。バーデンバーデン市内の事務室では、曺相鎬氏が一人でほとんどの仕事をこなしていた。

「恥さらしの代用品」にされた私が、どうしても誘致を成功させようと頑張っているのに、一番のキーパーソ

ンの代表委員がこの体たらくである。腹が立ってしようがなかった。事務所で一人で苦労している曺氏に、

「いったいやる気があるのか。ソウルに誘致しようとしているオリンピックなのに、ソウル市長やIOC委員が現れないのはどういうことなんですかね」

と不満を連発した。彼も同感だったと見えて、舌打ちしていた。もうこれ以上待てなくなり、ソウルに連絡して、パリにいる委員夫妻を到着させたのが二十三日だった。ソウル市長は二十四日にやっと到着した。

私は毎朝の日課のようになっている散歩から帰ってくると、七時から朝の戦略会議を招集した。各自の日課を定めて、得票状況を点検し、新しい戦略を打ち出す。各自が持ち場に散らばって一日中走り回り、夕方に再び集まって点検し、再び戦略を練る。「現代」式のこのような強行軍のやり方に、大使館職員や役人たちは、初めはみんなよい顔をしなかった。それでも私はやり通した。毎日五時に起きて、会社の仕事をこなし、一方でオリンピック誘致の業務も手を抜かなかった。文句を言ったり、いい加減な仕事をする人間もいたが、じっと我慢して一人一人にお願いし、再三周知徹底させていった。

私は朝の会議を終えると、IOC委員がいれば、宿所でも別荘でも食堂でも所かまわず一日中駆けつけ、夜十一時頃やっと宿舎に戻ってくる毎日だった。輪ゴムで束ねた名刺を持ち歩き、会議場の外で一日中待ち伏せしたことも一度や二度ではなかった。帰ってくると、疲れはピークに達して、「いや、

もう死にそうだ」という声が自然と漏れ、風呂に入ったまま寝込んでしまったこともあった。

そうしているうちに、みんな次第に私の指示に従ってくれるようになった。

代表団がソウルを出発するとき、政府から下された「訓令」は「恥さらしだけは避けよ」だったが、私が抱いていたのはそんな生ぬるいものではなく「絶対に誘致する」という強い信念だった。誇り高いわが大韓民国で、多少なりとも企業家として名を知られた者たちが、そろいもそろって大恥をかいて帰国する様（ざま）なんかにしたくなかった。そんなことは断じて許されるものではなかった。ところが、遅れて現れた金沢寿ＩＯＣ委員は、「ソウル市は三票しか得られない。一票は私のもので、二票はアメリカ、台湾である」と公然と言いふらしていた。

ＩＯＣ総会が開かれるホテルのロビーに広報コーナーがあり、私たちの隣に名古屋のブースがあった。誘致に自信があった名古屋館は写真を何枚か展示しただけの、あっさりしたものだった。私たちは結果がどうであれ、後悔しないように準備を徹底した。ミス・コリアと大韓航空のスチュワーデスにチマ・チョゴリを着せて親切に案内させ、韓国固有の伝統文様を施した団扇（うちわ）や人形、足袋（たび）、草鞋（ぞうり）などをお土産として配った。最善を尽くした結果、何日か経過すると韓国のブースだけが賑わってきた。名古屋の方は閑古鳥が鳴いていた。やっただけの努力の成果が表れてきたのだ。

しかし、現地マスコミは冷酷だった。韓国のような「後進国」が分不相応な聖域に足を踏み入れたと言わんばかりだった。各国の特派員は一人残らず、名古屋の勝利が決定的で、韓国はまったく可能性がないと論評した。

加えて彼らは、韓国ブースは美人であるだけで頭はからっぽのコンパニオンが色仕掛けをしているかのように報じていた。私はさっそく、息子の夢準（モンジュン）に広報担当を任せて対策をとらせた。夢準は往年のマラソンメダリストの孫基禎（ソンギジョン）氏や曺相鎬（チョサンホ）氏、弟の妻である現代高等学校の張貞子（チャンジンジャ）理事長など実務担当者が直接お客さんを迎えるようにして、このデマを蹴ちらした。

かくして広報合戦は韓国が完全に勝利した。マスコミ対策を担当していた李元洪（イウォンホン）氏は、外国の記者に私のインタビューを数回行わせ、印象のよい記事でIOC委員の耳目を引きつけるよう努力した。

しかし、日本側も黙ってはいなかった。「北朝鮮と韓国が対立している状況で、ソウルでオリンピックは開催できるものではない」とか、「ソウルが選定されれば八八年のオリンピックそのものがなくなる」などと言いふらして、風向きを変えようとした。

北朝鮮はオリンピック誘致申請国でもないのに、韓国のオリンピック誘致を妨害するために、二〇名以上の代表団を現地に派遣して韓国側を緊張させた。私は北朝鮮のIOC委員に同じく植民地の苦しみを味わった同族なのだから、日本を支援することはしないでほしいと言って、民族的共感に訴えた。

また、韓国を支援してくれるよう手紙を出したり、会議本番でも何度もお願いした。一方では、北朝鮮関係者に対するマニュアルまで作って、関係者にこう言い聞かせた。「北朝鮮の関係者に出会ったら、先に握手を求めること。耳障りのよい言葉で話しかけること。悪口を言われても挑発に乗って対抗しないこと。韓国語を知らない他国のIOC委員には、大声で冗談を言い合っているようにしか見えないくらいの笑顔を保つこと」などの訓辞をした。私自身も北朝鮮の関係者に出会ったときは、自分から挨拶して、同じ故郷の人間に出会えて嬉しいと声をかけたりした。

初めは「ソウルから来た鄭周永です」と言っても、「言われなくても知ってます」とぶっきらぼうな返事が返ってきた。しかし、へこたれてはいられない。その年は南北ともに凶作だったのだが、

「北朝鮮は今年の作柄が良いそうですね」

と言うと、ほめられるのが大好きな彼らの警戒心は解けていった。北朝鮮の名山、景勝地をほめちぎり、韓国を立てる話は一言も出さなかった。こうすると、彼らが再び私に出会うときにはあちらから先に声をかけてくるようになり、嬉しそうに、

「先生のような方が南朝鮮（韓国）に多くいらっしゃれば、私たちはとっくに南北統一は実現していますね」

と言うほどになった。

私はすでに名古屋側に固まった先進国よりは、疎外されている中東やアフリカの委員を集中的に攻略する作戦をとった。これまでの海外活動で得た知識とフランクフルト支店の事前調査のお陰で、これらの国に対する誘致活動は造作もないことだった。中東のＩＯＣ委員は建設会社としての「現代」をよく知っており、そのイメージは大いに役立った。

「私は企業家として仕事を請け負えば、信用と責任は必ず守ります。そのうえ、これは国家が責任をもつオリンピックです。心配する必要はまったくありません」

「あなたの国もいつかはオリンピックを開催したいでしょう。開発途上国もオリンピックを成功させることができるという実例を見せてやりましょう」

これらが私の説得の基本論理だった。彼らに対しては相当な説得力があったようだ。

また委員への真心のあるプレゼントとして、弟の妻に花バスケットを作らせ、部屋に置いてもらうことにした。彼女は花屋から、そんなにたくさんの花を仕入れることはできないと言われた。私は、フランクフルトから空輸してでも作りなさい、と命令するように言った。彼女は花屋を説得して、花畑をまるごと買い上げた。そして、金沢寿ＩＯＣ委員に、委員からのプレゼントとしてこの作戦を実行するよう提案した。ところが、彼は意外にも嫌がった。

各国のＩＯＣ委員は対等なのに、なぜ自分が花を贈るのかと言うのだった。体面ばかり考えている彼に、私は唖然とした。説得しても話が通らない。仕方なく、私の名前で贈って事なきを得た。

花バスケットの反応はきわめて良好で、私がかえって驚かされるほどだった。名古屋側はＩＯＣ委員に夫婦お揃いの最高級腕時計を贈ったようだったが、それよりも花に真心を感じたようだった。さらに、一番上等なバラで飾られた花バスケットは、各国ＩＯＣ委員の夫人を大いに喜ばせたようだった。その妻を見て、夫たちの気持ちもよくなったはずだ。私たちへのお礼の挨拶が至る所で待ち受けていた。この花バスケットは最終日まで枯れないように、絶えず新鮮なものに代えさせた。

何回も練習を繰り返した、ＩＯＣ総会の聴問会も成功だった。六名の代表団を壇上に座らせ、国立映画製作所とＫＢＳが共同製作した一五分の韓国紹介映画を上映した後、質問を受ける方式だった。

高層ビルが立ち並ぶソウル市街は、韓国をアフリカの奥地程度と思っていたＩＯＣ委員を驚かせた。

「あれがソウルか。東京やロサンゼルスと変わらないではないか！」

そんなざわめきが壇上まで聞こえるほどだった。トゲのある質問がない訳ではなかったが、立派にこなして聴問会を終えた。最善の結果が少しずつ表れ、名古屋への熱風は確実に冷えはじめた。

私は確保したソウル支持票は少なくとも四六票にはなると計算していた。これならソウル誘致は確実だった。

「ソウル！」、ついに勝った

そして投票当日。午後の投票を控えて、昼食には韓国料理を食べていたが、不安と緊張でその場の雰囲気は重苦しかった。私が景気づけに、結果を予想して賭けをしようと言ったが、だれも返事もしない。そのとき、外交官の全祥振（チョンサンジン）氏は、自分は五〇票以上は確実であると思うと言いだした。私たちは実務支援の責任者だった李衍沢（イヨンテク）総理室調整官を証人として、二〇マルク賭けた。

時間になり、会議場に向かう途中、北朝鮮の関係者がまるで待っていたように現れて、開口一番こう言った。

「鄭先生、無駄なことはやめてください。選挙はすでに終わったも同然です。南朝鮮（韓国）は駄目ですよ。先生がまだここにいること自体、無意味です」

私は、今日決定が出るのだから見届けなければならないと答えた。すると相手は、

「すでに決定されましたよ。まだ新聞を見てませんか」

と冷やかした。辛辣きわまりないジョークだった。前日の西ドイツの新聞も確かに、名古屋の勝利はもはや決まったも同然と報じていた。

私は、

「ドイツ語がわからないのでね。その記事はどうなってましたか」

とやり返した。私の皮肉がわかったのかどうか、彼らは答えた。

『『よい』知らせでしたよ。だから帰国してください。すべては終わったんです」

「まだ投票もしてないのに……」

「投票してもしなくても同じですよ。そうそう、鄭先生は何票取れると思ってるんですか？」

「体面を維持する程度は大丈夫でしょう」

「体面維持ですか。三票くらい。あ、四票くらいかな……」

これ以上相手にする必要はなかった。

「そうですね、私たちは三票くらいあれば面子は維持できます」

と、言ってやった。

そうこうするうちに、発表時間の三時四五分になった。サマランチＩＯＣ委員長が投票結果を発表した。

「ソウル！」

もうそれ以上聞く必要はなかった。韓国代表団は一斉に万歳を叫び、抱き合った。驚いたことに私の予想より六票も多い五二対二七で勝ったのだ。祝賀の挨拶とともに、握手の手を差し出した名古屋市長の頬には無念の涙が流れていた。勝利確実の位置からいっきに滑り落ちた彼にはとてもすまない思いがした。

その日の夕方七時からソウル市主催の祝賀レセプションが開かれた。次の日はバーデンバーデンで一番よいレストランを貸し切りにし、私が祝賀パーティを開いた。オリンピック誘致に成功した日、私は劉彰順氏に北朝鮮のＩＯＣ委員の金諭順（キムユスン）氏に会ってみるように指示した。誘致には成功したが、北朝鮮が妨害工作をしないという保証はない。彼らの反応を探ったうえで、話し合う必要があった。翌日、私は劉氏とともに会議場で金諭順氏と会見した。ところが、一言も話さないうちに保安要員らしきサングラスの男が入ってきたので、ろくに挨拶さえできなかった。

祝賀パーティではみんな手を取り合って「アリラン」を合唱した。私は孫基禎氏と一緒に踊ったりした。もっとも、死ぬ思いで頑張ってきた人たちは控えめなのに、冷やかしたり傍観していた人たちのほうが大騒ぎし、威張っている姿はじつに見苦しかった。

私は一刻も早くソウルの青雲洞（チョンウンドン）の自宅に帰って休みたかった。大韓航空の趙重勳氏が貸切り飛行機を出してくれて、みんなでパリに向かうことになったが、私は自動車で移動した。十日間、私の足となってくれたドイツ人運転手のベンツに、弟の妻や夢準らと一緒に乗ってパリに向かった。到着までの六時間、私は一言もしゃべらず、眠り続けた。

ソウルオリンピック誘致委員長として誘致確定書に署名。1981 年

ソウル・オリンピックは三五〇〇億ウォンの黒字を生み、オリンピックにかかわった人々に勲章が授与された。しかし、この黒字は宝くじ発行によって国民から集めた金を黒字として計算したもので、純粋な意味でのオリンピック収益ではなかった。オリンピックはもともと赤字を出さなければ幸いと考えるのが原則であり、そもそも営利事業でもない。私は大韓体育会長時代に、怠け者のタナボタ根性を助長するという理由で、オリンピック宝くじの発行に反対した。

勲章の授与も公正ではなかった。それほどオリンピック開催に貢献しなかった長官（大臣）連中には全員国民勲章が与えられたが、多くの金や時間を犠牲にして懸命に努力した企業家たちのなかで、勲章をもらったのは私一人だけだった。国民の税金で給料をもらっている各部署の長官たちは、当然なすべき仕事をしたにすぎないにもかかわらず、彼らの多くに勲章が与えられたのが、いまも合点がいかない。

当時ともに苦労した仲間によってつくられた「バーデンバーデン同友会」は、現在も毎年九月三十日に開かれ、みんなで食事を楽しんでいる。

大韓体育会長二年二ヵ月

たった一度だけ、国民の税金で運営されている国家機関で働いたことがある。一九八二年七月十四日から八四年九月三十日まで二年余の間務めた、大韓体育会の会長のポストがそれである。

一九八二年七月のある日、私は当時無任所長官だった盧泰愚（ノテウ）氏、体育部長官の李源京（イウォンギョン）氏、そして同次官らとロッテホテルの和食レストランで会った。彼らが私を夕食に招待したのだ。会食は、

「鄭会長、おめでとうございます」

という訳のわからない祝賀挨拶ではじまった。実は、私が大韓体育会会長に任命されたという知らせを伝える席だったのだ。そんなポストは望んでもいなかったし、一方的な任命なんか気乗りしなかった。私はその場で辞退した。大統領による任命を辞退する者など存在しないと考えていた彼らと、夜十一時まで言い争った。私は最後まで節を曲げなかった。

翌日、予告なしに私の事務所に現れた李源京長官に連れられて、青瓦台に入った。どんなにいやな野郎だと思っていても、一応は国家の最高指導者である大統領に呼ばれて応じない者は、韓国の企業家には一人もいないだろう。それに、ウソかホントか知らないが、某社の社長などは、青瓦台主催の

晩餐会に交通渋滞でちょっと遅れただけで「けしからん」奴だと脅かされ、会社を潰されたという噂まで出回っていた。

経営者たちは「けしからん罪」にひっかかるのを恐れて、呼ばれたら他の予定をすべてキャンセルしてでも青瓦台に駆けつけなければならなかった。全斗煥大統領は、私が挨拶をすませて席に着くといきなり、

「鄭会長、なぜ『地位が低いから』と言って、このポストを拒むのですか？」

と、とんでもないところから話を切り出した。私はそんなことを言った憶えはなかった。私は辞退の理由を順序立てて説明しはじめた。

第一に、私はこれまでポストの高低も仕事の貴賤もあまり考えずに生きてきた人間だ。ポストの高低で人間を尊敬したり、無視したりするのを私は最も嫌悪してきた。ポストというのは、ある仕事を遂行するとき、その仕事をより効果的に遂行させる必要から、一番適当と考えられる人間に与えられる「責任」のことであって、それ以上でもそれ以下でもない。「ポスト」だけで威張っている人間はなさけないと思っている。

それに、私はいかなるポストであっても、引き受けて大きな間違いはなさそうだと思わなければ、絶対に引き受けない。建設協会の会長職も最後まで固辞した。建設業を営んでいる私が会長ポストに就くと、公職を利用しているとかなんとか、いろいろ不快な雑音が聞こえてきそうで嫌だったのだ。

以上のような話をして、最後にこう言った。

「私はオリンピック誘致に関与しただけで、スポーツのことはまったく知らない人間です。私などより、スポーツに関心や愛情をもち、韓国の体育の発展を真剣に考え、努力し、貢献してきた人間こそ適任者ですから、ぜひそういう人材を探してください」

このように礼儀を尽くして辞退したのだった。

しかし、この世にはいろいろな人がいて、共通の母国語で喋っても、言葉が通じない相手がいる。その日の全大統領がちょうどそんな人間だった。

「大韓体育会長は決して低いポストではないですよ。体育会の傘下の競技連盟もすべて国会議員に任せる予定だが、議員たちはその中でポストを得るために先を争っている」

いったい、この人は何を聞いていたのだろうか。長い時間をかけていろいろな話をしたはずなのに、相変わらず私は「ポストが低いから辞退している人間」としか理解されていなかった。

「私は国会議員と競う能力もなく、また競いたいとも思わないので、辞退させていただきます」

仕方なくそう言って逃げると、大統領は、

「おお、そうだったのかね。わかった。それでは、これから議員を全部追い出して、各企業のトップに任せることにしよう。それなら全経連会長の役割と同じではないか。あのポストはそれほど低いものではない」

とたたみかけるように言うのだった。

私はいくら話しても無駄であると思った。その後も大統領は最後まで「ポストが低くて」を繰り返した。私の隣でやきもきしていた体育部長官は、まずは数ヵ月間だけでもいいから引き受けてみてくれと言い出した。ついに私は、引き受ければポストが低いから拒んでいるのではないという証明にもなると思いはじめた。結局そこで、一年間だけという但し書きを付け、体育会長を引き受けて青瓦台から出た。

一年だけと言ったそのポストは、ロサンゼルス・オリンピックのせいで少し長引いてしまった。在任期間中の私は、政府やスポーツ関係者の一部にとっては不満足な体育会長だったろう。金持ちが体育会長になったからには、体育会に多額の寄付をしてくれるだろうと期待していた人がいたかも知れないが、私は彼らを満足させられなかった。企業家という多忙な人間は、最善を尽くして体育会の仕事をやり遂げるだけで十分であり、個人の金まで注ぎ込む理由は少しもなかった。私の能力を必要としたのではなく、体育会に金を注ぎ込んでくれるバカ殿として私を選んだのなら、それは侮辱というものである。

青瓦台との関係もあまりよくなかった。体育人として生涯最高の栄誉であるオリンピック選手団長を選定する際にも、青瓦台の意思に従うようにと言われた。私は強く断った。オリンピック選手団長の選定は体育会長の権限である。それを他人の意のままになる者は、自立した人間ではなく、操り人形にすぎない。すると青瓦台は、複数の候補を推薦して上申しなさいと言ってきた。

それも拒んだ。そして、私が適任者として決定した人間を新聞に先に発表してしまった。青瓦台は不満だったろうが、新聞に報道されてしまった以上、どうすることもできなかったのだろう。私は青瓦台の中でもハッキリと言うべきことは言った。

「私の名前を立てて仕事をする以上、自分の権限を捨てて譲渡することも、責任を逃れることもしない」

IOC委員の推薦も問題となった。青瓦台は朴鍾圭（パクチョンギュ）氏を考えていた。私は、

「ソウル・オリンピックを成功させるため、今度のIOC委員は、過去にスポーツと関わりがあり、しかも国際的な外交センスを有する人間を適任者と考えている。朴鍾圭氏は念頭にありません」

と、答えた。ところが彼らは、いまは故人の朴鍾圭氏を勝手に任命してしまった。私は不満だったが、青瓦台側との関係がさらに悪化するのは避けたいと思い、そのままにしておいた。これが体育会長在任中で唯一現在まで心残りのことである。

そしてロサンゼルス・オリンピックが開かれた年の一九八四年九月三十日、韓国で国際競技団体会議が開催された。ソウル・オリンピックを控えて、韓国の柔道協会長を国際柔道協会副会長に選任させる計画で、会議に参加していた世界の柔道関係者たちを接待した。いずれ劣らぬ体軀の持ち主である彼らと飲みすぎて胃けいれんを起こし、翌日寝込んでいたところへ、体育部次官から電話がかかってきた。

「今日、大韓体育会長のポストを解任します」

もちろん私とはあまりうまくいっていなかったが、おそらく理由はそのことではなかった。息子の夢準（モンジュン）が与党と対立して、無所属で国会議員に出馬することが理由だったのだろう。

ロス・オリンピック韓国選手たちを激励。1984年8月

夢準はその後すぐ、大統領警護室長に呼び出され、出馬をとりやめるように圧力を受けていた。当選は無理だろうが、あなたが出馬すれば与党の票が減る。だから、あきらめなさいというのだった。アメリカの教育を受けた夢準に通じる話ではなかった。こういうときの官僚のきまり文句はいつも、「もし従わなければ、『現代』は店仕舞いになる」で、このときも例外ではなかった。しかし、父子ともに放棄する意志はなかった。

体育会長を解任されて、これと兼任になっていた大韓オリンピック委員長職からも自動的に降ろされた。しかし一九八一年十一月に任されたオリンピック組織委員会の副委員長職はそのまま続けた。

このように最後はちょっと捻(ねじ)れた形になったが、ロサンゼルス・オリンピック大会参加と一九八六年アジア大会準備、八八年ソウル・オリンピック成功のために、私はベストを尽くした。

私は、「現代」から、海外経験がある幹部級社員をオリンピック委員会の精鋭事務要員として派遣するとともに、漢江治水整

ロス・オリンピックでカーパレードに浴する。1984年8月

備事業など、漢江周辺の奇跡的な発展の様相を外国人観客に見せる体制を整えた。オリンピック関連情報処理施設および展示物も寄贈し、「八八公式自動車供給企業」として競技進行用の全車両を無償提供した。また、大会関係者と海外の有名人を招待して、産業視察をしてもらうなど真心を尽くし、海外支店長を動員して、世界のオリンピックの有力者との接触を深め、一国でも多くの国の参加を促した。

これはけっして政府のためではなかった。私が生まれ、働いて、そして私たちの子孫が生きていく「祖国」のためであった。政府であれ、特定の人間であれ、権力であれ、気に入ってても気に入らなくても、祖国はいつまでも私たちのものであり、私たちの子孫のものだ。祖国は日々発展し、繁栄する永遠のものである。

最後に一つ、どうしても述べておきたいことがある。

オリンピック準備過程で、私はオリンピック関連の受益事業はまったくしなかった。またオリンピック施設工事も受注しなかった。その後、バルセロナ、アトランタ、アルベールビル、リレハンメル、長野、ソルトレークシティなど、黒い噂のたたないオリンピックは一つもない。しかし私は、オリンピックを私利私欲のために利用したことは一度たりともない。

「現代電子」の設立

私が電子産業進出を検討するよう指示したのは、一九七八年「現代重電気」を設立してからだ。まずテレビをはじめとする家電製品の検討から始めた。ところが、当時アメリカに大量に輸出されていた韓国製テレビの輸入規制が強化され、家電産業進出はいったん保留とした。

しかし、それは放棄ではなかった。一九八〇年代に入ると、前政権の重化学投資調整を受けて、従来の重厚長大路線（造船やプラント、大型機械中心の経営戦略）からの方向転換の必要を強く感じていた。本当にやりたいのは溶鉱炉から鋼鉄生産設備まで備えた一貫製鉄所の建設だったが、推進するチャンスがなかった。

また、一九八〇年代には重工業の代替となる新しい輸出主導産業が必要だった。自動車、工業、建設業の分野で、電気・電子技術が日々発展しているのを皮膚で感じていたので、重化学部門の持続的な成長のためにも、電子産業に着手しなければならないとの結論に達した。とくに、自動車の電子装備が将来の勝敗を分ける決定的要素になることは明らかだった。八〇年代に入ってから、4WD（四輪駆動）式のRV車（レクリエーション・ヴィークル）が一般化したことが、この傾向に拍車をかけた。

このジープまがいの新しい車種を若いユーザーが快適に使用できるよう、エンジン制御装置を中心としたコンピュータ化が急激に加速されたのである。そのうえ、自動車の高級化傾向で、より多くの電子的オプションまで要求されていた。したがって自動車産業は、同時に普及しはじめたパソコンとともに、最大の半導体需要製品となった。一九八〇年代以降、輸出専用の量産生産工場を建設していた私たちにとって、電子技術の確保が緊急課題となった。

一九八一年十二月初め、グループ総合企画室に新規事業チームをつくり、電子事業進出の基礎調査に着手させた。翌年からは毎週電子事業関連会議を行い、構想を具体化させていった。その過程で私は、国内市場で競争が激烈で輸出条件もよくない家電よりは、投資と技術開発によって大規模の輸出産業化が十分に望める半導体や産業用エレクトロニクスを選択しようと決めたのである。

家電分野への進出をまったく検討しなかったわけではない。初期投資が膨大となる半導体などの事業の補助手段として、家電も考慮せざるをえなかった。日本の企業は、政府の強力な支援を受けながらも、半導体産業で黒字を出すまで十八年かかったという。この厳粛な事実を無視することはできなかった。

一九八二年四月には、グループの社長団とともに海外視察に出かけた。このとき、カリフォルニアのシリコンバレーを見て回った。五月に再びアメリカに行ってＩＢＭも訪問した。アメリカの科学者にも会ってみた。その結果、従来の「技術導入↓技術消化↓技術開発」の順序でやっていては、先進国との技術格差を短時間で克服することは不可能と判断した。勝つためには、どんな冒険をしてでも、アメリカと日本が走っている時点の技術発展に無理やり「相乗り」するしかなかった。飛んでいる飛行機に飛び乗り、一緒に進んでいくやり方だ。

一九八二年八月、総合企画室長をアメリカに派遣し、在米韓国人の会社ＫＤＫエレクトロニクスと技術・製品戦略に関する調査サービス契約を結んだ。そして、その調査結果などに基づいて基本戦略を立てた。まず、韓国の生産能力とアメリカのエンジニアリングの設計能力を結合させ、最短期間で日本を追い越す。このために、アメリカに現地法人を設立し、これが設計を担当する。そして国内で製品を量産する二元体制を整える。

次に、設備投資が大きく、製品のライフサイクルは短い半導体事業のリスクを最小限にするために、需要が多い少数の製品を集中的に大量生産する方式をとる。第三に、初めは大幅な赤字は不可避だから、自動車電装品、ＰＣなどのシステム部門を重視し、設立初期の赤字を最小化する。四番目に、目標技術水準は回路の線幅二ミクロン（当時の国内水準は五ミクロンだった）、集積度２５６Ｋ（キロビット）級のＶＬＳＩ（超大規模集積回路）にする。

一九八二年十二月、事業計画書を商工部に提出し、翌年二月二十三日、「現代電子」（現代電子産業）の設立登記をすませた。そして、三月十六日にはカリフォルニア州サンタバーバラにＭＥＩ（Modern

Electro Systems Inc.）という社名で、現地法人を設立した。

この「現代電子」の利川（イチョン）工場は、一九八三年十一月に着工し、八六年十月に第一段階が竣工した。ここまでの設備投資額は二七八〇億ウォンにのぼった。一方、アメリカ現地法人は八三年七月に着工して、翌年十月、延べ二八〇〇坪の工場を完成させた。現地工場の完成とともに半導体量産準備に入り、情報・通信機器とカーオーディオ等の自動車電装品、半導体組立事業も開始した。翌年四月にはカナダの自動車電話機生産を開始。同年十二月には韓国で初めて北米大陸に自動車電話を輸出した。

八五年三月には、アメリカのＴＩ（テキサス・インスツルメンツ）・ＧＩ（ジェネラル・インストゥルメント）の両社と約四億ドルの生産契約を締結、半導体組立ての生産が本格化した。六月には日本のリコーからも受注した。これによって、モデムなどコンピュータ周辺機器の生産と輸出が開始された。またカーオーディオ開発と生産、衛星放送受信機、オーディオ用低音増幅機、携帯電話機などの開発と製作、輸出と続いた。これらは「現代電子」の設立初期の経営収支改善に大いに役立ち、電子部品における「現代」の技術力誇示のきっかけともなった。

私たちの電子事業進出について「電子機器について何も知らない人間が計画だけは立派に立てて、無謀なことをするものだ」と言って陰口をたたいていた者たちは、予想外の成果に大変とまどったようだ。しかし、新事業の常として、ここでも試行錯誤と試練は避けられなかった。

「現代電子」は、当初「国連軍部隊」（寄せ集めの外人部隊）だと揶揄（やゆ）された。短時間にいろいろな部門の人材を集めたので、重要な決定をするとき、意見の一致をみるには時間がかかった。「現代」生え抜きの人材が管理面を担当し、生産、開発、営業は多様な経歴をもつ人間を集めて構成した。しかし、意欲だけは満々だが電子産業への理解は不十分な「現代」出身者と、外部から参加した人たちとの調和は容易ではなかった。

技術陣の内部にも問題があった。この「国連軍部隊」を統率のとれた「現代部隊」に作り直すことが課題であり、これには多くの時間がかかった。電子産業の特質を知らなかったことがその最大の理由だった。しかし、苦心惨憺（くしんさんたん）たる思いをしながらも、私は「あまり焦る必要はない。いつかはちゃんとできるという希望をもとう」と激励を惜しまなかった。

一九八〇年代以降、アメリカでは保護主義が強まり、先端技術の導入は難しくなった。いずれも似たりよったりの技術だからよかろう、と思って提携会社との連絡を怠ると、とんでもない所から特許権侵害で訴えられることになる。国内市場を日本に奪われた経験のあるアメリカは、低賃金と熟練労働力で浸透してくる新興工業国の製品に対抗するために、知的所有権の保護をいっそう強化していた。これに便乗して、特許料収入増大を目的とした、アメリカの業界による新興工業国企業相手の訴訟連発に、韓国の電子業界のほとんどが巻き込まれた。「現代電子」も八〇年代後半、インテルとモトローラから提訴された。

256K級に続く次世代新製品、1M（メガビット）級メモリーシステム開発は、初めから独自技術のみで進めた。一九八六年四月には国策課題とされた4M級ドラム（DRAM、ダイナミック・メモリー。主記憶装置に使われる）開発にも参加した。

しかし、例によって、社内でも私以外はみんな自信がなかった。とくに、1Mドラムを独力で製造するのは困難だとわかると、士気は大きく低下していった。世界的な傾向はすでに256Kメモリーから1Mメモリーに移りつつあったので、いまさら1M級の生産計画を中止することはできない。いっそのこと独自開発は放棄し、1Mドラムの外国技術をまるごと借用して工場を操業しようという主張も多かった。そういう人間をつかまえて、私は「韓国の技術を一度信じてみようよ」と説得を繰り返したものだ。

私は全製品の独自開発体制を固めるために、施設・研究開発費として五〇〇〇億ウォンを投資した。他方、1Mドラムは一九八八年に完成し、これで自信をつけた「現代」の半導体技術開発も加速した。

日本のある電子メーカーの会長は「いま鄭周永氏が半導体市場に飛び込んできても、生前には黒字は出せないだろう」と言ったというが、「現代電子」は創業五年目にして韓国史上最短期間で黒字達成を記録した。

輸出だけに依存しなければならない半導体、産業用エレクトロニクスだけでこの記録だから、その意義は格別だ。それは「現代電子」の超高速成長の、まさに前途洋々たる出発でもあった。「現代電子」は急速な成長を繰り返し、一九九六年度の売上高は三兆一六七二億ウォンにのぼった。半導体、通信機器、マルチメディアなど先端産業で高い成果を収めた。

「現代電子」の来世紀のビジョンは、世界最高の優良企業として成長することである。そのために、二十一世紀の事業構造を現在のメモリー半導体中心から未来型先端産業中心に改編する予定であり、海外事業強化で西暦二〇〇〇年までに海外売上高を一三四億ドルに増やす計画だ。

「現代電子」の二〇〇〇年の売上げ目標は二一兆五〇〇〇億ウォンである。企業にとっては自信が一番重要である。士気が落ちたとき、経営者がやるべき仕事は揺るぎない自信でやる気を盛りたて、目標に向かって邁進させることだ。

「現代電子」が難関にあっても技術的自立を成し遂げて経営を好転させたのは、もちろん現場で昼夜汗を流して頑張っている全社員と技能工の努力の結果である。しかし、電子産業に対する執念と自信と説得で、総力を尽くして彼らを支えてきた私も、一役買ったと自負している。

国土は広ければ広いほどよい

もともと小さな国土が、南北分断によってさらに狭くなった韓国では、国土拡張は必須の課題だ。人口が多く、食糧自給能力も不足しているだけに、自然の恵みを積極的に利用し、狭い国土を一坪でも増やして子孫に残すことも、やり甲斐のある大事な仕事だ。

屈曲が多い西海岸（黄海沿岸）は、干拓事業で国土を拡張できる最適の条件が揃っている地域だ。いつからか、私は独自の干拓事業の夢を育てていた。そこへきて一九七八年下半期に入って、海外建設受注の減少傾向が見えてきた。このまま進むと海外市場に進出している韓国の勤労者がただちに職場を失うことになり、そこに投入していた多くの機材の処理も深刻な問題になると思った。

私は朴大統領に、それらの機材を国土拡張事業に投入して、遊休労働力も吸収すればよいのではと提案した。当時の政府が直接担当していた干拓事業はほとんどがうまくいってなかった。こうして大型干拓事業に民間人の参入を許可する大統領令特別法令が出された。

忠清南道の瑞山（ソサン）干拓地は労働者宿舎まで設けられていたが、数年間を浪費した結果、政府の能力ではとうてい続行不可能になっていた。「現代」は「瑞山海岸公有水面埋め立て許可」を受けた。それから間もなく、予想していたとおり中東市場の景気が落ち込みはじめた。使用されていない大型機材を撤収させ、そのうち三五〇台を埋め立て用に段階的に持ち込んだが、折からの政情不安と資金事情で着工を遅らせるしかなかった。一九八二年四月にようやくB地区から着手することができた。A地区は翌年七月に着工した。

民間企業初のこの干拓は、採算を考えると

瑞山干拓プロジェクト

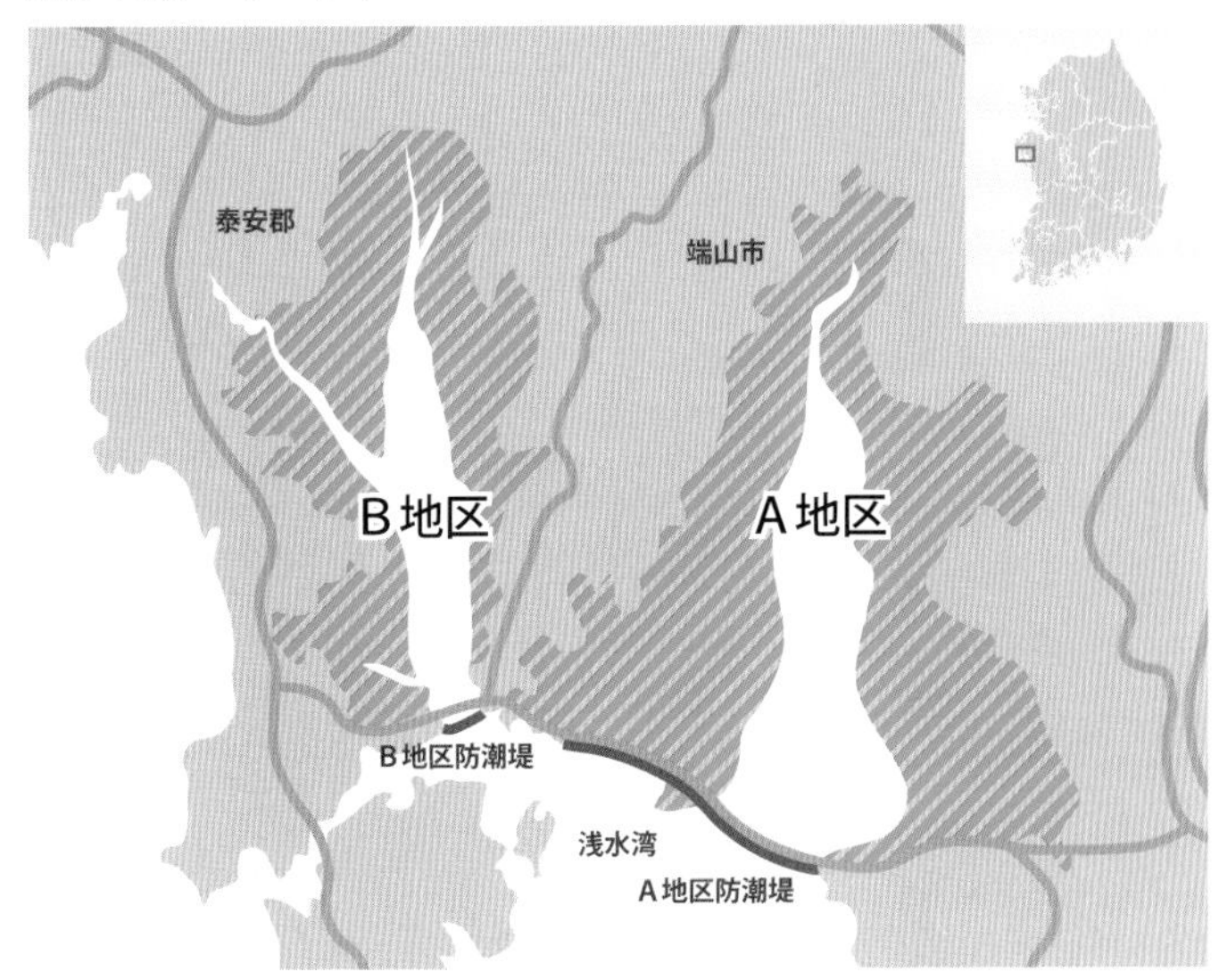

手を着けられない工事だった。同じ資金で他の土地を購入して、新しい事業を始める方がよっぽど資金の回転も速く、利益もはるかにあがっただろう。そのうえ、厳しい悪条件と戦わなければならなかった。そこはもともと朝夕で干満の差がひどいだけでなく、引き潮のときには水鳥の足が折れるほど流れが速く、防潮堤工事は最初から不可能だと言われていた。昔から船の坐礁も頻繁にあり、李朝時代に水路の改良工事に失敗した所でもあった。

事業承認申請書の窓口だった農水部も、わが社の重役たちも、懐疑的だった。

防潮堤工事の最大の課題は、満ち潮や引き潮のときの流失を最小にすることだった。B地区の工事では潮速を遅らせるために、一個当たり四、五トンの岩に穴を開けて、鉄線で二、三個ずつ縛って、貨物船から投げ込んだ。不足した岩は現場から三〇キロも離れた岩山を崩して運んできた。このため、一五トンのトラック一四〇台が動員された。

一九八四年二月二十五日のA地区最終工程では、わが社独自の工法が開発・実行された。この工事は難題中の難題だった。とくに深度二七〇メートルの層は、秒速八メートルという、見ているだけで引き込まれそうな急流だった。自動車大の岩塊が投げ込まれても、すぐに流されてしまった。

このとき、私はひらめいた。解体して鉄材にしようと買っておいたスウェーデンのタンカー「ウォーターベイ号」を現場に停泊させて、水の流れを遮断してから岩の固まりを投下すればよい、と。私はただちに「現代精鋼」「現代商船」「現代重工業」の技術陣に、二三万トン級のスクラップのタンカーを安全に工事区間に沈ませる方法を研究せよと指示した。この方法によって、工事は完璧に成功した。

瑞山干拓地について LG グループの具滋暻会長に説明

「鄭周永工法」で築いた防潮堤

この「タンカー工法」で節約された工事費は二九〇億ウォンにのぼった。これはアメリカの「ニューズウィーク」や「タイム」にまで紹介され、ロンドンのテムズ川下流の堤防工事を請け負った世界的な鉄構造物会社から問い合わせがきたりした。この工法は後に「鄭周永工法」と呼ばれることになった。

瑞山農場は新しい農業のモデル

防潮堤工事が終わってから、すぐに塩分除去に入り、七年目に完全に終わらせた。完成した二三〇〇万坪の干潟に一四〇〇万坪の淡水湖を合わせて、私は合計四七〇〇万坪を韓国の国土に追加した計算になる。この面積は韓国最大の穀倉地帯である金堤(キムジェ)平野より広い。一九八七年にB地区三万五〇〇〇坪の試験水田に、「統一(トンイル)」系五種、その他八種、合計一三種の稲を植えた。塩分が最も多かった一万三〇〇〇坪では収穫は好ましくなかったが、残る二万二〇〇〇坪では他の平野地帯よりかえって収穫が多く、塩分のお蔭で病虫害も少なかった。

こうして瑞山干拓事業は国土拡張のみならず、三五万石の食糧を得ることができたが、私の目標は年間五〇万石の食糧増産である。海外から撤収した機材を活用して、延べ六五〇万名の雇用を創出した。洪城(ホンソン)・安眠島(アンミョンド)間の距離を三一キロも短縮した。交通も便利になった。約二万名を収容して都市部の過密を緩和し、地域開発を促進する間接効果も収めた。

六四七〇億ウォンを投入して造成した瑞山農場は、営農社員一人当たりの管理面積が三五万坪にも

農地整備作業を終えた瑞山農場

瑞山農場で豊かに実った稲穂に微笑む

なる。この面積は韓国の一般農家八〇戸分の農地面積と同じだ。その営農方法は種播きから栽培、収穫まで完全に機械化されている。機材・設備としては航空機四機、トラクター九四台、コンバイン六〇台、直播機三三台、草取り機一九台、その他の作業機二〇七台、精米設備二基などがある。最近の韓国社会では、農業は時代遅れの生業だと考えられ、農村の若者は都市に流れ込み、老人だけが残されている。猫の額のような狭い農地にも働き手がなく、荒れ放題の農地がかなりある。

しかし食糧だけはどんな場合でも自給されるべきだ。韓国がコメ市場開放の時代に勝ち残るためには、最少人員で最大の生産量を産みだす方法を研究しなければならない。そのためにはまず、経済性のある干拓事業をできる限り続けて農地を広げ、農耕地を拡張するとともに、農業の機械化を実現しなければならない。農地が狭いのに、機械化するといって農機具を普及させても、農家の借金だけを増やす結果となる。

私は、政府が直接に大々的に干拓事業を進めて農地を拡大させ、農民に広い農地をもたせるべきだと考えた。瑞山農場は最新科学の導入、機械化で農業も高い付加価値をもつ産業になり得ることを示すモデルである。今、私が主力を注いでいる事業の一つだ。

私は一九九三年、瑞山農場に「峨山農業研究所」を設立した。そこでは七名の研究員が新しい農法を研究している。農村振興庁傘下の機関や大学の農学部に農業研究所が設置されているが、干拓農業を体系的に研究しているところは「峨山農業研究所」以外にはないと思う。

この研究所では、直播き適応性、耐塩性を備えた品種開発を目標として、昼夜研究に没頭する一方、農業気象環境研究、営農工程のシステム化、栽培技術および適応性品種研究、穀物貯蔵施設調査、農薬残留検査などにも尽力している。私は、科学的な営農を学びたいという農業後継者にこの研究所を開放し、無料で情報を提供している。また先端科学営農団地と営農技術研究所を建設し、将来はアメリカで最大の収穫量を誇るカリフォルニア州より多くの生産量を確保する農地に造り上げようという夢をもっている。

干拓事業は海岸線に沿って工事を行うので、当然ながら漁業で生計を維持している漁民の反発が強い。瑞山農場も漁民の反発は強かった。彼らは、海岸線干拓によって漁場がなくなり生計が脅かされると言って、騒動やデモを起こした。補償問題でも摩擦があった。もちろん補償するのは当たり前だ。しかし干拓予定地のほとんどが、一日二回の干潮時には自然に干潟になる所だった。

魚が繁殖しないそんな場所に、大規模な漁場がある訳がないのに、漁民たちは漁場をすべてなくしたと騒ぎ立てた。ある団体は生態系が破壊されると訴えた。あげくは、私が地目の用途変更で節税や利ザヤ稼ぎを狙っているという「特恵（不当な利権）」説まで出て、精神的にすっかり参ってしまった。

自然破壊どころか、現在の瑞山には過去になかった貴重な貝類が数多く繁殖している。密漁者から貝を守るためにパトロールしている沿岸警備隊を見ていると、生態系は人間が手を加えることによって、場合によっては破壊されるどころか、よりよい方向へ変化することもあるようだ。

アウンサン事件の悲劇と日海財団

海外旅行を多くこなせば時代の先端を担っていることになると勘違いして、ここ十数年の歴代大統領は誰もが、何かと口実をつけては外国歴訪に励んでいる。実効性の有無などはおかまいなしだ。

全斗煥大統領の東南アジア・太平洋六ヵ国歴訪は、アジア・太平洋時代の主導的役割を標榜した旅行だった。大統領の海外訪問の際、企業家はお飾りとして何度も連れていかれた。このときも同じで、私も気がすすまなかったが仕方なく同行した。

最初の訪問地のビルマ（現ミャンマー）の首都ラングーン（現ヤンゴン）に到着したのは一九八三年十月八日だった。翌日には大統領と正式随行員は午前にはアウンサン廟参拝、午後には観光するスケジュールとなっていたが、私たち企業家はなんの予定も入っていなかった。忙しい企業家たちにとっては拷問同然だった。観光でもすればいいようなものだったが、（私にはよく理解できないことだったが）大統領一行が午後に予定している観光を私たちが先にするのはふつうの韓国人にとっては無礼になるらしく、話し合いの結果、ゴルフに出かけようという結論になった。前夜にあらかじめ徐錫俊（ソソクチュン）副総理に、

「社会主義国家のゴルフ場の見学を兼ねます」

と付け加えて、その旨を伝えたら、それはよい考えだという答えが返ってきた。

翌日、ゴルフをしている途中で、大統領がアウンサン廟参拝が終わった後、私たちと昼食をともにするという嬉しくない連絡が入り、みんなプレーを中断して、急いでホテルに戻った。ところがそこ

では、血痕のついたワイシャツを着た警護員たちが慌ただしく行き来しているではないか。直感的にただごとではないことが起こったのがわかった。そして、私たちに早々と部屋に戻って荷造りして、一ヵ所に待機するようにとの指示が下った。絶対に外に出てはいけないとも言われた。

アウンサン廟爆破事件だった。これによって副総理をはじめとする一七名が死亡し、一五名が重軽傷を負った。全大統領を標的にした北朝鮮の蛮行であった。

大統領専用機の中で、事後処理をしてくるという大統領を待っているときの悲痛さは、言葉ではけっして表現できないほどの惨事だった。幸運とはいえ、生きているのが罪と感じられる心境だった。全斗煥大統領は午後四〜五時くらいに飛行機に搭乗し、沈痛な思いの帰国の途となった。一瞬にして多くの人材が爆弾に吹き飛ばされてしまったのだ。やがて、どこの上空だったか、大統領は主要経済団体の長を機内の大統領室に呼び入れた。

犠牲者の遺族たちを経済界で支援してくれるように要請したのだ。私たちはすぐに同意した。遺族支援資金の規模は青瓦台によって二〇億ウォンと見込まれていた。全経連傘下の大企業が二三億ウォンを募金した。これを基金として、遺族の生計や子女教育を保障するようにした。

しかし、こうした分配は、税制上は贈与とみなされる。税金を払えば、遺族の手元には少ない金額しか残らない。そこで大統領府と安企部が中心になって、仮称「日海（イルヘ）財団」を設立した（日海は全斗煥氏の号から採った）。一九八三年十一月二十五日だった。二三億ウォンは、同財団の遺族支援事業の名目で、遺族に配分、支給された。理事長は崔順達（チェスンダル）前逓信部（郵政省）長官が選ばれ、私をはじめ何人かの経済人が理事に選任された。

権力によってゆがめられた財団

日海財団の事業計画は経済界が募金した基本財産の利子収入で、殉職外交使節および国家功労者遺族への奨学金支給、優秀スポーツマン・科学技術者養成、英才教育、学術・芸術および体育研究活動、研究支援を目的とした。事業計画規模は一九八四年度に四億八〇〇〇万ウォン、その翌年度に九億六〇〇〇万ウォンだった。意義ある活動に使われるという募金の趣旨に合わせて、経営が苦しい企業を除いて、大企業三〇社を中心に一〇〇億ウォンを募金することにした。

それだけあれば、財団運営基金として十分であるというのが参加した経済人の共通見解だった。当時、収益が一番大きかった三星と「現代」がそれぞれ一五億ウォンずつ担当し、未収金（約束されたが所定の期日に入金されなかった金）発生を念頭において、名目上の目標額を一一〇億ウォンとした。

ところが、大統領警護室で集めた募金が一八五億ウォンにのぼった。その上、崔順達理事長と警護室が基金募金を一次だけで終わらせず、一〇〇億ウォンずつ二次、三次まで計画しているという噂があった。警護室がすでに嫌味というか、脅迫的な高額の入金を求めているうえに、

「どんな企業でも、生かすも殺すもわれわれの気分次第だ」

という無知で幼稚な言葉を、当局から公然と聞かされている状況で、企業は抗弁することはもちろん、反対の意志すら表すことができなかった。こうして理事長と警護室の無理強いの二次募金がはじ

まった。しかし一部の企業は基金納付に消極的になり、滞納が目立ってきた。政府からは約束手形でもいいから納付するようにとの督促があった。それでも足りなくなり、理事長は、私に三星、三煥（サムファン）などいくつかの大手企業の寄付金の肩代わりを頼んできた。

一九八四年六月、大統領警護室長が日海財団研究所の敷地探しに同行してほしいと言ってきた。警護室長は候補地の周辺をぐるぐる回りながら、ここはあまりにも狭くて不適当だから、よい場所があれば推薦しなさいと言った。私はすぐに「現代」所有の土地が目当てであると察知し、「現代電子」の研究所を設立しようとして受理されなかった土地が敷地候補になっているという話を持ち出した。

すると室長は、待ってましたと言わんばかりに、それだけでは足りないので、その周辺をさらに買収して確保したらどうかと言い出した。「現代」の敷地を全部持っていくという意味だった。唖然とする横暴ぶりだったが、その時代は恐怖の権力が支配していたので、目をつぶって認めざるをえなかった。表向きは売買形式をとらなければならなかったので、六億五〇〇〇万ウォンのニセ領収証まで書かされた。もちろん後になっても一銭ももらえなかった。

後に全政権の不正を追及する聴聞会で、この警護室長は眉一つ動かさず、自分は土地代金を払ったが、私の方で受領しなかったというデタラメをしゃあしゃあとのたまった。

万事こんな具合で、アウンサン廟惨事の遺族を助ける意図で出発した日海財団は、事業拡大という口実で、当初の設立目的を付帯事業の一部に転落させ、代わりに「国家安全保障と平和統一のための外交戦略研究、および国家発展のための一般事項研究」という、聞くからに派手で、設立趣旨とは無関係の事業を主目的とした。これに伴って、監督官庁は文教部から外務部に移り、最後には遺族の援助、殉職官僚の追慕事業など「アウンサン関連事業」は定款から完全に除外されてしまった。

日海財団は、大統領退任後も国政諮問委員会の委員長として、盧大統領の上に立って院政的な影響力を行使することを夢見た全斗煥氏の野心によって変質されてしまった「奇形児」だった。

労使紛争との格闘

私は一介の労働者として社会生活をスタートした。現在も、かなり裕福な一人の労働者にすぎないと思っている。

解放前のアドサービスの時代に、昼食を摂れない技能工たちに給食を提供したのも「現代」が最初だった。彼らの苦しさを私自身が身をもって体験していたので、彼らの話に共感したし、また彼らの希望に耳を傾ける分け隔てのない経営者でありたかった。私は彼らの単純さと愚直さが好きで、その純粋さを信頼しているので、彼らが発展することを祈っている。

いつだったか、重役用のエレベーターを別に設けようという話があった。即座に取り下げるように指示した。私は重役でも社長でも、一般社員と同じ待遇であるべきだと思う。だいたい、重役用エレベーターなど必要なのだろうか。エレベーターの中で若者が重役に譲り、重役が先に乗る姿は微笑ましいものだ。

「現代」は、私と多くの無名の技能工、そしてそれ以外のすべての社員がともに育てた会社であり、私たちは根本的に同志であるべきだ。仕事の分野が異なり、職位の違いはあっても、人間としての差別を感じさせる行為は許しがたい傲慢である。

「現代」は大規模な工事を遂行するときは、部長以上には一人部屋を与え、所長には大型車を提供する。しかし、それは一人部屋を使って大型車を乗り回して威張ってもよいということではけっしてない。重要なポストにある者は、それだけ懸命に考えて、すべての仕事の処理や人間の指揮を滞りなくスムーズにやるように、という意味が含まれているのだ。

いつかイラクの鉄道敷設現場に行ったとき、現場監督は私への接待だといって、仮設事務所に新しいカーペットを敷いていた。接待はありがたいが、形式的待遇はすぐに見抜かれる。社訓の「質素」が壁に貼ってあった。その意味を理解し、暑苦しい中で鉄道工事をしている多くの勤労者のことを少しでも考えていれば、無駄にカーペットを敷いたりすることはできないだろう。私はその場で訊いたものだ。

「カーペットは質素なものですか、技能工はどう思うでしょうか？」

もちろんカーペットは私が嫌っている贅沢である。贅沢が好きになると、かならず腐敗がついてくる。贅沢な指導者が率いる国家は必ず滅ぶ。贅沢を好む経営者の会社の業績がよくなるのは見たことがない。

上司はすべての面で模範になるべきだ。

生活が苦しい人々が疎外感や違和感、差別意識を感じないように、最善を尽くすのが人間としての礼儀であると私は考えている。にもかかわらず、国民に「現代」のイメージを尋ねると、すぐに「労使紛争」と答えるほど、「現代」は一九八〇年代後半から毎年、労使紛争に苦しめられた。

とくに一九八七年六月、盧泰愚大統領の「六・二九民主化宣言」（八七年六月二十九日、当時与党民正党の代表だった盧泰愚が、大統領直選制改憲・金大中赦免復権・反政府拘束者の釈放などを宣言）を契機に、韓国産業史に例のない大規模な労使紛争が、全産業にわたって全国に広がった。この労使紛争は主に大企業と産業公団、とくに重化学大企業を中心に発生・拡散していった。同年に発生した労使紛争三七〇〇件以上のうち、三六二一件が六・二九宣言以降に発生している。

合法的な労使関係の経験がほとんどなかった状態で、突然爆発したこの年の紛争は、対話と妥協ではなく、籠城やストライキなどへと一直線にエスカレートした。なかでも現代重工の労働組合は「労使紛争のメッカ」と呼ばれ、他社の紛争の流れにまで影響するほど、強力な実力行使を行った。

現代重工労組が全国の労組活動の先兵的役割をしなければならないほど、待遇が悪いことなどなかった。作業環境が悪かったことも、会社運営が非人間的であったことも、福祉が遅れていることもなかった。彼らも実によく働いてくれたが、私も最善を尽くしたと思っていた。

ところが彼らの主張は、まるで私が賃金搾取でわが社を作り上げた悪徳企業家だと言わんばかりで、率直なところ、彼らに裏切られたと感じた。おまけに彼らの要求は、会社の厳しい事情とは関係ないうえ、いったいどこまで吊り上げられるのか、終わりが見えなかった。

国家全体が貧困から脱出しようと一丸となって、まるで独立運動の闘士のように昼も夜もなく働きつづけた時代が懐かしかった。現在よりはるかに劣悪な作業環境で、ずっと悪い待遇を受け、ろくな機材もなく、ほとんど身一つで労働しながらも、みんなが国家の経済発展の一翼を担う産業戦士という使命感とプライドがあった。

当時はブルーカラーもホワイトカラーもなく、互いに学びながら働く雰囲気があり、難しい作業が一つ終わると、みんな歓声をあげて喜び、技能工と管理職が互いに抱き合って涙を流したりした。しかし、歳月が過ぎ、時代が変わり、生活の質が違ってくれば、人々の心も変わるのはあたりまえだ。食べる問題がある程度解決されれば、その次の段階の欲求が起こるのは当然である。

もちろん、それ以前にも労使紛争はあった。

たとえば、一九七七年三月十三日には、「三・一三事件」と呼ばれる事件がジュバイル産業港建設現場で起きた。この頃はあれやこれやで精一杯であり、とても労務管理に気がまわる段階ではなかった。そう考えると、労使紛争は経済成長の過程で、必ず経験せざるをえないハシカであり、大人になるための通過儀礼、つまり成人式のようなものなのだ。

性格的には労使紛争の様相を呈していたが、三・一三事件は初めから明白な要求条件を掲げて、それを貫徹するために計画されたストライキではなかった。火種は「現代建設」のトラック運転手と、隣で作業している東亜建設の運転手の賃金の格差だった。東亜建設はトラック運転手の各人と下請け契約していた。彼らは食事の時間も惜しんで一日一六時間も働き、「現代」の運転手の二倍以上もの賃金をもらっているという噂が飛び交っていた。

このため、「現代建設」の運転手の士気はすっかり落ち込んでいた。不満を募らせた運転手たちは運行速度を時速二〇キロにして、作業をわざと遅らせていた。職員の一人が注意すると喧嘩となり、ヘルメットで運転手の頭をぶってしまったという。

これが暴動の始まりだった。四、五〇名の運転手が現場事務所に駆けつけてきて、石でガラスを割り、器物を壊した。他の技能工たちもだんだん加勢しはじめ、雰囲気が険悪になってきた。ヘルメットで殴った軽率な職員は怖くなって、謝りもせずどこかへ逃げてしまい、重機工だった工場長も食事中という口実で面談要請を拒絶した。

技能工たちも人の子だから、感情が悪化したのは当然だった。何も知らない所長がなだめに入ったが、かえって石や角材で殴られる始末だった。事態の収拾がつかないほど暴力化し、完全に事務職と技能工が敵対する険悪な状態になった。サウジ当局は軍隊を出動させて、乱闘する者には発砲すると脅かした。韓国政府は柳陽洙(ユヤンス)サウジ大使を現場に派遣し、私は常務を連れてジュバイルに駆けつけた。現地の労使協議会で過激な労働者に私は言った。

「『現代』は現在、中東の国々から他国の建設会社より多くの信頼を得ています。サウジ政府の方々は韓国人の誠実さに深く感銘を受けたとおっしゃっています。私たちが彼らの信頼を失う行動をとれば、わが社だけでなく、国益にまで損失を及ぼすことでしょう。『現代』と熾烈な競争関係にある外国の会社が、このような騒動を利用して、わが国のイメージを傷つけようとすれば、それはそのまま韓国全体の損害につながるという点を理解してください。もちろん気候も厳しく、慣れない異国の地に来て苦労しているのはわかっています。しかし個人の損得より国家の利益を先に考え、不満な点は労使協議会を通じて円満に解消し、本当の意味で勝つための知恵をもつようにしましょう」

話せばわかるもので、交渉は二時間もかからないうちに解決に向かい、技能工たちはただちに籠城を解除し、現場復帰をした。暴力が振るわれたものの、人命の被害がなかったことはほんとうに幸いだった。

しかし落ち着いてくると、今度は韓国政府が強い姿勢に出た。事件の再発要因を除去するためにも応分の措置はとるべきだという当局からの通告があり、結局、過激だった二〇名と、技能工の不満の対象だった事務職五名が帰国させられた。

企業は労働者の仕事場

この事件の後、私は自ら人材管理の指針の素案を作って、駐在員に送った。

一、全管理職員間に平等の観念を注入し、労働者に人間的に接して優しい言葉をかけること。

二、労働者である以前に、自分と同じような感情と平等観念をもった人間である点に留意し、人間として異質であるという意識をもたないこと。

三、人間は誰でも自己発展と自己実現の欲求があることを認識し、命令だけによる作業進行よりも、人間的に動機づけることによって作業意欲を高め、自律的に作業が進行されるようにすること。

夏の修練会で若い社員と相撲を取ったりした

四、誠実な対話でいつも彼らの生活に関心を注ぎ、彼らから心からの感銘や服従を引き出すこと。
五、作業過程は管理者自らが執行するという心境で指導し、勤労者自身にも価値ある仕事を遂行しているという点を強調して、認識させること。
六、管理者自身の人格的欠陥が作業場の雰囲気を大きく左右する点を深く肝に銘じて、自己啓発に努力すること。
七、管理者は権威意識を捨て、いつも平等な姿勢を保ち、対話と説得を通じて忍耐心をもって責任を果たす模範を示すこと。

そもそも私は、賃上げ自体は必要だと思っている。それは、誰でも自分の現在の能力で受け取るべき賃金はこの程度という自己水準をもって就職するからだ。就職の面接のとき、賃金の話は持ち出せず、会社が提示する低賃金に応じたとしても、自分が考えている賃金水準になるまでは絶対に自己の能力を一〇〇パーセント発揮しようとしない。教育を多く受けたか否かにかかわらず、誰でも自身が属する社会における自身の位置、必要性を考え、実力を他人と比較し、自己評価しながら生きているからだ。そして自分にふさわしい賃金の額を会社に知らせるために、頑張って業績を上げようとしているからである。

そういう事情があるから、競争力を維持する限度内での賃金引き上げは、経営者としても不満があるはずがない。技術者と中間管理者と技能工は一体となり、生産性を向上させることに尽力し、その価値を経営者に知らしめる。経営者はできるだけ賃金を引き上げようという姿勢で財源を確保する。こうして賃金引き上げが結果的に会社の利潤拡大につながるようになる。

しかし、一九八〇年代後半の労使紛争はその限界を越えていた。たしかにこの時期、造船業は未曾有の活況を呈していた。「現代重工造船所」は八六〜八七年にかけて、建造実績で設立以来最高を記録し、ついに念願の世界一位となった。しかし、収益面では低価格の受注で、やっと赤字を免れた程度だった。

石油ショック以後の資材費と経費上昇で製造原価が高くなったうえに、船の価格がかえって落ち込んだのが収益悪化の大きな原因だった。不況期に販売数を確保するためには、低価格の受注を甘受するしかなかった。表面的には儲かっているように見えたのかもしれないが、大幅な賃金アップが可能な台所事情ではなかった。

大規模な労使紛争のために、造船業の好況は一年ほどしか恵まれなかった。一九八七年後半から国内造船業は厳しい経営難に直面した。造船業の賃金上昇率は八九年まで毎年二〇パーセント以上に達し、造船業の価格競争力を低下させた。円安ウォン高がこれに拍車をかけた。さらに鋼材価格が暴騰した。こんな状況で「現代」の場合、前年度一八パーセントだった市場占有率は一二・三パーセントに落ち込んだ。労使紛争の長期化によって、納期を守れないだろうという憂慮から、船主が発注を避けたことも原因だった。

なんともひどいハシカだった。韓国は先進国に仲間入りするための成人式をあまり上手にやれなかった。これらのことは、政治家が責任をもつべきだが、国民もあまり性急に騒ぎすぎたのではないかと思う。前はアジアの「龍（ドラゴン）」と呼ばれた韓国が、今日では「ミミズ」になり下がっている恥ずべき結果を、私たち全員が痛感すべきである。

ジュバイル産業港でクレーン技師として働いていたブラウン・アンド・ルート社のイギリス人が詠んだという詩には、「現代」の人々がいかに熱心に仕事したかがよく表現されている。ここでその詩をちょっと引用してみよう。

彼らは私たちが怒っているとき、げらげら笑い、
私たちが疲労困憊（こんぱい）しているとき、すぐに立ち上がり、
私たちが眠っているとき、せっせと動き回っている。
ある「ブラウン・アンド・ルート」の人間の墓碑には、このような文字が刻み込んである。

ここに眠ってる人間は天下のバカ、
「ヒュンダイ」の人間とともに「ヒュンダイ」の人間のように働いたが、
自ら死を呼び込んだ。

命をかけた人間のように、死ぬか生きるかという気持ちで働いた「現代」マンの勤勉さと闘魂は、外国人の目にはバカのような狂気に見えたのかもしれない。午前六時に作業開始なので、遅くても五時三〇分までには作業場に入っていなければならない。そのためには少なくともその一時間前に起きて、顔を洗って、着替えて、朝食を摂る。六時から始まる作業は一一時から二時までの昼食の時間を除いて、午後六時まで続けられる。その後、一時間の夕食が終われば、その瞬間から夜間作業に入ることがほとんどで、徹夜勤務もしばしばあった。

多くの韓国の労働者がそのように恐ろしいほど働いたお蔭で、輝かしい経済成長を遂げた。彼らの労苦を肥やしにして、このくらい豊かになった国家を、けっして「集団的利己主義」の犠牲にしてはならない。

昔の貧困にもう一度返りたいのか。国家がなければ国民もなく、企業がなければ働く仕事場もない。

日海財団の根本的改革

一九八七年の「六・二九宣言」以後、うち続く労使紛争の渦中で、野党と在野勢力、マスコミが日海財団に対して批判の的を絞りはじめた。

その年の八月、金基桓（キムギハン）所長がやってきて、鄭寿昌（チョンスチャン）大韓商工会議所会長だけ残して他の企業人はすべて退陣させた後、全大統領が内定した人間で新しい理事会を編成すると告げた。大統領の側近で財団を掌握しようとする意図だった。私にとっては常識的に理解できないことであり、そのまま施行するなら私も財団から手を引くと言って、金所長を帰した。

八月十四日、大韓商工会議所で日海財団の最終解体理事会が開かれた。その席で、私は閣僚かその経験者ばかりの新理事に対して、新しく選出される理事長は、基金を出資した企業人を代表して全経連会長が就任すべきだと主張した。当時の全経連会長は具滋暻（クジャギョン）氏だった。

その後、金基桓所長がまたやってきて、全大統領は鄭寿昌大韓商工会議所会長を新理事長に選任したと告げた。私は財団に一銭の基金も出していない人を理事長にするのは賛成できないとはっきり答えた。またしばらくして金所長がやって来て、具滋暻会長では力不足なので、私に理事長職に就いてほしいと言い、それが全大統領の意向だと言う。私はそれに従う意志もなく、相変わらず具会長を推薦すると伝えてほしいと言って帰した。

九月二十九日、大統領が指名した役員で構成された臨時理事会が開かれた。私は具会長を理事長に推薦したが、司会者の金基桓所長はこれを無視して、私を理事長とする案を満場一致の拍手で強引に通過させてしまった。そして結局、日海財団は全斗煥大統領の意図どおり、すべてが彼の遠隔操縦で動くように仕組まれてしまった。

私は一応、理事長職に就いた。しかし、間違ったことは正さねばならない。努力もしないで手を引くのは私の人生哲学に合わず、何よりも不誠実である。まず日海財団をどうしても純粋な民間団体に転換させたいと、私は考えた。そのためには定款を変えなければならなかった。定款が改められ、全大統領の権限と所長の運営権だけが強化されていたからである。これを正すため、私は数回にわたり理事会を招集したが、大統領側近の全員反対作戦で不可能になった。

一九八八年四月十八日、財団の名称を「世宗（セジョン）」（李朝、四代目の国王。ハングルを創製した名王）に変え、形だけでムダな総裁職もなくしたが、六二〇億ウォンを越える、資産規模だけでも世界屈指の研究所であるこの財団が、名実をともなう役割を果たすものとするためには、さらに根本的に変えねばならなかった。

聴聞会で堂々と答えたものの

一九八八年十一月、私は国会の「第五共和国の非理（ピリ）（不正、腐敗）・日海財団についての聴聞会」に証人として呼ばれた。企業家として国民の尊敬まで受ける自信はなかったが、少なくとも憎悪の対象になるはずはない。私がどんな席でも堂々と率直であることができたのも、一企業人として、一人の人間として、大きく間違った生き方をしたことはないというプライドがあったからだ。

このいわゆる「日海聴聞会」で私を尋問した議員は、「日海問題」より政経癒着に焦点を合わせ、しきりに私を傷つけようとした。とにかく私はすべての質問に、事実どおり堂々と答えた。

質問者は、日海財団に金を出したのは正しいことと言えるのかと批判した。私は、当時の状況で金を出さずに報復されて、企業を破産させたほうがよかったのかと訊き返した。

さらに、それ以外の政治資金はどのくらい出したのかと訊かれた。私は何人にもヒケをとらないほど政治資金を多く出した人間だ。自発的に出したことも多くあるが、出さなければ恐ろしい仕打ちがあるかもしれないから渋々出したり、露骨に強制されて出したりした。政治家の活動支援レベルの純粋な意味の政治資金もあったし、わが社の生存のため、仕方なくいやいやながら出した札束もあった、と率直に述べた。

まどろっこしいので、「思わせぶりでなく、私が政治資金を出してどんな利権を受け取ったのかを質問するべきであろう」と逆に質問すると、議員は「ではどんな利権を受けたのか」とまた訊き返してきた。ただの一つもないので、正々堂々とありのまま答えたら、その議員は次に瑞山干拓地の話を持ち出した。これは日海財団に出資して、見返りに受け取った利権だろうと言うのだ。ひどい言いがかりだった。瑞山干拓は朴大統領時代に許可を受けたものだった。

「それもただ受けたのではなく、そのときまでに政府で行ったすべての施設に対する清算をしてから請け負ったもので、政経癒着などありません。瑞山干拓地は私でなければ、誰も成功できなかったでしょうし、世界中のいかなる国家、いかなる企業も完成することはできなかったでしょう」

と答えてやった。

だが、この議員はしぶとく食いさがってきた。次に不正の証拠として出されたのは原子力発電所の建設だった。実にものを知らなさすぎる人たちだった。

「原子力発電所は、韓国政府がアメリカのウェスティングハウス社に設計から建設まですべて頼んだ仕事でした。韓国のどんな会社に任せれば、自分たちの技術指導で事故なしに仕事をこなせたでしょうか。ウェスティングハウスが直接に厳格な審査をして『現代』を選択したのです。ウェスティングハウスが『現代』に金を払って仕事を与えたのだと言うなら、わかりますが……」

日海財団とはなんの関わりもない質問をする国会議員に反射的に、思わず、

「オイ！」

と、つい失言してしまった。この一言で、若い国会議員にひどい非難を浴びせられた。年老いてまで工場をつくったり、橋をかけたり……。そんな仕事しかしていない私を、国会に召喚し、息子のような年の人間にいじめさせている。いろいろと考えさせられたものだ。

経済人の協力がない国家発展はありえない。しかし一九八〇年代の企業経営の苦しみは以上のごとくだった。そして、続く金泳三（キムヨンサム）文民政府（一九九三〜九八年）もやはり、企業家にとっては「死ぬ思いをさせられた時代」だった。

そして、一九九二年の私の大統領選挙出馬の報復措置として、「現代」が味わった不利益は思い出したくもない悪夢である。

chapter

7

金剛山観光とシベリア開発白書

初めての北朝鮮訪問、不安と緊張の中で

すでに故人となった北朝鮮労働党ナンバー4の許錟(ホダム)外交委員長の招きで、金剛山(クムガンサン)共同開発の協議のために北朝鮮を訪れたのは一九八九年一月二十三日のことだった。一月六日から十日まで、シベリア開発問題をはじめ、韓国とソ連の経済交流についての全般的協議のため、ソ連商工会議所会長に招かれ、忙しい日程をこなして帰国した直後だった。

平壌で、労働党の許錟外交委員長と会見。1989 年 1 月

五〇〇〇年の歴史を共有する同族同士なのに、戦争で血で血を洗い、以後四〇年間も敵対関係で過ごしてきた北朝鮮への出発を控え、率直にいって不安や緊張をぬぐえなかった。ソ連訪問でついた韓ソ経済協力委員会の韓国側委員長という肩書が、身分保障になってくれるだろうし、世界のマスコミが私の後ろ盾になってくれるだろうと期待した。しかし万が一、北朝鮮側が私を拘束し、「鄭周永氏は故郷で死にたがっている」とうまい口実をつけたらどうすればいいのかなど、いろいろな心配がつきまとった。

訪問団は「現代建設」の朴載冕(パクチェミョン)副社長、金潤圭(キムユンギュ)専務、李丙圭(イビョンギュ)秘書室部長、そして私の四人だった。東京経

由で到着した北京で、北朝鮮の関係者が出迎えてくれた。祭器のような容れ物にお菓子を大盛りにし、しきりに勧めてくれたが、私も他のメンバーもすぐには手が伸びなかった。そこから平壌まで行く飛行機に乗るまで二、三時間は待たねばならなかった。彼らはビザ発給で時間がかかっていると言い訳していたが、私たちを暗くなってから平壌入りさせるための引き延ばし作戦ではなかったろうか。飛行機に搭乗してみると、乗務員とパイロットらしき数人を除き、私たちの一行が乗客のすべてだった。

　午後五時三〇分に出発した飛行機は七時頃、まばゆいほどの照明でライトアップされた金日成の銅像が見下ろす平壌に到着した。平和統一委員会の全琴哲（チョングムチョル）副委員長の出迎えを受けて空港に降りたつと、取材陣が大勢待ち構えており、関係各機関の代表も出てきて、順番に挨拶していった。四〇名余りの私の親戚だという人々が空港に待機していたことは、驚きだった。女性たちの服装がみな同じで、お仕着せであることは明らかだった。

　親戚らは事前に指導されていたのか、いきなり泣きながら抱きつき、喜びの表現をしていたが、いかにも芝居がかっていた。誰が誰なのか、すぐに見分けることもできず、親族の対面をセッティングした彼らの意図まで考えると、どう反応していいかわからず、戸惑った。とりあえず「私は仕事をしにここに来ました。明日のスケジュールがどうなっているかを、あらかじめ聞かせてください。親戚とはスケジュールを消化したあと、夜九時三〇分以降に会います」と要請した。故郷訪問や親戚対面は、訪問のついでにする、個人的なことだったからだ。

　私は出国する前から一行に、北朝鮮の人々に接するときや会議をするとき、丁重な態度で真摯に臨むこと、やたらに質問して彼らを困惑させないことの二点に注意を払うよう重ねて言いきかせた。北朝鮮が経済面で韓国と同じレベルであればなんの問題もないのだが、苦しい状況の彼らの前では、私たちの余裕の笑みさえも、彼らの拒否反応を引き起こす可能性があったからだ。場合によっては、彼ら自身の暮らしぶりを冷やかされているのではないかという被害者意識を刺激するかも知れない。

盗聴されるかも知れないという不安があったので、翌明け方から、私たちは零下一〇度の大同江(テドンガン)の川べりをジョギングしながら、内輪だけの話をした。とても寒く、舌がまわらないほどだった。それから、予定時間に親戚と一緒に朝食を食べて、案内を受けながら金日成の生家や道幅約一〇〇メートルという光復(クァンボク)通りを歩いた。八万名が動員され、特別な機材もなしに主に人力に頼って建てているというアパート建築現場も見学した。五・一(オイル)体育館ではバスケット選手が懸命に練習していた。午後二時四〇分からは許錟氏と単独会談をもち、その後、正式会談がはじまった。

許錟氏が初めに、「民族の分断は悲劇であり、四十四年ぶりに勇断を下して北朝鮮を訪問したのは愛国愛族の表現であると考える。故郷訪問だけでなく、今後『北南関係』で力を合わせましょう」と挨拶した。許錟氏は洗練された紳士で、老練な外交官の風貌の持ち主だった。私が答辞を述べた。

許錟と金剛山開発

「許錟先生の好意を嬉しく思い、胸襟を開いてお招きくださいましたことに感謝申し上げます。統一は南北共通の悲願ですが、思いどおりにいかないじれったさを感じます。しかし、人の情(なさけ)が互いに通じ合う道の行き着くところに、統一があるのではないでしょうか。私は長いこと金剛山開発についてじっくり考えてきました。金剛山は地球上で一番の名山です。この事業は民族の事業であります。金剛山開発によって平和を愛し、豊かな社会を願っている全世界の人々に大きく貢献することができると思います。目標が明瞭で、集まった人々が誠実かつ忠実であれば、否定的意見をもっている人間を追い払うことができます。許錟先生のお言葉を真心から受けとめます。金剛山共同開発により、金剛山で国際会議が開かれるくらいに、全世界に平和と愛情を広く知らしめるようにしましょう」

金剛山開発を夢見ながら暖めていた考えだった。北朝鮮のいわば財務長官である大成（テソン）銀行の崔寿吉（チェスギル）理事長と朝鮮機械の崔鍾永（チェジョンヨン）総会長、赤十字中央会の呉文判（オムンパン）副委員長などが私たちに紹介された。私も訪問した一行を紹介した。

彼らは、ソ連と中国は合併法の難関を克服したので外貨取引きがうまく行われており、北朝鮮も輸出を目標とする合弁事業を検討していると言った。私が金剛山共同開発についての成果をおみやげにしたいと言うと、許錟氏も、自分たちも日程を組んで積極的に会議に臨むと応えた。その日の午後六時から許錟氏主催の歓迎晩餐会が木蘭荘（モンナン）で開催された。

翌二十五日の午前九時から、人民文化宮殿の会議室で実務者会議がはじまった。まず北朝鮮側が、金剛山についての概略的な説明を開始した。途中、私がある場所について、

「戦前、その隣にお寺があったが、火事で焼けて礎石しか残らなかった。現在もそのままですか？」

と、質問すると、説明していた人は驚いて、

「金剛山について、先生にこれ以上申し上げることはありません」

と、説明を省略してしまった。金剛山は子供の頃や、その後長じて青年時代に仕事が嫌になったときに、しばしば登ったことがあるので、小径に至るまでおおかた知っていたのだ。

私たちは徹夜で具体的な事業の内訳と投資計画まで作って、会議に臨んだ。彼らは開発資金に外国資本を導入しようという私の計画について、「自腹を切らないで、他人のフンドシで相撲をとろうとしている」と捉えて、疑いの目で見ていたようだった。

私は、資本主義経済の概念がない彼らの自尊心を傷つけないように気を配りながら、次のように説明した。

「あなたたちにもいろんな計画があるでしょう。金剛山開発にすべてをつぎ込んで、もし外国から観光客が来なかったらどうしますか。外国人観光客を引きつけるためには、世界の資金を集めて投資するべきです。私の経験では、もし私がアメリカに品物を売る目的で工場を作らねばならない場合、自分の資金で十分に間に合っても、アメリカの資金を引っ張らねばならない。すると彼らも関心をもち、広告もしてくれるのです。外国資金でホテルを建設すれば、その国の人たちも来てくれます」

こう言うと、彼らも納得してくれた。

毎日、午前九時から会議を始め、午後は観光をした。

北側は議論のポイントをその日のうちに上層部に報告し、翌日には問題点を提出して、説明しながら協議する方式をとった。会議は順調に進んでいったが、全琴哲氏が会議の途中にときどき韓米の

チームスピリット訓練中止や米軍撤収など政治的問題を持ち出した。そのつど、私は、

「政治は政治家に任せて、私たちは経済の話をしましょう。私たちがうまくいけば、政治問題を解決する糸口になることもできます」

と、話題を変えたり、

「私にはそのような権限はありません。無駄なことで時間を浪費しないで、金剛山開発に取り組みましょう」

と、やんわりとテーマを変えてかわしたりした。

ゴルフ場、スキー場はどこそこに造る。空港はこちらに移動したほうがいい。一流百貨店・ホテルはどこそこに、こんな規模で建設する。設計は先進技術をもった外国に任せる。韓国から実力のある会社を参加させる。「観光特区」にする方法も研究する。いろいろ提案してみた。

光復通りを建設した能力をみると、北朝鮮の建設能力もそれなりに立派で、人材は北朝鮮から得られるので問題はなかった。

このような私たちの実質的かつ具体的開発計画に、北側は驚いた様子だった。そして、「現代」はこのプロジェクトに包括的に参加し、観光客の三分の一は韓国人だろうから、一日四万人は動員できると言ったら、彼らはさらに驚いた様子を見せた。

万寿台（マンスデ）芸術劇場に一万名くらいの北朝鮮人の起立拍手を受けながら入場し、ＶＩＰ席で『春香伝（チュニャンジョン）』（李朝後期に成立した歌謡・歌劇で、封建的身分制度を批判した、南北を通じて今も人気のある恋愛劇の一つ）

を観覧した。私たちが乗っていた乗用車が現れると、走っていた車はみんな止まり、横断しかけていた人がくるりと背を向けて、私たちが通りすぎるまで動かないという不思議な風景も経験した。

故郷、通川の縁戚が語ったこと

二十八日に金剛山を実地に見学し、私以外は金剛山で一泊することになった。私は故郷に向かった。故郷の村の家々はすべて改築されていた。わが家は見当たらないが、そこに当時から植えられていた五本のカキの木は、自然に歳を重ねたままの姿で、わが家のあった土地を見守っていた。親戚が一つの部屋に集まって、私の姿を見ると、合唱するように、

「わが偉大なる首領様のお蔭で、白い米飯をお腹いっぱい食べて幸せに暮らしています」

と、口々に言う。四十年間の民族分断の悲劇と体制の異質さがしみじみと実感された。かつてのわが家に住んでいるという縁戚の叔母さんが薪を燃やしすぎたのか、部屋のオンドル（韓国の伝統的な床暖房）は熱くて座れないほどだった。なぜ煉炭を使わないのかと訊こうかと思ったが、煉炭が不足しているのだろうと思って、やめた。私たちについてきた労働党員が同席したときは「首領様のお蔭で幸福な人民」だと言っていたその叔母さんは、暖かいオンドル部屋で横になったとき、頭から布団をかぶったまま、私にこう囁（ささや）いた。

「暮らしぶりは言葉では言えない……。ただ、余計なことを言わないようにして帰国しなさい」

翌日、先祖のお墓参りを終えてから、甥が入院している病院にも行ってきた。その日、金剛山で一

通川の故郷で、叔母や甥たちと。1989 年 1 月

故郷にある先祖の墓所で親戚たちと。1989 年 1 月

泊していた一行が故郷に来て合流した。北朝鮮滞在中、歌ったり、遊んだりする時間がときどきあったが、私は同行の諸氏に歌の選曲にも気を配るように言った。「鐘が鳴る、花が咲く……。美しいソウル、ソウルで暮らしましょう」という『ソウル讃歌（チャンガ）』などの曲は、北朝鮮の人々の気持ちに水を差すから避け、南北がともに一つの心で歌い聞ける歌を選ぶようにした。

しかし、そんな曲は限られている。ある人は十日間ぶっ続けで『故郷の春（コヒャンエポム）』（戦前に作られ、いまも南北で愛唱されている童謡）だったし、別の人は民謡の『アリラン』一本ヤリだった。この二曲はきまって南北の合唱になってしまった。故郷でも、労働党員からもてなされた料理や焼酎を飲んで遊んだが、酒が体にしみ込むと、南北ともに『アリラン』を歌うのを見て、いくら理念と体制が違っても、三八度線で分断されても、われわれは間違いなく同族であると思い知らされ、なんとなく複雑であった。

私たち四名に、北朝鮮の四〇名ほどの労働党員がいつもついて回ったので、親戚は「余計なこと」は一言も言えなかったし、私もやはり無用な発言は避けていた。親戚に私が何をしているのかもちゃんと話さなかった。故郷を訪問するとき、親戚たちへのおみやげをいくつか持ってきていた。しかし、彼らが寒い冬にナイロン製の服を着ていたのが見るに堪えず、私たち一行はみんなカバンをほとんどすっからかんにして、持っていった衣類をすべてあげてきた。

故郷を出発する日、私は叔母さんに私のワイシャツ一着を手渡しながら言った。

「きれいに洗濯して、あそこに掛けておいてください。今度また来たときに着ますから……」

農村や工場を見て回り北朝鮮経済の実相を知る

翌日、故郷から元山(ウォンサン)に向かう道すがら、コチョという村の病院に立ち寄ろうとしたとき、北朝鮮の人々がシャベルと鍬で、凍った土地を耕しているのを見た。正月の真冬の頃だった。現在の韓国の農村では、用水路を掘るときでさえ機械を使う。凍った農地をシャベルと鍬で掘りながら、金剛山まで高速道路を建設している同族を見て、共産主義体制の愚かさと非情さに怒りを感じずにはいられなかった。私は慎重に、「一日も休まずに仕事するのはかえって能率を下げる結果となるので、週に一日は休ませたらどうか」と言った。すると、

「鄭先生は知らないんですね。偉大なる首領様の恩恵に感服して忠誠を尽すために、わが人民は自ら日曜日を返上して、遊ばないで働いているのです」

という返事が返ってきた。彼らは平壌に戻る途中、元山の産業施設を見せてくれたが、どんな工場に行っても私の目にとまるのは、老朽化した設備と非科学的な管理状態だけだった。

見て見ぬふりができない性格なので、ドアはなぜここにあるのか、ドアをあそこに変えるとこのような利点があるのではないか、床に埃が積もると作業能率が上がらないのでコーティングすべきではないか、ドックもこちら側に掘るべきではないか、これはあちらに移し、あれはこちらに移動させるべきだなどと、ソウルの自分の工場でいろいろ言っているように具体的に指摘した。数十名の関係者が筆記用具を常備して、メモを取りながらついてきた。

そうしているうちに彼らも心を開き、金剛山共同開発以外にも彼らの希望するものを打ち明けはじ

瑞山農場で飼育した「統一牛」を率いて訪北へ出発。1998年10月

めた。元山にある鉄道車両工場を「現代」の技術提供で生産を拡大させて輸出したい、元山にある修理造船所のドックを掘ってほしい、シベリアに共同でコークス工場を建設して国内にも供給し、中国にも輸出するようにしてほしい、ソ連の岩塩も開発して中国に輸出したいなどと提示してきた。私はそのすべての提案を肯定的に受け入れ、

「結構です。調査してから、採算が合いそうならやってみましょう」

と、約束した。

北朝鮮との金剛山共同開発議定書を作成する過程で、私が一番重要だと考えたのは、金剛山開発に関するすべての人材や機械、資材の輸送経路と交通の問題だった。海上と陸路に分けて、陸路の場合は必ず軍事境界線を通過させなければならないという主張を、最後まで曲げず、結局は貫徹させた。

軍事境界線を通過しない金剛山共同開発はなんの意

「統一牛」を載せて38度線を越え、北へ向かう車両。1998年10月

味もない。軍事境界線の通過を私はわが民族が一つになるための出発の象徴だと信じるからだ。彼らは私に、二ヵ月後の四月に再び北朝鮮を訪問してほしいと言った。もちろん私もそのつもりだったので、必ずそうすると約束した。ところがその後の状況が許さなかった。

大気圏の天気に比べて、「政治圏」の雲行きははるかに変わりやすい。韓国政府が支援し、統一院が許可して北朝鮮に行ったというのに、その「春」の雰囲気はまもなく、いっきに冷却してしまった。その結果、北朝鮮訪問で十日間にわたって真剣に協議して手に入れた議定書はそのままオクラ入りとなり、私は結果を出せない「嘘つき」になってしまった。

金剛山開発事業はいまやっと緒についたばかりで、いまなお私にとって「必ずなすべき課題」がたくさん残されている。

韓ソ国交前にゴルビーと対面

翌一九九〇年十月、私はゴルバチョフに会った。その四ヵ月前のソ連訪問のとき、クレムリンで大統領の経済特別補佐官ペトラコフと三時間半も話し合った。彼は韓国の企業家がソ連経済をどのように評価しているか、知りたがっていた。私は、ソ連の経済専門家はソ連の市場経済体制の導入について楽観しているが、新しい制度が根を下ろすまでには多くの難関があるだろうと話した。

七十年間を共産主義体制のもとで生きてきたソ連の国民が、市場経済を理解するまでは長い時間が必要だ。ペトラコフ氏はソ連が市場経済体制を定着させるのにどのくらいかかるかと尋ねた。私は十五年くらいはかかるのではないかと思ったが、彼らががっかりしたら気の毒なので、十年と答えた。

そう答えたのには別の見込みもあった。共産主義理念を強制的に定着させるのにも二、三十年がかかったから、市場経済の定着にはもっと時間が必要になるかもしれない。しかしソ連には、とにかく二億八〇〇〇万の人口を食べさせている工場と発達した基礎科学がある。それで、たぶん十年あれば可能ではないかと思ったのだ。そのとき、ペトラコフ氏が次回のソ連訪問のときは大統領との面談を予定すると言った。それが実現して、十月にゴルバチョフ大統領に会うことになった。

韓国側では私と李明博（イミョンバク）（当時現代建設社長。後に韓国十七代大統領、二〇〇八〜一三年）、通訳担当者、KBS記者とカメラマンが参加した。ゴルバチョフ大統領はソ連経済政策の第一人者で、党のナンバー3であるメドベージェフ特別補佐官を同席させた。約一五坪ほどの執務室で会談が始まった。ゴルビー（ゴルバチョフの愛称）は一五分にわたって、自分の政治家としての業績について語った。

モスクワでゴルバチョフ大統領に面会。1994年

私はソ連に、現実的かつ実質的な助言をしようと努めた。とくに世界の経済学者がソ連経済の将来を暗く見ているが、私はそのように考えていないことを強調した。私は、ソ連はたくさんの難関を抱えているのは明らかだが、その代わりに良くなれる条件も同じくらい持っていることを見過ごしてはいけないと言った。政治・経済の発展とそのスピードは、指導者がこの条件をどのくらい賢明に活用できるかにかかっていると述べた。

ゴルビーは、私の意見にしきりに頷いていた。私も彼の意見に真剣に耳を傾けた。私は、シベリア開発は韓国企業が主軸となってこそ可能になることを強調した。また私は、厳しい状況の北朝鮮が自由かつ平和に繁栄するようにソ連の影響力を発揮してほしいと依頼することも忘れなかった。ゴルビーはソ連と韓国がともに飯を炊いて、北朝鮮と分け合って食べる日が来るだろうと答えてくれた。

その一ヵ月後、盧泰愚大統領がソ連を公式訪問して、正式に韓ソ国交樹立が行われた。韓ソ国交樹立について、慎重論者や懐疑論者がいろいろなことを言ってきた。経済協力の負担が重くなるだけだ、あまりにも急ぎすぎた等々……。しかし私は現在も、国家間の関係では実益だけを求めすぎることは正しくないと考えている。北朝鮮との統一が大命題である韓国の特殊状況や、将来の世界における韓国の位置を考えれば、対ソ関係の整理はけっして早すぎはしなかった。

洗練され、博識で、互いに話が通じ合う、私の好きなゴルビーがその後間もなく失脚したことは残念だったが、誰がなんと言おうと、彼は世界史の重要な一ページを飾るに値する主役であった。

シベリアの魅力

今日の時代の変化はあまりに早く、過去に一世代、ことによると一世紀かかってやっと見られるような大きな変化を二、三年の間に、いやそれどころか数ヵ月間で経験しながら私たちは生きている。ソ連の一大政治変革をはじめ、全世界の共産主義国家が隔世の大変革を起こすにも、さほど長い時間は必要としなかった。

人口一二億の中国も集団農場を解体し、早々と生産体制の変化をもたらした。開放社会への変化を性急に願う学生と政治家が衝突した天安門事件は不幸なことだった。にもかかわらず、中国は政治・経済、社会秩序を維持しながら、持続的・部分的に自由主義体制の方向に前進している。自由主義だけが持続的に経済を発展させ、文化を向上させつつ幸福を追求できる、より人間的な進路であることが、共産主義体制との対比によって、全世界に証明されたのである。

ところで私がソ連・ロシアに対して深く関心をもってきたのには大きく分けて二つの理由がある。まず、シベリアが木材と天然ガス、油類、石炭から海の魚まで、無限な資源の宝庫であるということだ。韓国は現在、すべての資源をはるか太平洋を渡って、アメリカ、カナダ、そしてオーストラリアやアフリカから輸入している。それらの資源も日本をはじめ先進国が押さえており、韓国はそれに上乗せした費用を払って買い入れ、莫大な運搬費をかけて国内まで運んでいるのが実情である。

資源の供給源が確保されていない国家は経済力低下、国力衰退にぶつかるしかない。だから韓国経済が持続的な発展の基盤を固めるためには、まず韓国にはない資源を恒久的に確保しなければならない。

韓国の合板産業が一時期世界市場で幅を利かせた時代があった。しかし、原資材である木材の恒久的確保ができなかったから、韓国の合板産業の代名詞であった「東明木材」は倒産し、同時に合板の最大輸出国であった韓国が合板輸入国に転落してしまったのだ。

韓ロ経済協力は、相互の大きな利益のための初めの一歩である。一時期、私が年に数回ソ連を訪問して努力したのは、まずソ連に韓国の国民と企業家が一番正直で誠実であり、進取の気性に富み、友情と信義ですべてを助けることのできる相手であるという信頼を与えるためだった。そのようにして得られた高い信用は、韓ソ国交正常化を早めることに一役買ったと、私は考えている。

次にやるべきことは、ロシアの影響力と支援で南北統一の早道を作ることである。商業性を考えれば、もちろん中国のほうが望ましい。しかし、中国は私でなくても他の多くの企業家が影響力をもっている。ソ連・ロシアに、全力を尽くして南北統一を達成する糸口を探り、資源確保で永く子孫の成長の原動力になる基盤を用意してあげるのが、私が果たすべき仕事だと考えた。

韓国は遠大な夢と前向きの青写真をもって未来を展望しなければならない。南北統一はアジアの経済の中核的役割を果たすだろう。そのときは中国も、歴史的、民族的、文化的にみて、日本よりも韓国と強い結びつきをもつことになるだろう。

韓ロ経済協力の成果で、ロシアは北朝鮮よりも韓国との関係を急速に発展させている。これは民間の経済界が足繁く往来・交流し、厚く固めた友誼と信頼のお蔭である。両国間に経済協力の必要性がなかったら、ソ連はおそらく国交正常化に冷淡だったろう。

たとえ現在は、技術も資本力も経験も日本に比べて遅れていようとも、世界中どこでも、どんな仕事でも、日本人ができることは韓国人にもできる。その底力を韓国人はもっている。

韓国がどんな方法でシベリアの零下五〇~七〇度の気温に耐えられるのかと、日本人はまた冷笑しているかも知れない。しかし私はできないことはないと思う。日本人が北方四島をロシアから取り戻すために努力している間に、韓国はシベリアを手に入れなければならない。日本とロシアが一つになれば、その豊富な資源のうち、韓国の割当ては一つもないだろう。これが、私がシベリア開発に積極的に打って出る重要な理由である。

一部のマスコミと政府関係者は、私の考え方が危険であると見ているようだが、そんなことはない。

ロシア人は豊富な資源を持っていながら、長い間共産主義体制のもとで凝り固まった考え方に捉われて、国際市場で資本を調達できずにいた。シベリアで開発される資源が価格競争力さえ備えれば、資本は世界中どこにでもある。

沿海州（ソ連極東部、アムール川とウスリー川そして日本海に囲まれた地域）はかつて、韓国人の先祖が一八万人も暮らしていた地だ。沿海州と間島（かんとう）北部はソウルより秋が一、二週間早く訪れ、春は三週間遅くくる気候で、豆満江沿いの咸鏡北道の気候とあまり変わらない。そこは韓国の同胞が定着して農業を営んでいた土地だが、現在は雑草が生い茂ったままである。沿海州の近くにあるウラジオストック、ナホトカなどは不凍港である。沿海州を開発して韓ロ共同開発事業の根拠地とするのが、地理的にも気候面でも適当であると考え、「現代」は沿海州にホテルとビジネスセンターを建てて、一九九七年七月にオープンに漕ぎつけた。

またロシア・ヤクーツクには、世界最大の埋蔵量を誇る天然ガスがある。そのパイプラインを北朝鮮を経由して韓国まで引き延ばすことが、南北対話に役に立つのではないかと考え、かねてから推進してきた。このために、ソ連（ロシア）の国営ガス公社にモスクワの北朝鮮大使との接触を要請した。長い間ずっと無視されていたが、最近ようやく「条件さえ良ければ、拒否する理由はない」というところまで対話が進んできた。

ロシア側によればヤクーツクの天然ガスは、北朝鮮、韓国、日本が一〇〇年使っても余る埋蔵量だという。韓国はパイプライン建設に必要な資金を世界市場から調達し、そのパイプラインを使ってロシアから安価なガスを手に入れることができる。

シベリア開発は韓国にとって重要な意味があり、けっして躊躇すべきではない。それは韓国経済にはかりしれない活力を与えるだろう。これによって、韓ロ関係は世界のいかなる国家との関係よりもよくなり、韓国はアジア・太平洋地域の中核的な国になるだろう。

chapter

8

祖国と民族のために

資源は有限、人的資源は無限

私は経済活動をする人間なので、外国の企業家や経済政策の専門家と接する機会が多い。そのとき、彼らが必ず私にする質問は、資源も資本もない韓国がいったいどうやって、そのような飛躍的な経済発展を成し遂げたのか、というものである。

私は簡単明瞭に、こう答えている。

「それは、韓国の国民が世界で一番優秀かつ勤勉な民族であるからだ」

これは決して手前味噌ではない。たとえばカナダの商工会議所の会長は、こう言ったことがある。

「カナダでは失業者に失業手当を支給しているが、カナダにいる韓国人のなかで失業手当をもらっている人間は一人もいない」

韓国人の優秀性についてさらに賛辞を述べることもないが、次の一つの例をあげておきたい。

現在、一万人ほどの韓国人が外国の船舶に乗っているが、韓国人船員の優秀さは世界の海運業界でも噂され、業界では韓国人を確保せよという命令が飛び交っているほどだ。韓国人を使うと、船が故障してもすぐに直すし、暇さえあれば船内の整理整頓に励むので、人件費の節約にもなるというのだ。お蔭で船が停泊したときには、外部の清掃業者に頼む必要がないどころか、後片づけもとくに必要ないという。

韓国は五〇〇〇年に及ぶその歴史の中で、子々孫々受け継がれる文化を大事にし、優れた頭脳をもった先天的に賢い民族である。こう言えば、そんな大袈裟な、と笑う人が韓国人にさえ多いに違いない。しかし、事実そうでなければ、ほとんどが小学校、よくて中学卒業程度の学歴の創業者によってつくられた韓国の多くの企業が、今日、国際舞台に進出して収めている多大な成果についての説明がつかない。韓国は優秀な人的資源だけでここまで来たのである。

今日の韓国企業の規模、経済力は、優秀で創意に溢れた創業者の不屈の意志、進取の気性からくる活動を求心力とし、そこに優秀でよく働く労働者の渾身の努力が結集して実を結んだものだ。これ以外には何もないと言ってよいだろう。しかも、その人的資源の力は、他の物的資源とはおよそ比較にならないほど、偉大なものである。だから私は、経済とは金ではなく、民族の生命力に進取のエネルギーを吹き込んでつくるものと確信している。

国家の物的資源は有限だが、人間の創意と努力は無限である。物的資源に依存する経済発展は、それが枯渇すれば止まってしまう。しかし、人間の努力を通じて成就していく発展は、彼らが怠けない限り、永遠に持続する。油田から出る石油をただ売って、山のような金を銀行に預けて、その利子で贅沢な暮らしをしているのは、本当の豊かさでも発展でもない。その意味で、韓国経済の発展は大きな意味をもつし、価値あるものだと私は考えている。

私でなくて「現代」が金持ち

私は、会社では紙一枚でも裏と表を全部使わせ、工事現場では砂利の数粒でも放っておいたら怒鳴りつける。そんな私がどうして寄付や義援金など出せるのかと、いぶかしむ人々がかなり多いようだ。

私は金持ちであるという理由で、いろいろ誤解を受けたりするのが負担になっている。

新聞紙上に、個人所得ランキング一位として自分の名前が出るたびに、私は貧しい人々に罪悪感を感じる。そんな大金をどこに使っているのかと尋ねられそうだが、じつは私個人の生活水準はいわゆる中流の範囲を越えるものではない。私が考える「中流」とは、「現代」の社員くらいということだ。

自宅は敷地三〇〇坪に建坪が一〇〇坪で、たしかに一般に比べると大きい。車は現代自動車のステラ、ソナタ、グレンジャーときて、最近は高級セダンのダイナスティーに乗っている。「ほら、やっぱり金持ちだ」ということになるかもしれないが、ずっと働きづめだったし、年もとっているので、いい車を乗り回してもよいのではないかという気がする。ただ、あまり高級な自動車に乗ることは、経済的にそうできない人々に申し訳ないとも思う。

三度の食事も、接待がないときは普通の人と大差ない。栄養剤の類は信用できないので口にしない。たまに高麗人参茶は飲んでいるが、栄養剤としてではなく、普通のお茶代わりとしてである。収入が他人より多いといっても、特別なことは何一つしていない。

個々人の自由が拘束され、他人によって職業が与えられ、居住場所も決められてしまう社会主義社会で暮らす人ほど大きな不幸はない。だから個々の人によって多少のアンバランスが生じ、それが問題になっても、基本的な自由が保障される民主主義体制が、地球上で一番よい制度であると私は考えている。

大企業に対しては真偽に関わりなく、「政経癒着」を追及する傾向が強く、とくに「現代」は共和党政権（朴政権のこと）時代のエコヒイキのもとで成長した、と多くの人が思っているようだ。しかし、「現代」は創立から現在まで、いかなる政権、いかなる不景気、その他いかなる悪条件のもとでも、毎年二〇～三〇パーセントずつ成長してきた。

一九七七年、韓国政府が法人税や防衛税、地方税、総合所得税など企業の税金を統合した税法の通過で、利益の七〇パーセントを税金に持っていかれ、企業の活力が急激に冷却されたときも「現代」はびくともしなかった。それまで不屈の努力を傾注してきた蓄積があったからだ。

企業を所有している人間は企業人であるが、企業の利益を納めるところは政府であることを、国民は忘れないでほしい。私たちは税額を引かれた残りの三〇パーセントを再び雇用増大や再投資に使ってきた。このように企業とは、国家のいっそうの発展と、より豊かな国民生活のために働いている集合体であり、ある個人の富を増殖させるため、あるいは誰かが威張るために存在しているものでは決してない。

私は、人々がお金を尺度として私を評価しないよう願っている。

企業家は企業活動で祖国に貢献

国の利益より企業の利益を優先したり、精神的価値より物質的満足を優先する考えで企業を運営している人間は、絶対に大成できないだろう。誰であれ、国民経済に影響を及ぼすほどの企業人は、企業の利益より国家利益を優先するものだ。企業のオーナーも国民の一人であり、自国に対する熱い愛着と自国の発展と繁栄の願いを抱いている。ところが、先進国では当然の、こうした企業認識は韓国ではあまり普及していない。

結局のところ、堂々たる態度を保てなかった政権の身代わりとして企業が繰り返し断罪されたことが、企業への偏見をもたらした主犯であると私は考える。大企業は無条件に不正蓄財と政経癒着の源であるという偏見も、そしてまた、企業の成長は経営者個人が金持ちになることだという錯覚も、愚かな政治文化の産物である。その結果として韓国の国民は、世界の先進工業国の中で競争力のある国に成長してほしいと願っていながらも、企業が成長するのを嫌がるという自己矛盾に陥っている。

前にも記したが、政変が起こるたびに企業は「人民裁判第一号」にさらされた。そして大企業ほど、衝撃も後遺症も大きかった。「現代」も何度も非難の的にされ、誤解と中傷を浴びせられた。一番呆れたのは一九六一年の五・一六軍事革命後に巻き込まれた、俗称「アラスカ討伐作戦」だ。新政府内部で起きた、いわば反革命事件を世間ではこう呼んでいた。当時、江原道の原州(ウォンジュ)第一軍司令官から建設部長官に転任した朴任恒(パクイムハン)氏が首謀者として拘束され、ばかげたことに、その資金の供給源としてわが社が名指しされたのだった。

捜査のために、会社の帳簿一切が押収され、業務内容がしらみ潰しに調べ上げられた。名だたる社員は片っ端から連行されて取り調べられ、鞭打ちの拷問まで受けた。一ヵ月以上もその苦痛に耐えなければならなかった。彼らは三、四〇名の特別メンバーからなる「『現代』反革命資金提供調査団」まで編成した。

また、「近代アパート特恵分譲事件」をご記憶の方も多いだろう。まぶしいほどに輝いた経済成長により、人口が都市に集中したのが一九七〇年代だった。六〇年代当時には全人口の三五パーセント、九八〇万ほどだった韓国の都市部人口は、七〇年代初めには五〇パーセントに当たる一五七〇万になり、そして七五年にはついに二〇〇〇万に達した。当然、住宅問題が当面の課題として浮上した。当時、都市の住宅不足率は五〇パーセントに達したのである。

しかし、同時に発展する工場建設の土地需要の急速な拡大とあいまって、宅地の供給には厳しい限界があった。平面的な土地利用の拡大だけでは、問題の解決は不可能であり、高層式集合住宅の建設が大いに推進されることになった。平たくいえば、大規模なアパートの建設ラッシュが韓国でも始まったのである。

「現代建設」は一九六一年一月からすでに、韓国最大規模のアパート団地となる麻浦(マポ)アパートを着工した。これは新しい住宅形態として市民たちの関心を集めた。そして、七〇年代に入ってアパート建設のブームの風が吹きはじめ、「現代建設」も七三年初頭から西氷庫(ソビンゴ)洞現代アパートをはじめとする建設事業に参加した。

そして、一九七五年三月から漢江周辺の江南(カンナム)・狎鴎亭洞(アプクジョンドン)の大規模なアパート団地建設に着手した。当時は西氷庫洞アパート分譲は順調だったが、狎鴎亭洞アパートは竣工後も売れ残りがあった。ソウル市民は何もない江南地区よりも旧市街の江北(カンブク)地区を好んでいた。一〜三次の建築分はもちろん、四次も分譲がうまくいかず、

「鄭周永社長も狎鴎亭洞アパートに引っ越すだろう」

という噂が出回っていたほどだ。五年ローンの新聞広告を出し、社員を総動員して分譲セールまでさせたほどだった。

「現代建設」の住宅事業部を母体として設立された「韓国都市開発株式会社」が、不正分譲疑惑に引っかかったのは一九七七年九月のことだった。第五次分譲から社員の分譲希望者が増えてきたのがきっかけだった。当時、住宅建設は一種の申告許認可制で、現在より自由が認められていた。そこで合計七二八世帯のうち、半分は社員用に、半分は一般分譲として認可を受けた。社員からの希望者がさらに多くなると、一〇〇パーセント社員用として再承認を受けようとした。そのうち、社員の縁故者も分譲を希望するようになり、顧客の裾野が少しずつ広がった。

法に違反するなどという考えは少しもなかった。アパートの建設業者は希望者に適正な分譲価格で売るのが仕事であるという単純な考えだった。また多くの人が考えるように、住宅でも品物でも、知っている人間に売りたいというのが人情だ。ところが、いきなり不動産が暴騰しはじめ、坪当たりの分譲価格が当初三〇万ウォンだった現代アパートは、竣工前に三倍以上に跳ね上がった。すると、「現代」が社員用として承認を受けたアパートを一般人に、それも特殊な層だけに不正に分譲しているという噂が出回った。一九七七年夏、青瓦台の査定補佐官室の長官など、軍高官や上級公務員、言論人など二二〇名が特恵分譲を受けたと、マスコミが報じたのである。

彼らの社会的地位や職位の高さがさらにマスコミを刺激した。関係当局がおっ取り刀で調査に入っ

ホワイトハウスで、息子の夢準をともなってレーガン大統領と歓談

現代重工業を訪問した、江沢民主席一行らと記念写真

た。当時「韓国都市開発」社長だった次男の夢九（モング）が拘束され、文書もすべて押収された。新聞や放送局は連日、特集を組んで「現代」の不正分譲をバッシングし、分譲を受けた有名人は知名度を利用したと罵倒された。実際、誰に対しても割引きしたことはなく、突然の価格暴騰で、先に分譲された方が割安になってしまっただけなのだ。

マスコミの横暴による国民の誤解はじつに恐ろしい。このとき、私はソウルにやってきて事業を起こしたことを初めて後悔したものだ。世論の台風が去った後、法廷で決着をつけようと心に決め、私はものすごい非難と罵倒にも沈黙で答えた。幹部のなかには釈明しなければならないと言う人もいたが、私は沈黙が一番良い答えだと応じた。

結局、法廷で私たちの主張が通った。有罪判決を受けた者はなく、関連した嫌疑を受けていた公務員とともに、晴れて裁判所を出た。しかし当時、私たちが受けた傷は大きかった。人間には自分が信じたいことをそのまま信じる傾向がある。韓国の国民がもっている「企業は非理（ビリ）（不正、腐敗）の塊（かたまり）」という先入観を、その無罪判決が果たしてどのくらい変えたかは疑問だ。だが、このように石を投げられても、私たちは韓国の住宅難という社会問題の解決のために努力を惜しまなかった。

もう一度言いたい。大企業を経営しながら、国を愛し、国民のために力を尽くさない企業家はない、と。

「清貧楽道」を貫く

あなたはどのようにして韓国一の富豪になったのかという質問をときどき受ける。単純で純朴な質問だが、まじめに答えるのはいささかばからしい。たとえば、ただ何も考えず、頂上だけを心に思い描いて、淡々と無心に登っていくと、気がついたら他人より先に頂上に達していたなどという優雅な答えを、質問者は期待しているのだろう。

事実は違う。誘惑があっても脇目もふらず、強引に前だけを見て死ぬ思いで働いたら、米穀屋の主人になっていた。さらに猛烈に働いたら、自動車整備工場を設立できたし、さらに無我夢中で突進したら建設会社を設立していただけだ。そのように一生を過ごして今日に至った、というのが正しい。大体、私は韓国一の富豪になろうと思って働いてきたのではない。ただ仕事が好きで面白く、事業がだんだん大きくなっていくのが嬉しかっただけだ。だが、淡々と生きてきたのではなく、たえず興奮していたのも事実だ。「挑戦と冒険」、「試練との対決」、それが私の人生にはいつもつきまとっていたようだ。そして楽しく働きながら歩んできた。ところが、いまでは私の嫌いな「財閥」というレッテルを貼られ、くだらない質問にも付き合わされることになった。

もし、私が韓国の一番の金持ちになることを目標に一生を過ごしたら、せいぜい中小企業くらいを経営して満足していたかも知れない。したがって、今日の「現代」は存在しなかっただろう。儒教思想が根本に流れている韓国は、昔から「清貧楽道（貧しいが道徳的に正しい生き方を楽しむこと）」を意味のある生き方と考えて、金銭的利益ばかりを求める商人を蔑視する傾向が強かった。現在では、大統領も先頭に立ってセールスマンの役割をするほど、韓国の認識も変わってきたが、やはり企業に対する根本的な評価はそれほど高くない。

もちろん、他人の知恵を盗んだり、真似をして金を儲けようとした企業家もなかにはいるだろうし、独占的に大儲けした人もいる。信用と正直、誠実で発展を成し遂げるのではなく、成長過程で現れるインフレを悪用して、投機や特権、合併とゴマカシ、高利貸しなどに汲々とした成り金もいるだろう。

しかし、それは社会全般がみんな汚れて、無秩序で非倫理的になっていることを許している「政治」のせいである。にもかかわらず、その社会の産物である企業と経営者の欠点だけを問いただして責任転嫁するのは、やはり公正ではない。すべての人間の人生がそうであるように、私たちが生きていく過程には功罪がつねに伴うものである。功だけの人生も、罪だけの人生もない。企業の「人生」も同じだ。

これまで、韓国の企業人は誰もが目を真っ赤にし、足の底が腫れて皮がむけるほど、あくせく飛び回ってきた。海外市場を開拓し、火の中、水の中も何するものぞと果敢に挑み、莫大な外貨も稼ぎ、一方ではまた人材育成にも力を注いだ。そうして、韓国がやっとこの程度に自立し、成長・発展できたのだ。その企業の功を低く評価してはいけない。もう人為的につくられた悪しき固定観念から離れ、広い視野と深い懐で、この国家と社会の発展過程とともに、企業の発達史を振り返ってみていただきたい。

私は韓国企業がいつも非難の対象となる理由の一つに、韓国経済の急成長があると思っている。韓

現代重工業の作業現場で点検、指示を出す

国の企業の歴史はわずか三、四十年だ。短期間の急成長によって、人間と資本、技術、経営能力などで、いろいろな無理や不足が露呈したのは事実である。そうではあっても、必ず通らなければならない道程を早く走りすぎた結果発生した無理や不足に対して、ただ非難だけを浴びせることはないと思う。幼い年齢で家計を背負っている少年・少女家長（片親や両親のいない家庭で、幼い年で家庭を支えている子供）のように褒めるべきだ。

最近になって、起業を目指している若者が増えていると言われる。けっこうなことだと思うが、その理由は遺憾にも、韓国の企業家ではなく米国の企業家に憧れてのことだと言う。アメリカの経済史をよく知ったうえでのことなのかと尋ねてみたい。米国は西部開拓や鉄道建設などをしながら、無数のアメリカ先住民を殺し、白人同士も銃で殺し合いながら夜を明かしたものだ。一方、ウォール街の地下では偽造証券を発行したりしていたのである。

それに比べると、韓国企業はいやしくもソンビ（学もあり、人情も知っている賢人）が起こしたものである。韓国人の経営者はよほど怒っても、銃で殺し合ったりした人は一人もいないだろう。

たとえば、昔の話だが、極東（ククトン）の金（キム）会長と大東（テドン）の朴（パク）会長、東亜（トンア）の崔（チェ）会長、大林（テリム）の李会長が、ある工事について、誰が請け負うかを決める会議を開いたことがある。自分から譲歩しようとする者はいなかった。東亜の崔会長などは、いかなることがあっても自分がやると言い張って、他のメンバーに譲歩を求めて何とかOKをもらおうとした。しかし、大林の李会長だけは最後まで譲歩しなかった。そして、二人は互いに譲らないまま言い争った。すると、崔会長はいきなり顔を紅潮させ、

「私は高血圧なんだが……」

といって、その場で横になってしまった。李会長がオロオロして、

「無理を言って悪かったよ。それなら、この工事はあんたがやりなさい」

と言って譲ると、崔会長はゆっくりと起き上がりながら、

「ウン、ちょっとよくなった」

と口にしたという。ハッとしたときにはもう遅い。お人好しの李会長はハメられた訳だ。

その後も、崔会長は別の件で李会長との約束を破ったそうだ。頭にきた李会長はジープに砂利を載せて崔会長の自宅に駆けつけ、門扉に気のすむまで砂利を投げ込んでから、

「やれスッキリした。じゃあ戻ろう」

現代造船所の現場で、スクリューを点検している作業員を激励。1983 年

と言って、そのまま帰ってきた。米国の資本主義勃興期には到底こんなことではすまなかっただろう。

私が述べたいのは、鄭周永に憧れなさいということではない。若者の考えは多分に権威主義的で、無知であるということだ。自分の国に立派な経営者がたくさんいることを知らないのだ。

韓国の大企業（財閥（グループ））はタコ足と呼ばれ、多角経営によって経済発展の不平等や差別意識を醸成したという声をよく聞く。それには一理なくもないが、それよりも私は特定部門への富の偏りが他部門の国際競争力を引き下げることが問題だと考えている。いかなる分野でも企業は大きくなればなるほど有利だ。世界市場に進出し、世界企業家との競争に勝ち抜き、外貨を吸収するためには、それくらいのパワーがなければならない。企業の経済力集中を問題とするのは、井の中の蛙（かわず）の論法だ。

現在、二、三〇個の系列会社をもっているグループ一つの売上げが、他国の大企業一つの売上げにも及ばないという事実を、果たして知っているのだろうか。企業があまりにも大きすぎると心配し、その成長にブレーキをかけようとする国は世界広しといっても韓国しかない。日本の大企業の三〇分の一、米国大企業の一〇〇分の一にも満たない韓国の企業の規模は、世界市場では幼児でしかない。にもかかわらず、大きくなりすぎたと心配されるのは実に胸の痛むことだ。

韓国が問題にすべきことは、国内市場を独占し、国際競争価格より高い製品を国内で販売している企業の実態である。企業の使命はただ一つ、雇用を増大させて利益を生みだし、国家に納付する税金で、国家の予算を円滑にさせることに尽きる。そしてさらに、それに劣らず重要なことは、安くて質のよい製品を国民に供給することだ。企業が傾ける努力の果実を国民とともに分かち合うことであろう。

とくに新軍部独裁が駆逐された現在は、国民の団結と国家経済発展の気運に水を差すようなことは百害あって一利なしということが、ようやく認識されてきたようだ。もう決して企業をイケニエにすることがないよう、願うばかりだ。

民間主導型経済

私が「民間主導型経済」を主張して、すでに二十年が経過した。にもかかわらず、いまだに「民間主導型経済」はきちんと行われてはいない。私が主張する「民間主導型経済」とは、政府の仕事を民間が奪い取るということではない。政府がやるべき仕事は政策を立てることだ。政策の選択とバランスある社会の建設が政府の基本的な仕事である。したがって国家全体の経済を管理する立場から、大局的に方向を設定し、ビジョンを提示するのが政府の役割である。そして業種の選択と投資の可否の決定、価格決定など、企業が独自に判断する仕事は私たちに任せればよい。

政府と企業がそれぞれやるべき仕事をこなし、互いに協調して発展すること、それがすなわち民間主導の経済である。工業振興政策や不良企業の再建が必要であれば、政府はガイドライン（基準）やアウトライン（枠組み）を提示し、その後は企業が世界市場の変化に合わせて自律的判断で動くようにすべきだ。「この企業はＯＫ、あの企業はＮＯ」、「Ａ社はこれをして、Ｂ社はあれをしなさい」という決定まで政府が関与する「官主導型経済」はもうやめるべきだと思う。

企業の財務構造は、その健全さを判断する基本的な資料だ。そういうデータまで無視して、いいかげんな口実をつけて、産業を誘導・支配しようとする権威主義的かつ時代遅れの行政は、世界市場を相手に飛び回っている韓国の企業の足枷（あしかせ）にしかならない。また政府による評価のハッキリした基準があってこそ、企業家もその基準に合わせて努力するだろう。不良企業が正体をごまかすこともできなくなるから、いざ問題が起きたときに銀行に引き受けさせて、政府が恥を逃れるという横暴もなくなる。

韓国企業人が民間主導の経済を願っているのは、貧弱な政府をこしらえて、企業側の勝手気ままな利潤追求を可能にするためではない。政府は強力になるべきだ。しかしそうであっても、公明公正で、洗練されるべきである。保護主義の傾向が強まりつつある世界経済に対処していくためにも、民間企業と協力し国民の団結を育んでいく方向で、政府の役割と機能がいっそう強化されるべきだろう。民間の開拓精神を国家の経済発展に集結させる方向に、政府の役割を改めてつくりなおすべきだ。

経済開発を点火させた時期に行った官主導の「指令経済」はすでに終了すべき障害物でしかない。反面、政府の支援を訴えて、自社の利益のための競争排除政策を要求するなど、企業自体にも問題が多い。

自社が生産する製品分野では輸入制限を要求しながらも、自社製品の製造に必要な機械設備や部品に対しては特恵関税を要求する、矛盾した主張をする企業もある。既存の下請け企業への代金決済にはケチをつけながら、口先だけは系列企業の育成を叫んでいる二重人格的な企業もある。このような事例は枚挙にいとまがない。権利に伴う責任が何かも知らず、真摯（しんし）で誠実な企業人としての資質と資格も備えていない経営者もずいぶん見てきた。

「民間主導経済」は政府と企業、すべての国民が、自分の役割と責務を自覚して、経済社会の近代化を成し遂げるという確固たる意志で団結するとき、初めて完成する。かつては、すべての価格決定を官僚が主導した。企業はなんとしてでも価格をつり上げようとするため、同業者同士で団結して努力した。しかし、民間主導経済下では、そのような考えでは絶対に企業活動はできない。

政策は国民的信頼を得られなければ実効はあがらない。政府と企業が新しい変化に適応する政策をいかに早く受け入れるか、それによって国際競争力が判断される。米国のある社会学者は、東洋で民主主義が可能な資質をもっているのは韓国だけだと言ったことがある。韓国人は中国人や日本人に比べて率直で開放的であり、創意に溢れ、進取の気性に富むからだと言う。私はその学者の見方に全面的に共感し、喝采を送りたい。すでに真の自律と柔軟性、そして市場原理による安定を指向すべき時期である。

私は韓国が民間主導体制の展開を通じて、遠からず西ヨーロッパ型の民主的資本主義社会の道に発展するだろうと確信している。

中身を充実させよう

「韓国で民主主義や経済が発展することを期待するのは、ごみ箱からバラの花が咲くのを待っているようなものだ」

その昔、フランスのある軽率な新聞記者が、韓国についてこのような記事を書いたことがあった。もちろん記者でも誰でも、未来について鋭利かつ正確な洞察力をもって記事を書くとは限らないので、仕方ないことかも知れない。しかし、とにかくボロクソな罵詈雑言（ばりぞうごん）を受けながらも努力したお蔭で、韓国の経済発展は達成された。これは世界を驚かせた快挙だった。

しかし、その韓国の経済はここ十年以上にわたって厳しい状況にある。一国の経済力は製造業の国際競争力によって決定されるものだが、韓国の産業は製造業よりサービス産業（とくに金融業）が過保護を受けながら成長してきた。その結果、銀行は自分たちの役割を十分に果たすことができず、凋落しつつある。韓国の五大大手都銀は資本金が底をつき、極端に言うと、看板だけを掲げている状態だ。政府が銀行に失敗させないために、企業への融資まで管理しているからだ。

たとえば、金利の問題もそうだ。日本などは一時期、企業の借入金の金利を五パーセントまで引き下げた。韓国の高い金利では、国際市場ではとうてい競争できない。金利の低い国の製品が、競争力が強いのはあたりまえである。低金利の助けで、日本は依然として強い国際競争力を維持している。融資規制を緩和して、国際的な水準に金利を調整する政策を立てて、韓国企業が世界で競争力をもてるように助けるのが政府の仕事である。

一九八九年当時、バブル崩壊が明らかになるその直前まで、日本は、経済、社会秩序、文化にわたってすべて好調だった。発展途上国から見ると「夢の国」のようだった。それに比べて韓国は政治・経済面でよくない状態にあった。とくに成長率の低下、不況の慢性化は重大な問題だったが、政府は有効な対策を打ち出せなかった。しかし、そのときでさえ、為替は日本の通貨価値より二〇パーセントも高かった。

もちろんその理由の一つは、政治家や経済学者たちが言うように、韓国が先進国とは見なされなかったので、国際的な通貨システムの中で冷遇されていたからだ。しかし私は、優遇措置がなくても、以前と同様の為替レベルを実力で保持できると思っている。ただ、そのためには金利を引き下げることが前提である。金利が日本の二倍にもなるうえに、すべてが不安定な現在の状況が続けば、韓国の企業は引き続き苦しむしかないだろう。その点では、経済学者と見解を同じくしている。

すべての経済政策担当者は決まって、まず対外的に信用される社会の建設を口にする。そんなことは言うまでもないことだ。正論に決まっている。信用される社会の基礎をつくれば、その国の経済の土台が作られ、無限の発展が可能になる。しかし、政府が銀行の融資まで管理していては、そうした社会の建設はできない。融資があるから民間企業はその銀行を信用するといっても過言ではない。それを政府が管理することこそ、発展を阻害している大きな原因である。経済がしっかりと根を下ろして発展するためには、銀行はもちろん、保険会社などの金融機関の統制を解かねばならない。

景気は世界経済の動向によって、良くなったり、悪くなったりする。景気が厳しいときは銀行の支えでその時期を乗り越え、好景気のときは返済を進めて銀行の負債を減らしてファンドを用意できるようにするべきだ。

ところが政府は、いまだに不良企業に特融などをして、国家の経済まで締めつけるなど、企業に対する干渉によって士気を下げ、活気を失わせ、経済を駄目にしている。

韓国の労働者はひと昔前に比べて、仕事に対して真剣さがいささか足りなくなったと言われている。こんなふうに堕落させてしまったのは、いったい誰の責任なのか。

政治家は自分の人気とりや票集めのために法律を作ってはならない。国民を弾圧するために作る法律だけが悪法ではない。国家に害を及ぼす法律はすべて悪法なのだ。

法定労働時間を、世界の経済大国である日本より短く改正した政府は、先進国の国民所得（二万ドル）と韓国の国民所得（五〇〇〇～一万ドル）に大きな差があるにもかかわらず、すでに先進国と肩を並べたのだと浮かれた空騒ぎをし、結果的に贅沢を助長した。その結果、輸入拡大で貿易収支が赤字に転落したのである。

階層間の対立が深まり、物価は暴騰し、税金は先進国並みに上がり、国家経済の発展のエネルギー源である国民の意欲を喪失させてしまった。これは政策不在の韓国政府が責任をとるべき問題である。

二十年前、「現代重工」の造船所が蔚山に敷地を定めたとき、蔚山の人口は四、五万にすぎなかったが、現在は一〇〇万を越え、広域市（政令都市。韓国の場合、道から相対的に独立している）に昇格している。韓国の人口密度は世界一である。

現在政府が推進している西海岸（黄海）開発政策も政府主導一辺倒ではなく、政府や民間のいろいろな団体を集めて正当に競争をさせ、早期に効果的な国土利用方法を模索するべきだ。政府の担当者は少しでも失敗をすると、自分のポストがあやうくなるという不安があるため、彼らに果断な実行を期待することはできない。これに対して、民間人は失敗すればそれ相当の損害を被り、成功すれば利益を得る訳だから、思いきった冒険ができ、また真剣にやらねばならない。また政府の人員はかなり限定されているが、民間の数はそれよりはるかに多いので、多数の案の中から最も良い計画を採択して遂行することが十分に可能である。

私は政府エリートの企画と、民間の新鮮な個性的アイデアをうまく調和させれば、政府を発展させ、行政の能率も上げながら、均等な地域発展と豊かな社会建設という、私たちの最終目標をより簡単に達成できると考えている。

chapter

9

私の哲学、「現代」の精神

「現代」の精神と責務

私は大韓体育会長のとき、オリンピックが終わった後にはすべての施設が国民に有益に使えるように計画した。

汚染されて死んでいく漢江をきれいな水に変える「高水敷地（コスブジ）」（高水位のときにのみ水に浸る河川敷）も、私の発想だった。漢江（ハンガン）の南に堤防を築いて、江南（カンナム）地区住宅敷地に変えたのだが、私はその利益を「現代」に回さないどころか、一坪あたり一万八〇〇〇ウォンの金額をソウル市に支払ったものだ。こうしてできたのが今日の江南地域である。

私は「現代」を通じて、企業ができるすべてのことをやり遂げた。もし「現代」がその役割を担わなかったならば、韓国経済は最小限十〜二十年は遅れていただろうと思う。「現代」は商売人の集まりではなく、韓国発展の先進的なリーダーシップと経済建設の中核的な役目を担う有能な人材集団なのだ。

現在、ほとんど破綻寸前の韓国経済は、新たな覚悟で第二の跳躍に向かって走りだすべきときだ。現在のすべての条件は決して好ましいとは言えないが、すべては心の持ち方、つまり未来への姿勢にかかっている。これは私たちが経験を通じて体得した真理である。

来るべき第二、第三の跳躍でも、中核的な役割が期待される企業こそ「現代」である、と私は信じている。それは私が植えつけた「現代」の精神そのものであり、使命であり、重い義務であるからだ。

「クリーン」こそ発展の礎

いったい何が一国を発展させたり、後退させたり、滅ぼしてしまうのだろうか。最も重要なのは一国の政府や企業、国民の精神である。政府が腐敗して不正を働くと、企業も国民もともに不正の心理に染まってしまい、これを当然とする風潮が生まれる。そんな社会では企業の効率も国民の能力の発揮も期待できない。韓国では政権が変わるたびに、最重要課題として不正腐敗をなくすことをいつも叫んだ。社会浄化、政治腐敗の退治、クリーン（透明性のある）な政府、正直な社会の実現を高らかに叫ばない政府はなかった。しかし残念ながら、それはたいていは空虚な叫びにすぎず、裏切られた国民はあまりの失望に傷ついた。

世界で一番偉大な社会だという米国を見てみよう。いろいろな人種が四方八方から集まって一つの国家を形成しても、米国は政府から国民に至るまで、徹底して正直で誠実でクリーンであろうとして、世界で一番強力で偉大な市民社会を建設し、維持して繁栄している。

世界の経済大国と呼ばれる日本も、腐敗が少ない国の一つである。

現在、アジアで新生国家として輝く発展を続けている国はシンガポールである。政府や企業、国民がいたって正直でクリーンだからだ。「現代」はシンガポールにも浚渫（しゅんせつ）工事と建設工事などで進出したことがあるが、そこに派遣された現場所長が一様に口にする言葉がある。

「世界にこのようにきれいな国はありません。この国で現場所長を勤められるのは、このうえない幸運です」

シンガポールという国は、工事を監督しにきた高級官吏から下級官吏に至るまで、誰も賄賂を目的に言いがかりをつけたりしないという。誰一人として、金銭や物品に手を出したり、たくらんだり、苦しめたりしないので、工事をする人間は余計なことに気を遣わなくてもよく、図面どおりに正確な仕事ができ、かつ能率的に進めることができるそうだ。雑念をなくして仕事の質を高めれば、さらに優遇されるので、能率は自然と上がるという。だからシンガポールの工事は、土木でも建築でも、世界で一番安く仕上げることができる。国が繁栄しないはずがない。

機会があるごとに社員に強調しているのは、いかなる仕事に当たっても、人間はクリーンな心で臨まねばならないということだ。私は「一番大きい企業」であることももちろん重要だが、「一番クリーンな企業」という評価がそのうえに加わることを、心から願っている。個人も社会も国家もともにクリーンであれば、誰でもこの国家に役立ちたいという純粋な意欲が湧き出てくる。その意欲は猛烈な行動となって表れ、その後には輝かしい発展が自然についてくるだろう。

クリーンであるためには、些細なことから正直になるべきだ。人間という存在は、しばしばなんでもないことで習慣的に嘘をつく癖がある。私が誰かを訪ねて、その人間がいないときは、たいがい会社の仕事や何かの交渉で席を外していると言って、納得を求めようとする。また欠勤した人間を、業務上外出したことにし、私用で席を外した人間も会社の仕事のために出かけたことにする。

あるときなど、某社の社長に電話すると、秘書は「官庁に行った」と答えた。急用だったために、出向いているはずの官庁に電話すると、その社長は来ていないという返事だった。それで秘書に訊き返すと、もう嘘をつくことはできないので、じつは出勤していないと答える始末だった。私が、些細なことと考えられがちなこのような嘘を嫌っているのは、小さな嘘が習慣化されれば、さらに大きな不正につながるからだ。

嘘はつくが、クリーンであるという言い方は成り立たない。クリーンでなく発展したり繁栄した企業や社会、国家があるという話は、私はこれまで聞いたことがない。

お金だけが富ではない

平等で良い暮らしができる道として多くの国が共産主義を選択したが、今日では共産主義とは等しく良い暮らしができる体制ではなく、皆が等しく貧しく暮らす体制であるという結論が下されたようだ。すべての財産を国家の所有にして、ともに働いて分かち合って暮らすのがより公平で能率的であるという共産主義の理念は、理論上はもっともなように思われがちだが、現実的には不可能だった。

人間の本性を無視した共産主義理念は美しい理想にすぎず、その体制は試行錯誤の産物でしかなかった。

今日の共産主義国家が先を争って生産体制を自由主義に転換させており、すでに勝負はハッキリついている。この社会では同じ法律の下で、個人の能力と誠実さ、思考の差などによって、ある人間は大きく成長し、ある人間は失敗するのだ。

そういうわけで、成功と失敗は厳密には本人の責任だろう。それを前提として、今日の自由経済では、生まれながらの能力の有無で、人間そのものを振り分けたりしないように努めている。人間の創意工夫と努力を十分に発揮させ、限りなく発展・成長するようにして、その利益を税金として吸収・再分配する。その後に、どうしてもその恩恵を受けられない人々の生活水準を引き上げて、バランスをとっている。だから、ある企業が大きすぎるからといって、他企業に合併させるようにして背丈を削ぎ落とすのは、自由と平等の正道ではない。

自由主義と資本主義とは、金を稼いで、個人や家族だけが豊かに暮らせることを目的とするものではない。懸命に働いて、その利益で家庭を安定させ、さらに社会に寄与・奉仕し、なおかつ人間らしく生きてみようというのが、その真の精神である。金だけを目的とする高利貸しや利殖は、正当な資本主義ではない。それは「悪性資本主義」とでも言うべきものである。

そもそも「富の偏り」という言葉に対しても言いたいことがある。富とはカネ・モノだけを指すと考えるのは間違いだ。すべての人間の目標はさらに多様だからだ。私のように貧困を脱するために事業を始めた人間がいる一方で、大学を卒業してさらに学問を続けて高度の知識をもち、技術者、学者、聖職者、芸術家、ジャーナリストになって暮らしている人もいる。みんなそれぞれ自分なりに立てた目標に向かって、努力しながらやりたい仕事をして生きている。

私は、自分の目的をもってやりたい仕事を成し遂げた人こそ、真の富をもつ人間だと考えている。他人がうらやましがるほど高い知識をもち、社会的地位も高いが、カネやモノをあまり所有していないので貧しいとか、一介の庶民でしかないという判断をする社会なら、これはとても危険である。知識は争奪して分配することはできないが、カネやモノは争奪することができる。

お金だけを最高の価値とする黄金万能社会は危険である。そうした社会に、健全な発展を期待することはできない。お金だけが富ではないということを肝に銘じてほしい。そう考えれば、誰でも自分の目的に応じて豊かな富をもっていることに気づくだろう。

勤倹節約すれば、必ず金持ちになれる

故郷で小学校に通っていたとき、母は学校から帰ってきた私を待っていて、すぐにゴマ畑の草むしりなどの仕事を与えたりした。アワ畑のまわりにゴマを植えるのは、その葉っぱの匂いで、牛がアワ畑に近づけないようにするためだった。苦労して稼いだお金を守らないのは、汗水たらして耕作したアワ畑に牛が入って荒らされることと同じだ。

お金をためる第一の方法は無駄遣いをしないことだ。かつて「アドサービス」(自動車修理工場)の従業員は六〇名にもなった。当時としては比較的大きい会社だったが、私は朝食にはキムチ一つ、汁一碗以上は許さず、従業員にも母と妻がこしらえた給食を出して、経費を切り詰めた。もちろん私も、同じものを食べた。

いつかテレビで、ある山村の青年の生活を紹介する場面を見たことがある。彼の言葉が実に感動的で美しかった。

「友人のなかには町に出ていき、月給が何十万ウォンにもなる者もいます。ところが、その月給をい

ろいろと使ってしまい、その一〇パーセントも貯蓄できないと言っています。私はその友人に比べれば、収入は半分にも満たないが、それでも毎月半分以上を貯蓄しています。だから、私は現在のように一所懸命働きつづければ、近い将来には私の方が豊かな生活ができると信じています」

子供を抱いていた若い妻の傍らで、確信に満ちて語ったその青年の言葉は正しく、美しかった。

私は十九歳で故郷を離れていろいろな仕事をやっていた労働者時代に、いま考えると恐ろしいほどの節約生活をした。寒い冬でも薪を買う一〇銭の金を節約するために、夕方だけ火をおこし、翌日の朝食や弁当の分までそのとき一緒にご飯を炊いた。お腹一杯にもならないうえ、煙で飛ばしてしまう金がもったいないから煙草も吸わなかった。自分の肉体で苦労して稼いだ金をそのように使いたくなかったからだ。

米の配達をしていたときも、電車賃五銭を節約するために、朝早く起きて歩いて通った。靴がすり減るのを遅らせるために、鋲を打ち込んで履いた。服は春と秋の合いもの一着しか持たなかった。冬には下着を重ね着して過ごした。新聞はいつも自分で買わずに、仕事場に配達されるものを読んだ。月給は無条件に半分を貯蓄に回し、盆と暮れのボーナスは全額貯蓄した。

ほんとうにわずかな収入でも、無理しても貯蓄にまわしていたら、粗末とはいえ持ち家を手に入れ、後にそれなりの家に引っ越すこともできた。

私は現場の労働者に出会うと、何よりも勤勉と節約貯蓄を奨励している。

「持ち家もないのに、大型テレビだけは買い込んで、どうしてあちこち転々と引っ越しているのか。

早朝、息子たちとともに自宅から本社へ約 3km の道のりを歩いて出勤する途中（後方は景福宮・光化門）

木社の執務室で

小型テレビかラジオ一つあれば、世の中はだいたいわかってくるから、家を手に入れるまで我慢しなさい。会社で作業服から手拭い、ひいては下着まで提供するから、衣服を買うお金も貯蓄しなさい。洋服は一着用意しておいて、奥さんの実家に行くときだけ着なさい」等々。

最近の風潮として、持ち家より自家用車を先に購入し、赤ちゃんのおむつ入りのバッグを抱えて子供をおんぶしている若い母親までが携帯電話を持ち歩いている。稼いだ以上に金を使ってしまい、いつも借金をかかえて暮らしている人間を私は信用しない。

苦しい中で多少の余裕があっても、まったく余裕がないと思って勤倹節約することを勧めている。明日は今日をどのように生きたかの結果であり、十年後は過去十年間をどのように暮らしてきたかの結果である。貧困救済は国家にもできない。しかし努力して働きながら勤倹節約するだけで、大金持ちにはなれなくても、小金持ちくらいにはなれるだろう。

今までの人生で、「必ず成功する事業があるのだが、金を借りるところがないので、ちょっと貸してください」と、よく頼まれたものだ。私はそういうときは必ずこう言い返した。

「あなたは資本がないのではなく、信用がないのです。あなたにお金を貸しても良いという確信がもてるほどの信用を積んでおかなかったので、資金の融資が難しいのです。あなたが仕事を成功させることができるという信用さえあれば、お金はどこにでもあります」

過去に一度でも人を騙したことがある人間は、いくら正しいことを言っても、詐欺師としか見られない。これは個人でも企業でも同じだ。

無一文で故郷から出てきた私が、一代でこのような大事業を達成したことは信じがたいかもしれない。しかし、私は信用を積み重ねてきた。もし金だけでここまで企業を成長させようとしたなら、それは絶対に不可能だった。

「現代建設」一つみても、国際金融街で世界屈指の二〇の銀行と取引きしており、政府銀行の支払い保証なしに「現代建設」の手形一枚でなんの担保もなしに、二〇億、三〇億ドルの融資を受けられるという確実な信用をもっている。これこそ「現代建設」の発展の基礎となった財産なのだ。

プラス思考が幸福を呼ぶ

幸いなことに、私はすべてのことを良い方向に考え、感じ、それらを幸福として受けとめる素質をもって生まれたようだ。

十歳頃から父に連れられ、炎天下の畑仕事で一日中働きながらも、私は不平を抱くことも怠けることもしなかった。父が一服しようといって木陰に入って休むとき、その爽やかな風の中の短い休息が極楽のように幸福だった。働いて疲れ切った後、熟睡して起きたときの爽快感が何ものにも代えがたかった。また、どんなものでもおいしく食べられたのも幸福だった。

薪木を背負って市場に売りに行くと、露店に並べてあった餅や麵類などを食べたくて、お腹が鳴った。それを目をつぶって我慢しなければならなかった。このように辛いことはあった。しかし、薪を売った金のうち、父に許された一銭で飴を二つ買い、嘗めながら帰宅したときはとても幸福だった。

夏の間ずっと裸足で過ごしたが、秋夕（チュソク）（韓国では旧正月と並ぶ最大の節句。陰暦の八月十五日）に買ってくれる大陸印のゴム靴一足が、どんなにありがたく幸せだったことか。

真冬に父親はほとんど毎日のように縄ない、草鞋（わらじ）作りで過ごしていたが、指が痛くて縄ないを渋っていた私をなぜかそのまま放っておいてくれた。朝夕の牛の餌作りだけをすれば、冬の間は思いっきり遊ぶことができた。一面雪に埋もれた冬場、村人と一緒に猟に出かけた。運よくイノシシなどを捕えれば、村人総出で宴会を開いたものだ。貧しかったが、何かしら豊かで楽しかった。

もちろん、ときには苦しく、見通しがつかなくてイライラしたこともあった。劣等感や屈辱にぐっと耐えなければならない辛い時期もあった。しかしそういう細かいことを除けば、私は人生の九〇パーセントをいつも幸福な気持ちで活気に溢れて生きてきたと言える。

人生を上手に生きてきた人間とはどういう人なのか。良い暮らしとは何なのか。

いかなる環境で生まれ、いかなる地位でいかなる仕事を担当しても、最善を尽くして任された仕事をやり遂げ、現在を忠実に過ごす人間こそ、幸福だと言えよう。私はずっとそう考えてきた。

現在を真摯に生き、より良い未来に対する夢をもち、働くことを厭（いと）わず、どんなに小さな実りにも幸せを感じる人ならば、誰もそれなりの成功を収めるだろう。高級技術者でも、中華料理屋の配達員でも、その成功に変わりはない。

物事を見る視点や心構えによって、私たちの一生は大きく違ってくる。

五体不満足で生まれても清い心持ちで、人々から尊敬を受け、この社会で重要な役割を担っている

恒例の体育大会で若い社員たちとキャッチボールに興じる。1981年春

人がいる。その反面、肉体は健康で五体満足で生まれても、人生を否定的に見て何もせず、まったく役に立たない人間として一生を終える人もいる。人間は誰でも自分の問題を解決する能力をもっている。プラス思考は絶対に重要である。人類の発展は、すべてプラス思考をもった人間によって導かれてきたことを忘れてはならない。

蔚山（ウルサン）造船所も「可能だ」というプラス思考から出発して実現されたものだ。私はどうしてもイギリスから資金を借りるしかなかった。そこで、言った。

「すべてのことが可能であると考えている人間だけが、これをやり遂げられます。もし、韓国の造船公社や他の船舶業者がこの仕事が可能であると考えたなら、彼らが先にあなたたちのところに来て、お金を貸してくれるよう頼んだでしょう。彼らは不可能であると考えたから来なかったのであり、私は可能だと考えているから来たのです。不可能だと考える連中に、可能か不可能かを訊いたら、不可能という答えが返ってくるのはあたりまえです。しかし、私なら絶対に可能だ。必ずやり遂げてみせる。書類の検討をもう一度よろしくお願いします」

彼らは私の言葉に頷き、結局、彼らの奮闘によって蔚山造船所が実現したのだ。

失敗した人間、不幸な人間を注意深く見てほしい。彼らはすべてのこと、すべての人間に対して、いつも不満であり、自分の置かれた現在の状況が他人のせいであると愚痴を言ったり、怒ってばかりいる。そのうえ、できることは何もないと断言するばかりか、世の中と人間に対して、憎しみと疑いに満ち溢れた顔で生きている人種である。マイナス思考をもっている人間は、この世に対する不平と憎悪で時間と精力を浪費し、問題を解決できる能力を発揮することを自ら放棄し、挫折と失敗を繰り返している。

否定的で批判的な考え方は、自分の成長と発展を遮断する巨大な鉄の扉であり、そのなかに自らを閉じ込めている人間に発展はありえない。そんな人間は、自分はもちろん周囲の人々にまで辛く当たる落伍者、失敗者であり、貴重な歳月を無駄に過ごす、はなはだ不幸な一生を送らざるをえないだろう。

幸福の四条件

私は運のよい人間だと、しばしば言われてきた。人が順調に発展しているのを見て、その人が注いだ身を切るような努力や熱情を知ろうともせず、「じつに運が良いですね」と簡単に言ってのける人がいる。

この種の人々は自分がうまくいかなかったり失敗した場合、その理由をじっくり考えて反省する代わりに、決まって「オレはついていない」と言って、運や他人のせいにしてしまう。

私は占いを信じない。それだけでなく、運というものについても特別な考えをもっている。生まれた年と月、日、時など（韓国では古くからこれを八字（パルチャ）と言っている。また、八字はそれから転じて運命の意味で使う）が人間の一生に作用するなどということは、とうてい認められない。すべてのことは常に良い面と悪い面が共存している。それは夜と昼が変わるように、絶えず変わる。

運というのは要するに「局面」である。それにどう対応していくかによって、人は自ら良い運、悪い運をつくりだすのだ。人として生まれてきた時点で、平等であり、誰でも発展できる「時間」を同じだけもっている。もちろん特別に短命でなければの話だが……。

懸命に努力して誠実に働き、成功する「時」を逃がさずにつかみ、自己発展につなげることだ。一方、良くない「時」にはそれなりに懸命に考えてトラブルを避ければ、あえて運のことを云々する必要はない。それぞれの「局面」でどのように対処していくかが、一生を左右するはずだ。

私はまず健康が、幸福になるための一番の条件だと考える。良い「運」のなかで大きく発展し、悪い「運」のなかでも問題なく切り抜け、良運に変えるためには、何よりもまず健康でなければならない。健康を失うとプラス思考を維持するのは難しいからだ。

第二に、他人に対する理解の幅を広くし、淡白かつ純粋な心で生きることを勧めたい。私たちは周辺の人より早く発展することもあるが、遅れるのもよくあることだ。いつも他人より自分が上であるべきだという傲慢な気持ちをもつと、嫉妬で心が休まらず、幸福な人生が遠ざかってしまうだろう。

社会の各分野で立派に自分の仕事をやり遂げている人間が心から尊敬され、率直に賛辞を送られなければ、韓国は真に豊かな国家へと発展できないだろう。他人を認めることができる人間こそ幸せな人間であり、自分自身も大きく発展することができる素質をもっているのだ。

第三に、私はより良い人生、より良い人間、より良い職場人、より発展を目ざす向上心をもって、常に「勉強する人間」、「考える人間」として生きるべきだと思う。学歴はあまりなくても、いつも真剣に考えながら生きている人は、学歴はあっても、何も考えず一日を過ごしている人にけっして負けない。考えをもっている人と、そうでない人を一緒に仕事をさせると、学歴に関係なく、歴然とした差が出てくるだろう。

私の学歴は小学校卒業でしかないが、これまで「良い本を探して読む」ことを心がけてきた。一番の師匠が私の両親だとすれば、二番目の師匠は読書である。一日一日が大事だから、一日に一つは新しく何か学んだという生活をするように心掛けたいものだ。

第四に言いたいのは、「有志者事竟成」という言葉である。「志が強固な人間は、いかなる難関にぶつかっても、必ず目的を達成する」という意味だ。簡単に成せる事柄はあまりない。誰でも何回かの辛い試練にぶつかるのはあたりまえだ。しかしそのとき、挫折してはいけない。「これは私に、もっと大きい仕事をこなせるように与えられた試練である」と、肯定的に受け止めなければならない。そして試練は必ず私たちを、より強く、より賢明に成長させてくれる。私にとっては高霊橋復旧工事の試練がそのよい例であった。

平凡な妻が最高

ある友人が自分の言葉ではないと言いながら、私にこう言ったことがある。

「高い地位も大金も欲しくないが、立派な妻をもつ人間はうらやましい」

立派な妻をもっていない人がうらやましがるのは当然だが、彼が言うのは、「賢明な内助」をしてくれる妻ということだろう。どういうのが「賢明な内助」なのかは、人によってそれぞれ違ってくるだろうが、私も「賢明な妻」をもったならと、身のほど知らずに欲ばった考えをしたことがなくもない。人生において、とくに若い時期は身勝手な考えから、妻に対して不満をもつこともあった。しかし、子供が生まれて、ともに年齢を重ねていくうちに、妻のもつ足りない所にかえって深い同情と理解をもつようになった。

妻は、私と同様に農村で生まれ育ち、十六歳のときに江原道の田舎から嫁いできた。その後、他人から大金持ちと呼ばれても、妻自身はこれまで金持ちという意識がまったくない。運転手つきの自動車を与えても、タクシーを使う。市場へ行って野菜や雑貨を買い込むと、個人用達車（ケインヨンダルチャ）（市場などで大量の野菜などを買い込んだときなどに、自宅まで運んでもらう賃貸軽トラック）に荷物と一緒に乗って帰ってきたりする。自宅ではいつもズボンなどのラフな服装でいるので、お客さんに家政婦に間違われた

ソウル市中区奨忠洞の自宅で妻と。1960年代初め

こともある。

私は、妻の誕生日も結婚記念日も覚えていない。もし妻がそんなことに敏感なら、私への不満がたまっただろう。しかし、私は今まで妻から不平一つ聞いたことがない。自分の財産は朝鮮戦争直後に私が買い与えたミシン一台だと言うほど、妻には欲がない。

男女が結婚するというのは、法のもとで婚姻に同意し、子供をもうけて、互いに尊敬し合い、愛して、年老いていくということだ。尊敬して認めるものがなければ、愛することもできない。妻が金持ちという認識をまったくもたず、一生変わらない姿で生きていることを私は尊敬している。

あまり賢すぎる連れ合いは、私にとってはかえって疲れるかも知れない。仕事に夢中になって自宅に帰ると、疲れ切って口数も少なくなるときも多い。そんなときはじっとさせてほしく思うのだが、賢すぎる妻が度の過ぎた内助をしてくれたら、これもまた辛いことではないか。おそらく、私のような性格の人間には、「賢明な内助」とは一番素朴な妻の、平凡な内助だっただろうし、その意味で妻にはなんの問題もなかった。

私は一生をふつうの人間より何倍も忙しく生きてきた。これは幸いだった。妻はちょっとの朝寝坊くらいはともかく、自宅で毎日怠けている夫は許せないような性格だったからだ。とにかく昼夜忙しかった私を見て、「わが夫は大丈夫だ」と考えていたようだ。休みの日に、たまに午前中に自宅でごろごろしていると、それを見てイライラした妻自身が出かけると言いだすほどで、結局、相性が最高だということになるのだろうか。

自宅はソウル市鍾路(チョンノ)区青雲洞(チョンウンド)で、仁旺山(イナワンサン)の麓にある。右側には大きい岩が立ちはだかり、渓谷の水が流れる音と、麓を揺るがしている風の音が、耳に心地好い。一九五八年に五十日ほどかけてブロックを積み上げて建てた、古い二階屋だ。食堂部分は後で付け加えたので、石の色が違う。

一階の応接間にはあまり装飾はなく、昔、朴正熙大統領が書いてくれた「清廉勤」と、私が好きな「勤勉でさえあれば、天下に難しいことはない」という意味の「一勤天下無難事」という二つの額を掲げている。

故郷で過ごした幼い頃には、厳冬にも下着がなくて、上着と綿入りのズボン一つで過ごした。教科書を包んだ風呂敷を腰につけて走っていくと、へその出たお腹に風が直接当たって、自宅に着くと真っ赤な霜焼けになっていて痒(かゆ)かった。その当時に比べれば、現在の贅沢さはどんなにありがたいことか。

私たち夫婦がこの自宅で暮らすことになっただけでも、申し訳ないと思ったりする。妻は今日まで、宝石一つ持っていないし、化粧した顔を見せたのは、嫁いできた日だけだ。

妻が初めてソウルに来て生活しはじめたときは、「ソウルで一番空に近い」といわれている、現在の鍾路区東崇洞（大学路）の裏手にあたる洛山中腹の借家を間借りした。妻は初めてそこへ行ったとき、

「私、ここでは暮らせません。田舎でも、いくら貧乏でも、小さな藁葺きでも、自宅があったのよ。間借りの一間暮らしなんか、我慢できません。実家に帰りたいです」

と言うのだ。そうは言っても、その頃には妻の実家は通川から咸鏡北道の清津に引っ越していた。そして八・一五解放後は、北朝鮮の版図に入った実家との連絡がずっと断絶していた。

嫁に来てからまだ一度も実家の家族と再会できず、いま病に伏しているのを見ると、胸が痛い。おそらくもう自分の兄弟の顔まで薄らいでいるだろう。お金を稼いで一緒に実家に帰ろうと二人して思っていたのに、非情にも分断が固定してしまったのだ。妻には辛い思いをさせてしまったと思う。

いつか、妻が私のことをとても素晴らしいと思うことが一つあると言った。昔、洛山で暮らしていた頃、弁当を持って漢江に遊びにいったことがあった。ところが、私の漕ぎ方がまずかったせいでボートが転覆してしまい、九死に一生を得た。そんな人間が、世界最大級の造船所を造ったというのが、信じられないと言うのだった。それが素晴らしいという理由らしい。

平凡な人間であるが、一生、不平不満を言わず、ただ変わりなく生きてくれた妻の支えに対して、遅ればせながら、ありがたさを噛みしめている。

ソウル市鍾路区青雲洞の自宅庭で妻と

妻と自宅居間で

妻とある夕食会で

救国のために大統領選に出馬

一生を企業家として経済活動をしてきた私が、政党（統一国民党）を結成して国会議員選挙、そして大統領選挙に打って出たときは、多くの人々から、金だけで満足できず権力まで握ろうとし、欲の皮が突っ張ったのか、と言われたものだ。

企業を経営しながら、多くの政治指導者、政治家に会う機会があったが、心から尊敬できる政治家にはあまり出会ったことがない。そんな水準の人間が集まって政治をするから、外国のマスコミから「ポニーの水準にも満たない韓国の政治水準」だと皮肉られるのだ。

第五共和国（全斗煥政権、一九八一年三月〜八八年二月）以降、韓国は政治指導者については、それこそツキのない国だと私は思っている。韓国のような大統領責任制の国家がうまく行くか行かないかは、まず国家の船長格である大統領のポストを誰が受け継ぐかにかかっている。現在、韓国経済は重病にかかっており、間違った政治家が結局は国を滅ぼしてしまうだろうという不安と危機感が、国民の間に広がっている。大きく飛躍すべき二十一世紀を目前に控え、国をだんだんと泥沼に陥れようとしている、情けない現実政治に、私は見て見ぬふりをすることはできなかった。これ以上の試行錯誤をしてはならない、政治変革を断行しなければならないと、何度も思った。

私が現在まで見てきた韓国の過去の権力者たちは、無分別、無経験、非常識がほとんどだった。自分たちの権力争いに余念がなく、本業の国家の運営については放ったらかしだった。

第六共和国の盧泰愚政権（一九八八〜九三年）が発足してからは、企業活動はさらに困難になった。

「誠金（ソングム）」（政治献金）と呼ばれる政治資金は政権が変わるたびに、その金額が大きくなっていたが、いよいよ我慢できないところまでエスカレートした。しかし政府の残酷な仕返しを恐れて、企業側は指導者に大金を寄付しつづけた。情けなくて、すっかり考え込んでしまった。しかもこうして上納金を納めても、他のことでちょっとでも政府側の気に障ったりすると、突然税務調査という「伝家の宝刀」を抜いて襲いかかり、難癖をつけては経営者を刑務所送りにしたり、会社を潰しにかかった。

第六共和国（ここでは盧泰愚大統領時代）には三〇〇億ウォン献金したのに、一九九〇年度には不当な税務調査が入ったので、私は政府に完全に背を向けてしまった。私が政治献金を中断すると、政府は税務調査で腹いせをした。盧泰愚大統領は最高委員会とかいう会議の席上で、私を強く非難したという。

この時期、韓国経済はとくに落ち込んだ。一九八八年度まで一〇パーセント以上の成長を続けてきたが、九八年度には六・四パーセントに落ち込んだ。九〇年度から国際収支も赤字に転落し、九一年度には七〇億ドルの赤字を出した。

こうなっても、政治家は自分たちの政権のことしか考えない。現状の議席数では、政権維持は不可能と判断した与党は、金泳三（キムヨンサム）氏と金鍾泌（キムジョンピル）氏を巻き込んで三党を統合し、民意をないがしろにした。そのうえ経済に過度に介入し、恣意的な財界改編を試みただけでなく、企業の自由な経済活動にまで制約を加えた。

私はこうしたことに黙っていられず、政界入りを決意したのだ。企業経営や国家経営は、経営するという点では同じことだ。私に機会さえ与えられれば、五年間で国のために解決すべきすべてのことを、きれいに一掃する自信があった。

一九九二年一月一日、正月を迎えるために集まった家族に、政治への参加を宣言した。もちろん例によって、私の考えを誰一人として支持しなかった。今までのように企業活動に集中すべきであって、いまさら泥沼のような政界へどうして飛び込むのかというのが反対の理由だった。私だって政界などに身を投じたくはなかった。経済さえうまく回転していれば、政界からいくら誘いがあっても引き込まれる私ではなかった。

だが、一国の国力は経済力にほかならない。政治が間違って運営されると、経済が良くなることはとうていありえない。経済を蘇らせるには政治が変わらねばならないのだ。弟たちは、万が一失敗した場合、「現代」が甘受しなければならない不利益を恐れていた。私は彼らに言った。

「私はかつて、草鞋一足で、裸同然で故郷から飛び出してここまできた人間だ。今さらわれわれが滅ぶといっても、靴くらいは履いて暮らせるだろう。国家がこのように悪い状況にあるときに、安全な場所でただ安穏と座して政治を非難する、それがはたして社会のリーダーたる者がやることだろうか。汚水はそのまま放っておけば、いつまでも汚水にすぎない。誰かが腕をまくって手を汚してでも掃除する必要があり、それを私がやってみようというのだ。捨てるしかない乾いた菜っ葉でも食べる覚悟をしておくんだ。死んでしまえば裸に戻るのが人生だが、死ぬ気になれば、惜しいことなんか何もない」

一九九二年一月十日、政党発足準備委員会を結成し、発足趣旨文と名簿を発表して統一国民党を発足させた。そして、同年三月二十四日の総選挙で発足わずか三ヵ月で三一議席を占め、国会ではキャスティングボートの地位を占めるほどの成功を収めた。五月十五日、臨時全党大会で私自身が大統領候補に選出された。多くの人が私の政治参加を突出行為と非難し、「欲張りすぎ」「ボケた」などと罵倒したものだ。

韓国経済を憂う私の気持ちを、そのまま信じてくれた人は余りいなかったようだ。

世界が驚いたほどの経済飛躍をした韓国が、いったいどうしてこんな状態になってしまったのか。危機の原因が果たしてどこにあるのかを、私は誰よりもよく知っていた。韓国の経済成長を可能にした労働者の意欲と企業家の熱意、国民の希望を一つに集めて、政治を改革して「先進韓国」「南北統一」を成就させるのが私の夢であり、目標だった。

私の一生は大げさに言えば、不可能を可能にした記録の連続であったと言える。それゆえ、私は夢を達成する自信があった。だからこそ、私が一度国家経営をしてみるから、任せてくださいと、国民に訴えたのだ。

しかし、国民は私ではなく遺憾ながら金泳三氏を選択した。その選択から五年が経過した。大統領選挙に出馬した当時、私は民自党が再び政権をとれば、任期が終わる頃には外債が一二〇〇億ドル以上にのぼるだろうと予言した。不幸にもこれは的中し、韓国の一九九七年度末までの外債は一三〇〇億ドル以上に達しつつあった。

金泳三政権の五年間、経済は最悪の状態に陥った。海外信用度は地に墜ち、中小企業の倒産も数えきれないほどになった。十大企業に入っていた大企業も簡単に倒産する状況に陥っていた。これでは、国家そのものが破産するのではないかとの危機感すら感じたものだ。

ある評論家は、私の大統領選の敗北について、「試練はあっても、失敗はない」と主張していた私に対して、「決定的失敗」であると断じたそうだが、私はそのように考えていない。苦杯を嘗めさせられ報復のいやがらせと迫害を受けただけであり、けっして私が失敗したのではない。

今日の現実を見よ。国家をこのような状態に陥れたのは金泳三政権のせいである。

私はもとより後悔などしていない。

付録　写真集

家族との思い出

弟の信永（3 列目右から 3 人目）の西独留学に際し、家族たちと。最後列右から 2 人目が著者。1957 年

弟の信永（右から３人目）の西独留学に際し、友人たちと。右から４人目が著者。1957年

妻（辺仲錫）と俗離山（忠清北道）にて。1960 年代

息子達と。後列は著者と妻。前列左から鄭夢憲、鄭夢準。
1960 年代初め

妻や子供たちと雪岳山（江原道）にて。右から鄭夢憲、鄭慶姫、張貞子。1960 年

妻や子供たちと自宅庭にて。後列左から鄭慶姫、鄭夢憲、鄭夢允、鄭夢準

妻と鄭夢九家族とともに、ソウル市青雲洞の自宅庭にて。
後列左から鄭夢九とその家族。1984 年

妻と鄭夢準家族とともに、青雲洞の自宅庭にて。後列左から鄭夢準とその家族。1984 年

青雲洞の自宅庭にて家族達と。1984 年

家族と新年の記念写真。1989 年

家族たちと新年の朝食会。1989 年

書き初めの出来映えに思わずにんまり。揮毫したのは「美しい江山」。
江山は山河のことで韓半島（朝鮮半島）を意味する。1985 年

鄭周永　年譜

一九一五年十一月二十五日……江原道通川郡松田面峨山里二一〇番地にて、父鄭捧植、母韓成実の六男二女の長男として出生。

一九二三〜二六年……祖父から書堂で、『千字文』『童蒙先習』『明心宝鑑』『小学』『大学』『論語』などを学ぶ。

一九二七年……松田普通小学校に入学。

一九三一年　三月……松田普通小学校を次席で卒業。

一九三一年　七月……初めて家出をし、元山の高原鉄道建設現場で働く。二度目の家出をし、江原道の金化で働く。

一九三二年　四月十日……三度目の家出をし、京城実践簿記学院に通う。

一九三三年……最後の家出をし、仁川埠頭、普成専門学校の校舎新築工事現場で日雇い労働者として働く。豊田水飴工場に就職。

一九三四年……米穀商の福興商会に就職。

一九三八年　一月……ソウル・中区新堂洞で京一商会（米穀商）を開業。

一九三九年十二月……総督府の戦時体制令による米配給制度で、京一商会を廃業。故郷の面長の長女・辺仲錫（十六歳）と結婚。

一九四〇年　三月……合資会社「アドサービス」自動車修理工場をソウル・阿峴洞に設立、火災の後、一九四三年……新設洞に移す。
戦時経済政策により「アドサービス」は日進工作所と強制合併され、その後、工場を閉鎖。トラック三〇台を購入し、黄海道遂安郡所在の笏洞金鉱と鉱石運搬下請け契約を結ぶ。

一九四五年　五月……笏洞金鉱下請けの権利を譲り、故郷に帰る。

一九四六年　四月……ソウル・中区草洞に「現代自動車工業社」設立。

一九四七年　五月二十五日……「現代土建社」設立。

一九四八年　九月……大韓自動車工業協会の理事に選出。

一九五〇年　一月十日……「現代自動車工業社」と「現代土建社」を合併し、ソウル・中区筆洞一街四一番地に三〇〇〇万ウォンで「現代建設株式会社」設立。

六月……朝鮮戦争により釜山に避難。

七月……「現代商運株式会社」設立。

一九五二年　四月……大韓建設協会代議員理事に選出。外資管理庁長から表彰状授与。

一九五三年　四月……洛東江高霊橋復旧工事着工、工事期間中の物価暴騰などで莫大な赤字を出したが、一九五五年五月に完成。十一月、ソウルに戻り、小公洞サムファビルに事務所二ヵ所を借り、「現代建設」本社事務所を開く。

一九五七年　九月……朝鮮戦争後最大の単一工事・漢江人道橋の復旧工事に着工。

一九五八年　五月……第一漢江橋復旧竣工の功労で、内務部長官より表彰状授与。

一九五九年　六月……韓国建国以来最大の工事、仁川第一ドック復旧工事に着工。

一九六〇年……「現代建設」国内建設業界で請負限度額一位になる。

一九六一年　一月……ソウル・中区武橋洞九二番地に武橋洞社屋を建設し、創立十四年目に社屋所有。

　　　　　　八月……大韓商工会議所の特別委員に選出。

一九六二年　七月……丹陽セメント工場着工（忠清北道丹陽）。

一九六三年　七月……全国経済人連合会理事に選出。

　　　　　　十月……韓国建設共済組合運営委員に選出。

　　　　　　十二月……建設に対する功労で大統領表彰状授与。

一九六四年　六月……丹陽セメント工場竣工。

一九六五年　二月……輸出に対する功労で大統領表彰状授与。

　　　　　　四月……韓国貿易協会理事に選出。

　　　　　　九月三十日……韓国史上初めて海外に進出し、タイのパタニ・ナラティワット高速道路工事を受注。

一九六七年　四月……昭陽江多目的ダム工事着工（江原道春川。一九七三年十二月完成）。全国経済人連合会副会長に選出。

　　　　　　七月……ソウル商工会議所代議員に選出。

　　　　　　十二月……アジア建設業者大会で優秀建設賞受賞。

　　　　　　十二月二十九日……「現代自動車株式会社」設立。

一九六八年　二月……京釜高速道路着工、「現代・フォード」自動車組立技術協定締結。

　　　　　　十一月……「現代自動車」、乗用車「コーティナ」生産。

一九六九年　一月……「現代建設」会長就任。韓国地域社会学校後援会長に選出。

一九七〇年　一月一日……「現代セメント株式会社」設立。

六月二十七日……世界の高速道路建設史上、最も早い工期で京釜高速道路の全工程の五分の二を「現代建設」が完成。全長四二八キロの京釜高速道路開通。

十月九日……古里原子力一号機着工。

十一月……京釜高速道路建設功労により、大韓民国銅塔産業勲章授与。

一九七一年　二月……「現代グループ」会長に就任。

六月十五日……「金剛開発株式会社」設立。

一九七二年　三月二十三日……「現代造船所」起工式（総投資八〇〇〇万ドル）。労働者を募集し、第一号タンカーの建造に着工。

一九七三年　四月……蔚山造船所一号船起工式。

十二月二十八日……「現代造船重工業株式会社」設立。

一九七四年　二月十一日……「現代エンジニアリング株式会社」設立。

二月二十六日……「現代自動車サービス株式会社」設立。

六月……二六万トン級大型タンカー二隻の建造とともに、蔚山造船所の第一段階を竣工（第一、第二ドック着工）し、二年三ヵ月目に造船所建設↓船舶建造↓進水を完了、船舶建造史上にかつてない記録を残す。韓英経済協力委員会の韓国側委員長に選出。

一九七五年　四月二十八日……「現代尾浦造船株式会社」設立（三月、尾浦第一、第二ドック着工）。

五月……慶熙大学名誉工学博士学位授与。

一九七六年　一月……韓国最初のオリジナルモデルの自動車「ポニー」生産。世宗路一七八番地に光化門社屋建設。韓アラブ親善協会長に選出。

三月十六日……「高麗産業開発株式会社」設立。

三月二十五日……「アセア商船株式会社」（「現代商船株式会社」の前身）設立。

六月十七日……当時の韓国の国家予算の半分以上に相当する九億三一一四万ドル規模の世界最大・超大型深海工事ジュバイル産業港工事受注（サウジアラビア）。

十月……忠南大学名誉経済学博士学位授与。

十二月八日……「現代総合商社株式会社」設立。

一九七七年

二月……全国経済人連合会長に選出（一九八七年二月まで五選）。

二月二十四日……蔚山工業大学財団理事長に就任。

七月一日……峨山社会福祉財団設立、理事長就任。「現代精工株式会社」設立。

十月……英国女王から大英帝国勲章コメンド章授与。

一九七八年

二月……「現代造船重工業株式会社」を「現代重工業株式会社」に改名。韓国熱管理協会長に選出。

六月……韓国精神文化研究院理事に選出。

八月……瑞山干拓事業着手。

九月……大統領から銅塔産業勲章授与。

一九七九年

二月……韓アフリカ協会長に選出。全国経済人連合会長留任。

三月……科学技術振興財団の三代目の理事長就任。

六月……セネガル共和国功労勲章授与。

十月……マレーシアのペナン大橋工事受注。

一九八〇年……………一九七九年度の船舶による「一億ドル運賃塔賞」を受章。

一九八一年　二月……………全国経済人連合会長留任。

四月……………国民勲章冬柏章授与。

五月……………八八ソウルオリンピック誘致民間推進委員会委員長に選出。

九月……………IOC総会の開催地バーデンバーデンでオリンピック誘致のために活動。九月三十日、第二四回オリンピック開催地ソウル確定。

十一月……………八八ソウルオリンピック組織委員会副委員長に選出。

一九八二年　一月……………二十五年目に漢江橋工事を再び施工。

三月……………遺伝工学研究組合理事長に選出。

五月……………海外の企業家として初めて、米国ジョージワシントン大学から名誉経営学博士学位授与。

六月……………米AAA（米国自動車工業会）からゴールデンプレイト章授与。

七月……………大韓体育会長に選出。ザイール大統領からザイール国家勲章授与。

一九八三年　二月……………全国経済人連合会長留任。

二月二十三日……………「現代電子産業株式会社」設立。

五月……………韓国情報産業協会長に就任。

九月……………中華民国景星勲章授与。韓国産業技術大学理事長就任。

十月……………ソウル・中区桂洞に社屋落成。「現代グループ」本社移転。

一九八四年　二月二十五日……………瑞山干拓事業のA地区最終の堤防工事で、「鄭周永工法」のタンカー工法を試み、四七〇〇万坪を干拓。年間五万トンのコメを収穫。

一九八五年　二月……全国経済人連合会長留任。大韓体育同友会長就任。

五月……延世大学名誉経済学博士学位授与。

八月……一三・五キロのアジア最長のマレーシアのペナン大橋開通。

十月……ルクセンブルク月桂冠章授与。

一九八六年　五月……梨花女子大学から名誉文学博士学位授与。

十一月二十九日……「現代産業開発株式会社」設立。

一九八七年　一月……「現代グループ」名誉会長就任。

二月……全国経済人連合会名誉会長就任。

五月……韓国情報産業協会名誉会長就任。

九月……世宗研究所理事長就任。

一九八八年　二月……国民勲章無窮花章授与。

一九八九年　一月六日……韓ソ経済協力のためソ連訪問。

一月二十三日……北朝鮮訪問し、金剛山共同開発議定書提示。

七月……韓ソ経済協力会長就任。

一九九〇年　四月……西江大学名誉政治学博士学位授与。

一九九一年　五月……韓ソ経済協力会長再選。

十月四日……「現代石油化学株式会社」竣工。

十月九日……『試練はあっても、失敗はない』出版。

一九九二年……サウジアラビア内務省ビル、シンガポールのチャンイ国際航空とマリナセンター竣工。

一九九三年　一月……統一国民党（仮称）発足準備委員会委員長に選出。統一国民党創立。

　　　　　　二月……統一国民党代表最高委員に選出。

　　　　　　三月……第一四代国会議員（全国区）当選。

　　　　　　十二月……第一四代大統領選挙出馬。

一九九三年　二月……国会議員辞任、統一国民党離脱。

一九九四年　一月……韓国地域社会教育中央協議会理事長就任。

一九九五年　三月……高麗大学名誉哲学博士学位授与。

　　　　　　五月……ジョンズ・ホプキンス大学名誉人文学博士学位授与。

一九九六年　一月三日……「現代グループ」鄭夢九会長就任。

一九九六年　四月……韓ロ経済協会名誉会長。

一九九六年　十月……「タイム」誌で「アジア巨商」の一人に選出。

　　　　　　十月九日……中国で、伝記『現代之路』出版。

一九九七年　二月……アメリカで、伝記『MADE IN KOREA』出版。

　　　　　　五月……現代グループ創立五十周年。

　　　　　　五月……トウモロコシ一万トンを大韓赤十字社を通じて北に送る。

　　　　　　七月一日……『峨山鄭周永と私、百人文集』出版。

　　　　　　十一月……MBC、鄭周永を素材に「ドキュメンタリー、成功時代」放映。

一九九八年　一月……鄭夢憲副会長、現代グループ共同会長就任。

　　　　　　一月……現代グループ、構造調整計画発表。

　　　　　　二月二十日……冬季オリンピック期間中、開催地長野でIOC勲章（IOC ORDER）受賞。

六月一六日～二十三日……牛五〇〇頭を連れて板門店を通過し、公式に訪北。北朝鮮と金剛山観光契約締結。

十月二十七日～三十日……牛五〇一頭を連れて板門店を通過し、二度目の訪北。初めて金正日総書記と面談。金剛山観光開発長期単独使用権と施設別利用権契約締結。

十一月十八日……金剛山観光船金剛号初出航。

十二月十五日～十七日……訪北（三次）。乗用車五〇台輸出。

一九九九年　二月四日～六日……訪北（四次）。平壌体育館建設および南北バスケット競技開催協議。

二月五日……南北経済協力専門会社（株）峨山設立。

三月九日～十一日……訪北（五次）。金剛山海水浴場開放合意。

八月十七日～十八日……訪北（六次）。「現代建設」、「現代峨山」新入社員研修大会（金剛山）参観。

九月一日……金剛山観光客十万名突破。

九月二十八日～十月一日……訪北（七次）。統一バスケット競技大会参加。平壌峨山鄭周永総合体育館着工。金正日総書記と面談（二度目）。

十月……米ヘリティジ財団、鄭周永ペンロウシッププログラム創設。

二〇〇一年　三月……ソウル大学に「鄭周永経営学」講座開設。

三月二一日……著者・鄭周永永眠。

二〇〇三年　十月……平壌柳京鄭周永体育館開設（北朝鮮最大級、一万五〇〇〇人収容）。

二〇〇七年　八月一七日……妻の辺仲錫永眠。

二〇〇九年　三月二三日……蔚山に「鄭周永記念館」設立。

編集後記

本書は『이땅에 태어나서——나의 살아온 이야기』（『この地に生まれて——私の生きて来た話』、ソル出版社、一九九八年三月刊）の翻訳である。二十年前の二〇〇〇年一月に講談社から『危機こそ、好機なり』というタイトルで出版された。それから一年余り経った二〇〇一年三月に、鄭会長は亡くなられたので、旧版を著者ご本人は、当然ご覧になられたと思う。

このたび新装・改訂するに際し、子息・鄭夢準氏（峨山社会福祉財団理事長）の「新版に寄せて」、および「付録写真集　家族との思い出」などを付け加えた。また、加筆・訂正する過程において、英語版（『Born of This Land—*My Life Story*—』峨山アカデミー編、二〇一九年四月刊）を適時参考にした。なお、職位（肩書き）、年齢等は一九九八年当時のままであることをお断りしておきたい。

二〇二一年二月　金容権

著者
鄭 周永 チョン・ジュヨン
一九一五－二〇〇一年
韓国「現代」創業者。晩年、老躯に鞭打って南北融和・統一に向けて第一線に立って陣頭指揮した。現在は北朝鮮の版図にある江原道通川の貧農の長男に生まれ、長男として飢えから脱するために最善をつくす。逆境にめげず「現場主義」を貫き、この姿勢は生涯変わらなかった。二十代半ばに「現代」の萌芽になる自動車修理工場をソウルで起業し、成功を収める。解放後（戦後）、祖国は独立したのも束の間、分断と六・二五（朝鮮戦争）を経て廃墟となったが、韓国は六〇年代末に「漢江の奇跡」という経済的飛躍の端緒をつかむ。この中心的役割を果たしたのが、他ならぬ著者の鄭周永であった。「八八ソウルオリンピック」の誘致にも、主導的に跳び回って成功をもたらす。晩年に至り、「千一頭の牛」を率いて訪北して南北融和のカギをこじ開け、世界的に注目を浴びる。

訳者
金 容権 キム・ヨングォン
一九四七年、岡山県倉敷市生まれ。早稲田大学文学部卒業。出版社編集部を経て、著述・翻訳に従事。『朝鮮事情』（平凡社東洋文庫）、『朝鮮・韓国を知る本』（共著、宝島社）、『朝鮮韓国近現代史事典』（共編、日本評論社）、『土地』全六巻（共訳、講談社ビーシー）。